青山行芷

qingshanxingzhi

孙国宏 著

九州出版社
JIUZHOUPRESS

图书在版编目（C I P）数据

青山行芷 / 孙国宏著. -- 北京 : 九州出版社, 2014.7
ISBN 978-7-5108-3121-8

Ⅰ. ①青… Ⅱ. ①孙… Ⅲ. ①诗集—中国—当代②散文集—中国—当代 Ⅳ. ①I217.2

中国版本图书馆CIP数据核字(2014)第161780号

青山行芷

作　　者	孙国宏　著
出版发行	九州出版社
出 版 人	黄宪华
地　　址	北京市西城区阜外大街甲35号 (100037)
发行电话	(010) 68992190/3/5/6
网　　址	www.jiuzhoupress.com
电子信箱	jiuzhou@jiuzhoupress.com
印　　刷	北京华忠兴业印刷有限公司
开　　本	787毫米×1092毫米　16开
印　　张	16.25
字　　数	234千字
版　　次	2014年12月第1版
印　　次	2014年12月第1次印刷
书　　号	ISBN 978-7-5108-3121-8
定　　价	30.00元

行于青山，止于芳草。踏如霜朗月，写逸致人生。

自序

大概读初中的时候就开始喜欢古体诗词，便找来一些读，开始是课本，后来买一些有关唐诗、宋词以及诗话一类的书籍，慢慢品读，个别偏爱的上口精品，摘录到日记本上，工整地写下，不时翻出来仔细品味。读多了，不知道从什么时候开始，自己也能模仿着胡乱地写上几首，记述一下当时的意境心情，也觉得很有趣味，同样在日记本上记录下来，时间久了，攒成厚厚几本日记，有的在搬家时丢弃或遗失了，现在想起，有些可惜。如今有了网络，便可建一个博客，抛弃容易遗失的日记，代之以网络空间的任意挥洒，且不费笔墨。

古体诗词，觉得很难写，特别是要讲求平仄韵律，实在头痛，所以便自己做主简单地寻个韵脚，搞清楚长短句，着重对意境的追求，诗言志，就顾不得那么多精严的“仄仄平平”了。诗词短小精悍，但有时容不下那么多的杂念杂感，便写些现代诗、散文，记载当时的意识流动。

诗歌、散文在记述空间上是故乡和故乡之外；记述时间上是在故乡时和离开故乡后；记述内容是特定时空的特别感受。那一点点乡愁是诗歌、散文的大部分主题。我的故乡在东北，是一个唤作“二青山”的小村庄。从名字看，有山，且应终年绿色，但实际很令人失望，没有漂亮的山，而是一望无边的甚至没有一点起伏的平原，也没有常年的郁郁葱葱，而只有应季才能看到的庄稼色。

没有起伏，也就没有激情，便滋生出走出去的愿望。走出去学习、走出去工作、走出去旅游，用笔记录下那些曾经的新奇、心动，后来就有了偶得的诗歌、散文，这便是《青山行芷》的由来。行于青山，止于芳草。一山，一水，一人，一物，一思，一念，一历史，一自然，皆可成诗，皆可成章。

喜欢自然，就应亲近自然；喜欢历史，就应多读历史。人作为自然的一部分、历史的创造者，也应彼此多存友爱，少种芒刺；多存交流，少设壁垒。人脑如电脑，互联网时代，是信息共享的时代，电脑已经实现彼此关联，人脑也应相互沟通，拿起笔来，写一写，不拘泥于形式，不怕水平局限，写文章就是写自己，寻一点雅趣闲情，积累一点茶余饭后的谈资吧。

作者

2014 年 5 月 15 日北京

目录 Contents
青山行芷 Qing Shan Xing Zhi

第一篇　青山诗韵

目录 Contents
青山行芷 Qing Shan Xing Zhi

目录 Contents
青山行芷 Qing Shan Xing Zhi

第二篇　青山词韵

目录 Contents

青山行芷 Qing Shan Xing Zhi

第三篇　行芷诗篇

第四篇　行芷散文

目录 Contents
青山行芷 Qing Shan Xing Zhi

第一篇

青山诗韵

北京逢雨

青瓦红墙叠翠霄，
柳依深院竞招摇。
衙宅旧史托黄叶，
钟鼓遗文寄褐旄。
紫禁风云逐万里，
乾清哀乐动一朝。
纤纤雨落红尘去，
瀚海星繁天地烧。

【诗话集萃】

2014 年 5 月 2 日作。五一在京休假，雨。次日，晴好，晚亦雨，骤晴，天空湛蓝，繁星乍现，映满城灯火，如火烧天地。

读一端先生诗书有感

别趣梦远话当年，
斑斓五味阅世间。
妙笔痴迷三千客，
墨宝力透万里山。
诗书砥砺成壮志，
碎语播撒树英贤。
华章一捧青灯亮，
不觉东方欲晓天。

【诗话集萃】

2014 年 4 月 19 日，读一端先生《诗与书》、《王一端诗评历代帝王》、《笔杆子碎语》有感而作。一端先生博客名为“别趣人生”，后把此诗发给一端先生，收到先生回复《和国宏》诗：“闲来捉笔忆华年，总有别趣在心间。诗成终觉水内水，文就方感山外山。墨砚不辍学群英，德行长修效诸贤。拙作几卷莫见笑，我以我情对地天。”

东北观雪

黑土新妆二月天，
千里裹素遮红颜。
依稀春睡花姹紫，
婆娑秋韵叶斑斓。
几度冬云遮烟霭，
十丈斜阳洒层峦。
振衣塞北一身冷，
再续鹏程下燕南。

【诗话集萃】

2014年2月8日乘动车赴长春龙佳机场后转机北京作。是夜北京亦雪。大地也有记忆,今日千里冰封,回想昨天亦曾有过鲜花姹紫嫣红、秋叶婆娑斑斓...人生亦当如此，波澜壮阔，如意与不如意，才是别有滋味。

节日偶得

小屋一壶茶，
白雪透窗纱。
风过一街空，
新年到万家。

【诗话集萃】

2014年1月29日，明天是除夕，即将迎来马年春节。春节最早起源于殷商时期岁尾年初的祭祀活动。午后去串亲戚，亲戚家房屋不大，在一楼，外边映衬白雪，聊聊家长里短。后热情一定要吃饭，到外边饭店，风很大，感觉不是很冷，似乎有春意，人们忙着过年，街道略显空旷，要去的那家餐厅也停业准备过年了，无奈寻得一家火锅店，也只是我们一桌，胡乱吃些酒肉，晚上回来困倦睡下。醒后看《大明劫》，有感片中对白：圣人不治已病治未病，不治已乱治未乱……语出《黄帝内经》。看后已是30日凌晨2点，作小诗《节日偶得》。

题呀诺达雨林

万翠堆叠聚此山，
藤蔓春秋一壑烟。
五榕共撑西川雨，
千根同抱南海岩。
兰花亭边听紫叶，
情锁桥畔话佳缘。
引凤台飘笙箫曲，
火烧花落待君还。

【诗话集萃】

2014年1月21日游三亚呀诺达雨林，有感而作。呀诺达雨林在三亚市东北35公里处，是中国唯一地处北纬18度的热带雨林。世界上的热带雨林都处在南北纬23.5度之间，大部位于南北纬10度之间，世界上超过四分之一的现代药物来自于热带雨林的植物提炼，因而热带雨林有“世界上最大的药房”之称。

呀诺达是海南话“一、二、三”的发音，寓意“你好、再见、欢迎光临”的意思。呀诺达雨林藤蔓叠翠、溪瀑淙淙、五步换景、诗情画意：有“五榕撑天”、“千根抱石”的自然奇观；有“兰花亭、情锁桥、引凤台”等人文景观，更有赋予自然奇景的许多动人故事传说。

传说秦穆公小女弄玉，人婉约美丽，擅长吹笙，动听如凤鸣。一日吹笙，远处似有和者，音律缥缈婉转，弄玉相思而病。后穆公派人寻访，是一名叫萧史的少年所和，遂结成连理。后弄玉、萧史合奏笙箫于“凤台”，是夜月明星稀，有龙凤闻笙箫而至，萧史骑赤龙、弄玉骑紫凤而去。“乘龙快婿”大致就是这个意思。弄玉、萧史的故事在《东周列国志》、汉刘向的《列仙传》中均有记载。

火烧花属小乔木植物，高达十五米，花生长在老茎或侧枝上，花冠橙黄色至金黄色。呀诺达雨林传说古时有一头体态硕大的野猪，常出没危害山村的百姓，村里一年轻的猎人，发誓铲除野猪，他背上刀弓，在村口和新婚妻子话别，临行叮嘱妻子，三天后夕阳落山前在村口相见，如果他回不来，就是被大野猪吃掉了，妻子也不用等他，可以再嫁……三天后，年轻的猎人没有回来，大野猪也消失了……人们传说猎人和大野猪同归于尽了，妻子并不相信，每天都在村口盼望丈夫归来，一年又一年，火烧花花开花落……人生大抵如此，万事不能两全，要学会应变、容忍、接受。

琼崖放歌调

扶摇云上九万里，弯弓射鹿到琼崖。
南山观寿夕阳紫，东海叠浪涌白沙。
大小洞天能牧马，心有菩萨融四海。
天涯之外水重天，落寞古人寄胜景?
林深翠扰猿儿叫，一峰秀出望海角。
龙湾一线竞奢华，浮云万象尽缥缈。

【诗话集萃】

2014 年 1 月 21 日，休假游三亚作。三亚市是中国最南端的热带旅游城市，别称“鹿城”。三亚的旅游资源丰富，景区集中分布在三亚市的东西两线沿海地区，著名景点有：天涯海角、南山、大东海、大小洞天、南海观音、呀诺达雨林、鹿回头公园、亚龙湾等。

登高

乱石飞掷一山冈，
荆棘秋色紫皮墙。
水浸滩头蓝世界，
云飞塞外红海洋。
揽袖登高心寄远，
策马踏浪月凝霜。
胸怀五岳看天下，
夜捧诗书入梦乡。

【诗话集萃】

2014 年 1 月 11 日闲来无事，海边登高望远，大海蔚蓝，红霞万朵，心胸顿觉宽广，挥笔作《登高》以记之。

观海

清风明月两相宜，
我看古刹飞檐低。
世佛隐翠千象里，
俗心遗恨一时惜。
总把潮起当岁月，
不怕雾来话春泥！
酩酊万事皆掌握，
悠闲十面谈围棋。

【诗话集萃】

2013 年 12 月 27 日，观海，蔚蓝无限，晚邂逅当年在阿塞拜疆一同工作过的老朋友，感往昔艰辛岁月，成诗。

月夜

落花犹羡树婆娑，
云雾婷婷自婀娜。
夜雨巴山红烛剪，
一水秋梦又消磨。

【诗话集萃】

2013 年 12 月 9 日，今夜无眠，题。唐代诗人李商隐有《夜雨寄北》，诗云：“君问归期未有期，巴山夜雨涨秋池。何当共剪西窗烛，却话巴山夜雨时。”

陶然亭赏月

京城黄叶半湖秋，
陶然亭北斜倚楼。
曲桥把酒煮明月，
长柳舒瑞望青眸。
烟笼古寺风清韵，
莲依深塘云绘轴。
更待江郎家酿好，
一杯一醉一风流。

【诗话集萃】

2013年11月15日晚，闲步北京陶然亭公园，细柳摇曳、月色阑珊、黄叶铺地，有感成诗。陶然亭，清康熙三十四年（1695年）由工部郎中江藻构建，他本奉命监理黑窑厂，大概是用预算外资金，建了这座后来成为中国四大名亭之一的陶然亭。“陶然亭”命名取自白居易诗“更待菊黄家酿熟，与君一醉一陶然”。陶然亭公园内有：慈悲庵、观音殿、文昌阁、云绘楼、赛金花墓、窑台等历史古迹。

和北疆秋日

孤烟大漠看斜阳，
二十年来固北疆。
唯念中原无战事，
驻马秋风雁一行。

【诗话集萃】

2013年10月8日，收到同学从满洲里发来的《北疆秋日》诗一首：“白草无垠日色昏，胡骑孤影归羊群。雁阵远去榆关内，廿载边邑游子心。”忆同学一别，二十年，和之。

新疆行·巴音布鲁克草原

谁舞彩练下天山，
开都东去十八弯。
戴月披星奔雪麓，
穿云掣电画苍原。
上接银河七斗水，
远行天际九重烟。
回望同心成结处，
风送落霞一轻毡。

【诗话集萃】

2013 年 7 月，休假游新疆作。巴音布鲁克草原位于新疆巴音郭楞蒙古自治州和静县西北，地处天山山脉中部的山间盆地，是我国第二大草原。巴音布鲁克蒙古语意为“富饶的泉水”，草原地势开阔平坦，水草丰美，开都河九曲十八弯横亘草原中部，河道或状如同心结，或如游龙，气势磅礴，远衬连绵雪山、蓝蓝的天、白白的云、萋萋芳草，点缀着洁白的毡房，令人流连忘返。这里也是天鹅的故乡，主要有大天鹅、小天鹅、疣鼻天鹅三种，每年近万只迁徙至巴音布鲁克天鹅湖，栖息达八个月之久。

新疆行·那拉提草原

空中草原那拉提，
赤橙黄绿一绢席。
云雾飘飞雪山外，
牛羊雀跃彩虹西。
毡房星落万花涌，
猎隼云升草木低。
巩乃斯河路漫漫，
解忧梦回马蹄急？

【诗话集萃】

2013 年 7 月，休假游新疆作。那拉提草原位于新疆伊犁州新源县境内，发源于那拉提山的巩乃斯河流经草原，最后流入哈萨克斯坦境内。那拉提草原是立体式的高山草原，山脚下的大草原由于地势较低，形成春秋牧场，盘山而上，到达海拔 2000 米左右，豁然开朗，大片高山草场，称为“空中草原”，是哈萨克族牧民的夏季牧场。汉朝时，这里是西域乌孙国属地，根据班固《汉书》记载，刘汉政权采取和亲战略与乌孙联盟，出使乌孙和亲的公主有细君公主、解忧公主，细君公主水土不服早亡，解忧公主继其后，远嫁乌孙，积极融入当地生活，一生经历武帝、昭帝、宣帝三朝，曾嫁予三任丈夫，皆为乌孙王。解忧公主在乌孙生活半个世纪，一直活跃在西域的政治舞台上，积极配合汉朝，遏制匈奴，为加强巩固汉室与乌孙关系做出了历史贡献。解忧公主年逾七十时，上书汉朝皇帝，陈述思乡之苦，请求百年后把遗骨埋在故乡，根据《汉书·西域传》记载：“公主上书言年老土思，愿得归骸骨，葬汉地。天子闵而迎之，公主与乌孙男女三人俱来至京师。是岁，甘露三年也，时年且七十，赐以公主田宅奴婢，奉养甚厚，朝见仪比公主。后二年卒。”

大美新疆行

芳菲七月下边疆，
野马绝尘看胡杨。
布尔津城童话里，
额尔齐斯狗鱼香。
观鱼台上花观水，
魔鬼城里风魔王。
五彩滩头整衣冠，
大漠东去已夕阳。

【诗话集萃】

2013年7月，休假去新疆，驱车四千余公里，足迹遍及北疆，感新疆之美，祖国之大，遂以诗记之。新疆的野马、胡杨、童话边城布尔津的烤鱼夜市、中国唯一注入北冰洋的额尔齐斯河、喀纳斯的观鱼台、《七剑下天山》外景地的魔鬼城、额尔齐斯河谷的雅丹地貌五彩滩……是大美新疆一路的风景。

咏哈大高铁

南下大连城，海阔看长空。
老虎滩头卧，雄鹰一浪冲。
闲来登老铁，临风醉辽东。
甲午硝烟去，黄蓝自分明。

【诗话集萃】

2012年10月11日晨，欣闻哈大高铁试运行，颂之。老铁山位于辽东半岛的尖端，与山东半岛隔海相望。登临老铁山的百年灯塔，可以俯瞰黄海与渤海。东部黄海水是深蓝色，而西部渤海水呈微黄色，泾渭分明。老铁山水道是我国最凶险、最湍急的水道之一。老铁山灯塔建在老铁山角上，海拔86.7米，是清朝海关于1893年请法国人制造、由英国人修筑的，虽历经了1894年中日甲午海战和1904年日俄战争，仍保存完好，至今仍为过往船只导航。

偶得两首

（一）风沙

大漠风烟起白沙，
最爱天边燃晚霞。
相逢一笑醉浊酒，
可忆故乡采黄花。

（二）故乡海棠

一枝独羞赧，
叹息百花残。
唯祈东风悔，
装点女儿簪。

【诗话集萃】

2012年11月22日与同学聚，给命题，即兴偶得诗二首。工作常年接触沙漠，故乡在祖国东北，那里的春天会有野外大片的向日葵花，黄灿灿；也有满园春色的海棠花，白如雪。

纪念九·一八

昨日九一八，战火烧我家。
万里山河泣，男儿亦挺拔。
挥我锄禾铲，杀敌舞刀叉。
不让半寸土，赤血燃晚霞。
钓鱼本我岛，豺狗染指她。
中华挥一剑，斩敌在天涯。
今日非甲午，亦非柳条湖。
长缨重抖擞，笑看井底蛙。

【诗话集萃】

2012年9月18日，恰逢九一八纪念，勿忘国耻，作。

三叠泉

匡庐一瀑天下奇，
劈云裂雾下虹霓。
一水三叠珠玑散，
两峰四面草木稀。
夕阳泼墨丹青霭，
晨曦飘露紫霞衣。
太白遗恨青莲谷，
五老峰下寻爱妻。

【诗话集萃】

2012 年 4 月游庐山三叠泉，感艰险妙奇，诗记之。三叠泉瀑布是庐山瀑布群中最为壮观、险绝的瀑布，瀑布之水，自大月山流出，一路欢歌之后，再过五老峰背，由北崖口悬注于大磐石之上，又飞泻到第二级大磐石，再稍作停息，便又一次飞跃至第三级大磐石上，巧然天成三叠，故得名三叠泉瀑布。三叠泉瀑布的发现，在庐山众多的瀑布中，是比较晚的。宋光宗绍熙二年，即公元 1191 年，一个砍樵人偶然发现三叠泉瀑布，当时朱熹正在五老峰下的白鹿洞书院，听说三叠泉之奇景，梦寐不忘，可是瀑布地险绝，朱熹又年老多病，无法亲自观赏，只好请人画三叠泉瀑布图给自己欣赏。

唐朝大诗人李白，曾几度上庐山，写下《望庐山五老峰》："庐山东南五老峰，青天削出金芙蓉。九江秀色可揽结，吾将此地巢云松。"他在太白读书堂隐居多年，隐居地距三叠泉并不远，但一直没有发现，堪称遗憾，否则将写出比《望庐山瀑布》更绮丽的诗篇。李白和庐山有不解之缘，他的妻子看破红尘，出家庐山，李白感怀忧愤，几次看她并写下：《送内寻庐山女道士李腾空二首》，摘录如下：

其一

君寻腾空子，应到碧山家。
水舂云母碓，风扫石楠花。
若爱幽居好，相邀弄紫霞。

其二

多君相门女，学道爱神仙。
素手掬青霭，罗衣曳紫烟。
一往屏风叠，乘鸾着玉鞭。

历史上诗人歌咏三叠泉瀑布的佳作不胜枚举，在气势磅礴、描写细致方面，首推宋代诗人白玉蟾的《三叠泉》长诗，其诗曰：

缘溪深入桃花坞，紫霞隐隐幽禽语。九层峭壁划青空，三级鸣泉飞暮雨。
落日衔山红影湿，冷云抱石苍崖古。激回涧底散冰花，喷上松梢飘雪楼。
点点溅湿嫦娥衣，潭潭下有扶桑府。朝来似展朝天带，夜半如闻捣药杵。
寒入山谷吼千雷，派出银河轰万古。广寒殿上银蟾飞，水晶宫中玉龙舞。
琼英斧碎非月老，瀑布天成非织女。初疑鱼鳖谒龙门，复恐星辰会牛渚。
欲寻当下点额蛟，但见天上拉肠鼠。溶溶浸湿一潭霜，滴滴结冻千年乳。
月照神珠洒翠麟，风吹天粟沾苍虎。瑶虹界碧翻地轴，铁马盘涡卷天宇。

武夷山

皓月崭武夷，
天游望曲溪。
云系东山雨，
船行西海霓。
丹崖隐翠去，
苍岭叠雾急。
彭祖乘黄鹤，
夷武伺田鸡？

【诗话集萃】

2011年11月，去武夷山，感其秀美险奇而作。武夷山地处福建省的西北部，坐火车从厦门出发，一晚便可到达武夷山，由于是山路，火车速度较慢。武夷山为中国十大名山之一，典型的丹霞地貌，印象为“秀、险、奇、绝”，这里有“天下第一险峰”之称的天游峰，九曲溪两岸是奇绝突兀的山峰，形态各异，乘竹排可感受两岸秀美风光，九曲溪水平稳深绿，从天游峰顶望去，宛若一条墨绿无瑕的翡翠玉带，号称中国最美的溪。武夷山一线天深邃幽暗，人处其中如坠深谷，天悬一线。武夷岩茶是中国乌龙茶的极品，以大红袍最为著名，茶树生长在武夷山岩缝中；金俊眉是武夷山红茶的高端品牌。

武夷山有许多优美传说，其中以彭祖开山最为著名。彭祖是黄帝的后代，根据道光《武夷山志》记载：彭祖“商贤大夫，即所谓老彭，隐居是山，善养生术，寿七百七十岁。子二，曰武，曰夷，同居于此。或曰：山因是得名。”，彭祖开山，福音后人，因而长寿成仙，彭祖成仙后，其子武、夷继续彭祖的开山事业，他们把山上的野猪、野鸡抓回来让山民饲养，栽种岩茶、稻谷、果树。

超级月亮

虫鸣屋前树，
推窗月满床。
嫦娥桂花里，
独惹一身香。

【诗话集萃】

2012年5月6日看超级月亮、读《嫦娥》诗有感。李商隐《嫦娥》诗：“云母屏风烛影深，长河渐落晓星沉。嫦娥应悔偷灵药，碧海青天夜夜心。”人们在追求美好生活的同时，不断面临选择，因奢求而放弃已经拥有的，即便得到那份奢求，但长久伴随的还是无法弥补的失去落寞。珍惜现实拥有的，摒弃过高奢望，即可获得快乐人生。

烂柯山听雨

人间烦恼消不尽，
烂柯山上听雨声。
鹤发童颜飞梁坐，
闲敲围棋日迟迟。

【诗话集萃】

喜欢围棋的人，都会知晓浙江衢州烂柯山的传说。2012年4月24日过衢州烂柯山，遇雨，小憩天生石梁下，重温烂柯传说，有感而作。传说古时一樵夫遇神仙在此围棋，观之，为烂柯图，棋局收官之时，看砍柴之斧柄已腐烂，方知天上一日，地上千年。烂柯山顶峰为天生石梁，石梁下有亭名为“日迟亭”。宋朱熹有“游烂柯山”诗云：“局上闲征战，人间任是非。空教采樵客，烂柯不知归。”

过庐山

太白醉酒看庐山，误把小溪成大川。
若识此山真瀑布，惊虹飞落三叠泉。

【诗话集萃】

2012年4月休假与家人同游庐山而作。唐朝诗人李白登庐山写下两首有关瀑布的诗，一首为五言古诗，一首为七言绝句。七言绝句即是那首脍炙人口的“日照香炉生紫烟，遥看瀑布挂前川。飞流直下三千尺，疑是银河落九天。”但在唐朝，庐山最气势恢弘的三叠泉瀑布还没有被世人发现，这对于大诗人李白来说是一个天大的遗憾。

游景德镇

江南四月去浮梁，红塔寂寞守斜阳。
草木千秋识月色，水塘一叶捧花香。
黄泥悲情铸历史，青花贴绘写华章。
大雾西来天欲雨，整衣从容下昌江。

【诗话集萃】

2012年4月18日游景德镇，成诗。景德镇是位于江西省的一座具有悠久历史的古镇，景德镇有史记载的第一个名称是从东晋开始的，叫作新平镇。到了唐代，几易其名，742年定名为浮梁。北宋皇帝真宗于1004年以其年号“景德”赐名该镇为景德镇，并把景德镇生产的瓷器定位皇家御用。流经景德镇的昌江，上溯祁门、婺源，下抵鄱阳湖，进而连接长江，是维系景德镇一千多年繁荣的水上“陶瓷之路”。

浮梁古城位于景德镇市郊，距离景德镇市区8公里。古城建于唐元和十二年（公元817年），历经唐、宋、元、明、清诸朝，目前有江南唯一保存比较完好的清代县衙，号称“江南第一衙”。江西省保存最早的最完整的一座大型古塔也坐落在这里，即浮梁古城宋代红塔，称“江西第一塔”。

郁孤台怀古

春花杨柳出衙宅，振衣直上郁孤台。
江流云海接天地，过眼英雄今又来。
万里巷陌寻旧址，千年辞赋自盈怀。
西望长安一壶酒，章贡空流日西埋。

【诗话集萃】

2012年4月14日，游赣州郁孤台，感怀。郁孤台位于江西赣州市城区北部的贺兰山（又名田螺岭）上，该山海拔130米左右，貌似一个土丘，是赣州城的制高点，赣州古城墙就在郁孤台下，郁孤台始建于唐代，和建于北宋嘉祐年间的八镜台遥遥相对。郁孤台紧邻章江、贡江合流而成的赣江，水天一色，大气磅礴，历代文人雅士多到此地登临吟诵，抒发忧国忧民之情，郁孤台的诗词歌赋中最为著名的当属南宋爱国词人辛弃疾的《菩萨蛮·书江西造口壁》，辛弃疾于淳熙二年（公元1175年）在赣州就任江西提点刑狱，同年写下这首慷慨纵横的词："郁孤台下清江水，中间多少行人泪。西北望长安，可怜无数山。青山遮不住，毕竟东流去。江晚正愁余，深山闻鹧鸪。"

章江、贡江合流为赣江。关于"赣"字的由来，据说古虔州（旧称）经常有农民起义造反，地方官请风水先生相看，先生云："虔"为虎字头，主凶，且虎压文，不利于文治，故取章水、贡水之"章贡"二字，且把"文"字提到上面去，造"赣"字，更名为赣州。

小聚偶得

杨柳花飞处，
春燕衔泥时。
酒香留客步，
醉卧夕阳迟。

【诗话集萃】

2011年3月7日，与同学小聚，相约五一再聚，偶得之。3月份是早春时节，但也陆续可以看到杨柳飘絮。东北的杨柳飘絮季节是五一前后。

过虎跳峡

九下层峦蜀道飘，
拔金戴玉走天朝。
俯仰一川归大海，
踯躅百兽没松涛。
巨石劈斩万顷浪，
恶虎腾跳一寸霄。
今怀千古英雄胆，
侧看夕阳把扇摇。

【诗话集萃】

2011年2月，游览虎跳峡，感其险绝，成诗。虎跳峡位于云南丽江城北55公里处，金沙江从玉龙雪山和哈巴雪山之间澎湃流过，经过亿万年地质运动，雪山由于地壳挤压不断上升，金沙江强烈下切冲刷，形成惊心动魄、壮美无伦的高山峡谷，峡谷中间江心处多有大石突兀，且峡谷狭窄陡峭，传说有老虎借助江中大石，跳过峡谷，虎跳峡由此得名。

虎跳峡长约20公里，落差达210米，分为上虎跳、中虎跳、下虎跳三段，江面海拔1500~1800米，玉龙雪山和哈巴雪山海拔分别为5596米和5396米，高山仰止、峡谷深绝，虎跳峡堪称万里长江第一峡。游览虎跳峡的路是在绝壁上开凿出来的，酷似巴蜀栈道，个别地段形成山间隧道，贯山而过。

醉饮香格里拉

醉酒歌万盏，
树影劝杯前。
花容对月影，
我心自当年。
长绢拔剑笑，
乱舞看千山。
千山万重雪，
困卧牦牛毡。
风马旗烈烈，
空寂逝大川。
斜阳冷光处，
雄鹰逐杜鹃。

【诗话集萃】

香格里拉源于一本英国小说《消失的地平线》。詹姆斯·希尔顿于 1933 年 4 月推出这部作品。该书讲述由于一个劫机事件，主角康威和其他几个伙伴进入了神秘的香格里拉，他们在这里生活一段时间，最后逃离了那里。该书的背景是第一次世界大战、美国经济大萧条、全球探险热，焦虑的人们都在寻找心中的那一块没有硝烟、没有残杀、无欲无求的世外桃源。

2011 年 2 月游香格里拉，夜饮青稞酒，舞而醉。次日游普达措国家公园。每年 6 月份，是香格里拉杜鹃花盛开的季节，上百种杜鹃花铺满香格里拉的高山草甸，中甸和普达措国家公园是欣赏杜鹃花的理想地方。

题乔家大院

今生富贵迷前世，
故修佛道一祠堂。
不知福禄来何处，
多拜菩萨总无妨。
高宅夕阳照青瓦，
片片辛苦为谁忙？
晨雾轻笼深巷处，
犬吠一声一梦乡。

【诗话集萃】

2010年9月11日游山西乔家大院，题。乔家大院位于山西省祁县乔家堡村，是清代著名商业金融资本家乔致庸的私宅。整个宅邸共有6个大院、20个小院、313个房间组成，建筑面积4175平方米。乔家大院祠堂为佛道同堂，匾额“绳其德”是李鸿章的墨宝，左右柱上楹联：“百年燕翼惟修德，万里鹏程在读书。”祠堂内书“绳其祖武”，“绳其祖武”出自《诗经·大雅·下武》：“昭兹来许，绳其祖武。”绳：继续；武：足迹，意思是踏着祖先的足迹继续前进，比喻继承祖业。

海棠

昨夜一枝探春暖，
问香晨巷堆花魂。
春芳殆尽不忍看，
独留恨悔自掩门。

【诗话集萃】

2010年9月3日读苏轼《海棠》诗有感。自古诗人吟咏海棠的诗词很多，独爱东坡海棠诗：“东风袅袅泛崇光，香雾空蒙月转廊。只恐夜深花睡去，故烧高烛照红妆。”

游五台山

对饮五台山，
佛光照大千。
一掌聚万翠，
五峰叠重峦。
缥缈菩萨顶，
乱云雨如线。
北台迎朝阳，
东台看佛卷。
灵鹫鹫灵否？
滴水穿石涧。
晨钟显通寺，
千村万里烟。
台蘑香未远，
又过雁门关！

【诗话集萃】

2010年9月12日，夜宿五台山，小饮，次日，过雁门关。五台山位于山西省东北部，与四川峨眉山、安徽九华山、浙江普陀山共称“中国佛教四大名山”，2009年列入世界遗产名录。五台山名字起源于五台县的五座相互连接环绕、挺拔秀丽的山峰：东台望海峰、西台挂月峰、南台锦绣峰、北台叶斗峰和中台翠岩峰。诸峰中北台叶斗峰最高，海拔3061米，康熙皇帝赋诗赞曰：“绝磴摩群峭，高寒逼斗宫。钟鸣千嶂外，人语九霄中。朔雪晴犹积，春冰暖未融。凭虚看陆海，此地即方蓬。”五台山保存比较完整的寺院有95处，菩萨顶是其中之一，位于显通寺北侧的灵鹫峰上，从下往上仰望层层台阶，犹如天梯，相传文殊菩萨就居住在山顶上，故起名叫菩萨顶，亦称文殊寺。台蘑是五台山地区出产的蘑菇简称，又称“天花菜”。

故友围棋有感

大江浊水来天半，
我自悠闲敲围棋！
推窗东望龙潭雪，
红叶飘零又一年。

【诗话集萃】

2010年9月25日与朋友闲聊，得知故交老安休假赋闲在家围棋解闷，有感草成。故友老安是昔年校友，又是同乡，其家面对松花江背靠龙潭山，早年曾与其弈棋手谈。

日餐馆小饮戏作

把盏邀月几多多，
长城默默对天河。
我心醉罢空四野，
一琴一韵谱暹罗。
佛光难照人间事，
何缘岁岁上香火。
人生不过百十年，
但求清爽在人间。

【诗话集萃】

2010年5月25日，与几位朋友聚日餐馆，清酒。几杯之后，一位老兄大侃古诗词，云云："古代诗词，多消极情调，究其根源，非消极，而多怀才不遇尔。所谓怀才，是怀经世之忍忍之才，择其机而曝其光也，别无他。清者自清，浊者自浊，是屈子之高洁也……"

过苏南诗四首

（一）木渎镇

馆娃宫对姑苏台，木塞于渎何日开。
吴王宝剑未入鞘，勾践尝胆铁骑来。

（二）严家花园

春踪恰逢在羡园，亭台水榭通幽玄。
空寄一隅装天下，独留香溪对灵岩。

（三）光福镇

空濛烟雨小舟楫，五月香雪一枝惜。
梅花若知游人意，经岁无时不花期。

（四）太湖镇

未尝三白闻鱼香，轻篙点处看夕阳。
吴人劝酒捧迎驾，醉卧太湖忆周郎。

【诗话集萃】

2010年5月18至20日去苏南太湖镇，事多匆忙，地处偏远，无暇作精致览胜，粗略作诗四首留存记忆。

从苏州出发去太湖镇途经木渎、光福两座古镇。木渎古镇关于越王勾践的传说较多，相传勾践卧薪尝胆，在文种、范蠡辅佐下实施美人计，把一个在太湖边长大的美女西施献给了吴王夫差，夫差被迷倒宠爱之极，在灵岩山顶为西施建造馆娃宫，又在紫石山增筑姑苏台，估计这都是为博得美人欢心而搞的土木工程，在建设期间，征集木材巨多，阻塞河流，故“木堵”河流，谐音“木渎”，古镇由此而得名。夫差最后也因爱美人不爱江山落了一个兵败自杀的下场，悔恨不听当年伍子胥之言，没杀了勾践！历史总是惊人的相似，公元前473年夫差兵败自杀吴国灭亡271年后，同样一个爱美人不爱江山、不纳忠言的项羽大将军，重蹈覆辙，兵败自杀，后悔当初不听亚父范曾之言，没杀了刘邦！后悔药古今都不生产。

木渎镇是范仲淹同志的老家但并非出生地（出生地为河北定县），这里有一处名园即严家花园，范老少年很穷且生在北宋，这园子和他无关。严家花园前身是清乾隆年间《古诗源》编者沈德潜的府邸，沈氏后人又转让给木渎诗人钱端溪，名为端园。光绪二十八年，木渎首富严国馨买下端园，更名为羡园，本地人习惯称“严家花园”。严家花园在木渎镇山塘街王家桥畔，门对香溪，背倚灵岩，童寯的《江南园林志》记载：“虽处山林，而斯园结构之精，不让城市”，为江南名园之一。

光福古镇是著名的赏梅胜地。光福诸山峰连绵逶迤，重岭叠翠。每当冬末春初，梅花凌寒开放，舒展冷艳、倾吐清雅，馨香令人怡情陶醉。本次造访已是江南五月，非赏梅季节，心中怅然。梅花主要在邓尉山一带，花期季节弥漫30余里，一眼望去，如海若雪，馨香荡魄，清初江苏巡抚宋荦触景生情，题下千古绝名“香雪海”，其石刻今存吾家山崖壁。康熙曾三次去邓尉山探梅，乾隆六下江南亦六次造访此处，两位帝王共写下19首诗，其中13首为梅花诗。

太湖银鱼、白鱼、白虾三味湖鲜名满天下，故曰：太湖三白，此说约定俗成、年代久远、绘声绘色。太湖的船餐很流行，即在船上吃饭，当地酿造一种酒叫迎驾酒，酒味略甜。

迪拜转机

八千里路在云端，一世佛缘念纸间。
淡酒三杯才罢盏，秋风劲起卷青山。
飘飘落叶无穷已，浩浩浊水汇大川。
生来莫笑身边事，躬自行知苦在前。

【诗话集萃】

2010年5月17日凌晨在迪拜机场转机，看疲惫人流，匆匆邂逅，叹人生忙碌艰辛，草成。

梦系中东

明月调酒一枕秋，清风铁剑立洲头。
千山细雨三江落，一壑长霞万木绸。
少年当写滕王序，垂老亦随徐公游。
看罢斜阳再翘首，凌烟阁上对吴钩。

【诗话集萃】

2010年3月18日，惊梦早起海边晨练，赤足阿拉伯海滩，诗作以记。阿拉伯海位于亚洲南部的阿拉伯半岛和印度半岛之间，北部为波斯湾和阿曼湾，西部经亚丁湾通红海，面积为386万平方公里，为世界性交通要道。《滕王阁序》为唐代著名神童诗人王勃26岁时即兴所作。徐公：秦代伟大的航海家徐福，开创中、日、韩友好之先河。凌烟阁为唐皇宫三清殿旁一小楼，唐太宗为表彰功臣，命阎立本在凌烟阁里画功臣像，成《二十四功臣图》。阎立本为唐代著名画家，代表作有：《秦府十八学士》、《凌烟阁功臣二十四人图》、《步辇图》、《古帝王图》、《职贡图》、《萧翼赚兰亭图》，曾任右相，但无政治才干，也无丞相气宇，后姜恪因战功升为左相，时人评论："左相宣威沙漠，右相驰誉丹青。"

万里吟

一日行万里，脱缰到天边。
犹记厩里草，奋蹄自慨然。
生就千里驹，如何犁方田？
天涯啜兰芷，渴饮清清泉。
驻足看潮落，林丛听杜鹃。
可有同行者，明月看千山！

【诗话集萃】

2010 年 2 月 23 日与同事去野外工作现场，感觉神气清爽。大漠广袤，千山自青。人如烈马，吟咏自成。龙马精神，人的精神有时是需要环境的变换来换取。

北京大雪有感

雪花敲梦初方醒，
万里银妆压松枝！
犹念江南千顷绿，
雁过春来可耕时？

【诗话集萃】

2010 年 1 月 3 日经长途跋涉返回北京，劳累睡一晚，清晨醒来，窗外一片银装素裹，方知一夜大雪，顿生兴致。

红番茄偶遇

番茄一醉路难知，二三往事忆迟迟。
湘江饮马识水浅，塞外征鞍写长诗。
京城酌酒红楼梦，南天摇扇读书时。
心静四海能看月，金蟾吐水跃小池。

【诗话集萃】

2009年11月23日，与挚友三四人偶遇聚亚运村红番茄酒家，流连小饮而忘归。后休假飞马尔代夫休整，遂成诗记之。

值北京大雪

大雪惊雷古城西，飘飘落落胜北国。
一壶浊酒三尺剑，梦里挥师燕山勒。
青灯看史念靖康，若大江山竟断肠！
宗泽银髯岳武枪，百万虎旅对金狼。
虎旅一夕化贼逆，二圣南渡不可期。
康王昨日登大宝，金銮难容二龙绕。
精忠报国墨未干，月照青冢南屏山！

【诗话集萃】

2009年11月9日夜，与一同学聚小饮。忽惊雷，人呼大雪骤至。之窗观，果如天花狂泄，壮观不期，今偶遇。是夜与友同榻，熄灯看雪，谈起宋抗金故事。宗泽：南宋初著名抗金将领，浙江义乌人，为人豪爽沉毅，力主还都开封收复中原，但多次上书，方略未被高宗赵构采纳，临终时对部将沉痛地说："我以二帝蒙尘，悲愤至此，你们多能歼灭敌寇，那我死而无恨！"又不停地诵杜甫名句："出师未捷身先死，长使英雄泪满襟。"闻者无不泣涕。直至断气，无一语及家事，惟连呼"渡河！渡河"而逝。部将岳飞护柩至镇江，与夫人陈氏合葬于京岘山麓，后赐谥忠简。岳飞墓在杭州西湖西北角、栖霞岭南麓的岳王庙，两侧挂有对联"三十功名尘与土，八千里路云和月"，为岳飞《满江红》名句。南屏山位于杭州西湖南岸，有石壁如屏，故名南屏山，北麓的"南屏晚钟"为西湖胜景。

夜半品棋

月怜荷花冷，
三更铺暖霜。
一缕香枝透，
品棋茶自凉。

【诗话集萃】

2009年8月1日晚，闲来无事，品茶、看围棋古谱《当湖十局》，《当湖十局》为清代两大围棋国手范西屏、施襄夏于乾隆四年（公元1739年）在浙江当湖下的十盘对局，是当时围棋的巅峰对局，十局棋谱是围棋艺术的宝贵财富。

题张家界宝峰湖

瑶池落人间，
宝峰笼绿烟。
翡翠玉成处，
轻歌小画船。
幽幽湖心岛，
愁对圣女簪。
心机参万事，
佛缘结此山。

【诗话集萃】

2009年5月21日，去宝峰湖探幽。宝峰湖位于张家界武陵源名胜核心地带，是世界自然遗产中的“世界湖泊经典”，集民俗风情、自然风光于一身，“仙女照镜、高峡平湖、金蟾含月”为湖心岛的佳景。

题洞庭君山岛

（一）

水漫君山一岛孤，娥皇女英泣绿竹。
千斑血泪悲湘女，何缘只为一君哭？

（二）

洞庭八百里，攀竹上君山。
传说柳毅井，细雨杨么钟。
食鱼上箕斗，豪饮响觥筹。
漫漫红日坠，临风岳阳楼。

【诗话集萃】

2009年5月16日，与两位校友相约游洞庭湖君山。君山是八百里洞庭的一个小岛，与千古名楼岳阳楼遥遥相对。君山古迹甚多，历来文人墨客留下许多吟诵。众多诗词中，以唐代诗人刘禹锡的《望洞庭》最为著名："湖光秋月两相和，潭面无风镜未磨。遥望洞庭山水翠，白银盘里一青螺。"诗中的"青螺"，就是指君山。君山以"奇、小、巧、幽、古"著称，据《巴陵县志》记载：君山有三十六亭、四十八庙、五井、四台等众多名胜古迹，目前现存的有二妃墓、湘妃祠、柳毅井、传书亭、朗吟亭、飞来钟等古迹。君山上生长一种带红色斑点的竹子，叫斑竹，又叫湘妃竹，有一个凄美的传说：据晋张华《博物志》记载："尧之女，舜之二妃，曰：'湘夫人'。帝崩，二妃啼，以涕挥竹，竹尽斑。"说老公去世，两个老婆抱着竹子哭，眼里哭出了血，溅到了竹子上，形成了斑竹，可见情感的忠贞。毛主席于1961年在《七律·答友人》中有"斑竹一枝千滴泪，红霞万朵百重衣"的诗句。

游张家界天子山

千山聚此中，呼号势如风。
俯仰汲日月，吐纳泣长空。
朝荣白露水，暮浴晚霞红。
仁者当爱山，一笑天下同。

【诗话集萃】

2009年5月，游张家界天子山，感苍山如海而成诗。天子山位于湖南省武陵源区，与张家界森林公园、杨家界、索溪峪组成武陵源的四大景区。天子山因明初土家族农民起义领袖向大坤自号“向王天子”而得其名。天子山一年春、夏、秋、冬风光不同；一天晨、昏、午、夜景色各异，变换的云气美轮美奂。

题天门山

铁索上天门，壁立贯长空。
洞开通日月，三国归大同。
蜿蜒鬼谷道，魍魉不敢从。
正气撼天地，湘西第一峰。

【诗话集萃】

2009年5月，过天门山而作。天门山位于湖南张家界城区附近，距城区近8公里，有城区直达山顶的索道，该索道是世界上最长的高山客运索道，全长7454米，高差1277米。从张家界机场可以遥看天门山。天门山古称云梦山、嵩梁山，三国吴永安六年（公元263年），嵩梁山轰然峭壁洞开，玄朗如门，形成迄今罕见的世界奇观天门洞，从此而得名天门山。天门山在绝壁上建有栈道，壁立千仞，令人胆寒。

到韶山

不破红尘不韶关，俯瞰千山上层峦。
五龙聚首拜石日，英雄遍地下夕烟。

【诗话集萃】

2009年5月15日，到心仪已久的红色经典圣地主席故乡韶山。韶山风景秀丽、气象万千，伟人诞生地，赋予人们许多遐想。韶峰周围山势走向，似条条巨龙，形成经典的“五龙朝圣”绝景。“韶”乃虞舜时乐名，《尚书·益稷》记载：“箫韶九成，引凤来仪。”相传舜帝南巡到此，见风景优美，遂奏韶乐，引凤来仪，百鸟和鸣，又传“韶氏三女得道于此，有凤鸟衔天书到，女皆仙去。”这是韶山得名的由来。1959年6月25日，阔别32年后，主席回到故乡韶山，挥笔写下《七律·到韶山》：“别梦依稀咒逝川，故园三十二年前。红旗卷起农奴戟，黑手高悬霸主鞭。为有牺牲多壮志，敢教日月换新天。喜看稻菽千重浪，遍地英雄下夕烟。”

登岳阳楼

风卷万涛奔岳阳，一襟忧乐借酒觞。
我笑百千登楼客，感怀还须下潇湘。

【诗话集萃】

2009年5月登岳阳楼乘兴而作。岳阳楼位于湖南岳阳市西门城头，紧邻洞庭湖，与武汉黄鹤楼、南昌滕王阁并称“江南三大名楼”。岳阳楼始建于三国时期，素有“洞庭天下水、岳阳天下楼”之美誉。历来迁客骚人，登临诗赋颇多：北宋范仲淹的《岳阳楼记》，“先天下之忧而忧，后天下之乐而乐”成为历代文人心怀天下疾苦的躬身铭言；诗仙李白名联：“水天一色，风月无边”短短八字，是岳阳楼景色无极的精炼写照；更有杜甫那首著名的《登岳阳楼》诗：“昔闻洞庭水，今上岳阳楼。吴楚东南坼，乾坤日夜浮。亲朋无一字，老病有孤舟。戎马关山北，凭轩涕泗流。”湖南有潇水和湘江，两条河流在湖南永州零陵区交汇，故永州雅称为“潇湘”，宋代诗人陆游用“挥毫当得江山助，不到潇湘岂有诗”来赞美永州，后潇湘演变成湖南的代称。

夜宿湘西凤凰古城

烟雨凤凰落湘西，一船欢笑飞流急。
擂鼓对歌桃花岛，挑灯看月古巷鸡。
放蛊缘起爱恨事，赶尸皆由故土迷。
不畏千山凝瘴气，三千里外看神奇。

【诗话集萃】

2009年5月，夜宿湘西凤凰古城吊脚楼，读“放蛊”、“赶尸”传奇而作。凤凰古城位于湖南西部，始建于清康熙四十三年（1704年），沱江穿城而过，是苗族和土家族的聚集地。中国的凤凰即是相传古印度（天方国）的神鸟“菲尼克斯”，满五百岁后，集香木自焚，复从死灰中复生，鲜亮美丽异常，不再死。凤凰古城有古老的西南民居吊脚楼，依山傍水而建。古城中心是文学巨匠沈从文的故居，《边城》一书把自己魂牵梦绕的故乡写得如诗如画，进而把这座湘西古镇推向世界。湘西的神秘来自于古老的“放蛊”、“赶尸”传说。

串高宽蝴蝶诗

雪落清月如梅花，小庭闲坐一壶茶。
红颜美景怜却老，子梦蝴蝶过窗纱。

【诗话集萃】

2009年4月24日晨，早到办公室，发现同学高宽发来《蝴蝶》诗一首：“雪落清月梅花如，小庭对饮一影壶。美景朱颜闲却老，子梦蝴蝶挑灯无。”读后慨叹，即兴串他一首。人生最难过的事情莫过于美景依然，红颜却老，这是多少才子佳人的慨叹！李商隐的《锦瑟》诗云：“锦瑟无端五十弦，一弦一柱思华年。庄生晓梦迷蝴蝶，望帝春心托杜鹃。沧海月明珠有泪，蓝田日暖玉生烟。此情可待成追忆，只是当时已惘然。”诗中有庄生晓梦的故事：庄子一天做梦梦见自己变成了蝴蝶，梦醒之后发现自己还是庄子，于是他不知道自己是梦到庄子的蝴蝶呢，还是梦到蝴蝶的庄子。这是一个关于“人如何认识真实”的哲学问题。

无题

散滩一衰翁，
闲卧听涛声。
帆远惊飞鸟，
没入绿汀中。

【诗话集萃】

2009年4月16日，晨起踏浪海滩，见一老人闲卧在海边躺椅上，帆船渐远、海鸟飞鸣……

和高宽皇城赏花诗

人生当觅少年狂，
华章漫笔意绵长。
柳絮飘摇五月雪，
杨花独占一年霜。
十载夜雨惊晨梦，
两河明月聚晚凉。
皇城一角花开处，
倦倚诗书看蝶忙。

【诗话集萃】

2009年4月，忙里偷闲，见昔日棋友高宽发来新作《花开》诗一首，言“北京的四月花开曛暖……”即兴和之。原诗《花开》：“少时漫笔意气兴，春风扬柳俱随行。色空万由非常法，十年夜雨半心惊。尴尬尘梦成百味，纵横嘲谑几多情。退思漫看花开处，写意枯荣天自成。”

梦井冈

落英袭梦水成蹊，五步流连风景异。
烟雨黄花卷轴展，桑麻青瓦水墨依。
古道两向诗自润，飘虹一缕淡成霓。
欲问蓑翁寻佳处，酒旗摇手过桥西。

【诗话集萃】

2009 年 4 月 4 日日记：这几天策划游井冈山，昨晚在网上翻看井冈山照片，看到十里杜鹃花廊，4 月初至 5 月末盛开之际，不觉神往。日有所思，夜有所梦。入夜情景入梦，梦境如下：“两排杜鹃花树，繁茂，两排花树下是一条清澈的花溪，落花簌簌……前行，正欲趟过那花溪时，豁然开朗，是金黄的油菜花梯田，绵延远方，烟雨蒙蒙，一条小路，湿润清洁，在脚下分成两个方向，每个方向景致各不相同，一个方向是通往那繁花如簇的田间，另一方向是通往酒旗飘摇、炊烟袅袅的青瓦村落……”清晨起，得诗《梦井冈》。

忆除夕

紫烛良宵又一年，玉手牵云和管弦。
酒香常浸凌云笔，少壮敢当天下先。
临风满怀塞外雪，揽月扑面鲁南山。
青史看尽敲棋谱，伴我香茗半日闲。

【诗话集萃】

2009 年春节，回老家吉林过年。瑞雪飘飞、千里北国，感受的是那一丝凉意和广阔。2009 年的除夕是在 1 月 25 日，对于盼年的人来说，除夕总是来得慢去得快，1 月 28 日写《忆除夕》叹似水流年。

马斯喀特客舍喜逢新雨

浮云悬海上，
同昭日月晖。
夜来半街雨，
大漠久相违。
绿压去年绿，
红愁几度红。
一鸥竞逐水，
踏海落沙洲。

【诗话集萃】

马斯喀特是坐落在大漠里的城市，阿曼首都。虽然毗邻印度洋，但终年干旱炎热，很少下雨。2008 年 12 月 3 日晚，据说下了些雨，当地人们奔走相告，我未尝注意。第二天清晨，漫步小街，地面湿润、空气温良，觉清爽宜人，始信雨过。马斯喀特北临波斯湾南达印度洋，是海上“丝绸之路”途径阿拉伯半岛的唯一港口城市，马斯喀特的香料很著名，最早的名字是“米卡斯”，意思是“香料之地”，目前当地人们还有衣服、房间熏香的习惯，在露天茶馆喝一杯茶，闻着淡淡的熏香，感觉置身于浓郁的阿拉伯风情之中。之后称为“马斯喀图”，意思是“打足了气的皮囊”。上世纪初，阿曼历史学家们将它写成“马斯卡德”，其意为“一张皮革”。再后来“马斯卡德”逐渐演变成“马斯喀特”，阿拉伯语意思是“东西飘落之地”，也有人将马斯喀特解释为“圣者之墓”。名字的演变，体现了浓郁的伊斯兰文化。

龙潭山赏雪

大雪空手搏天地，
我自闲来访龙潭。
山卧成虎东南踞，
河走飞龙左右盘。
荡胸层云须望远，
踏踵千山借登攀。
雪落青灯古佛寺，
泥像身前阅人间。

【诗话集萃】

2008 年 11 月 20 日吉林大雪纷飞，顿来兴致，独自一人登龙潭山赏雪。龙潭山在吉林市东部，山形如卧虎，松花江在山旁蜿蜒流过。龙潭山山上建有古寺，供奉关公像。

松花江，女真语“松啊察里乌拉”，“天河”的意思。有两个源头，正源是长白山天池，从北源大兴安岭算起全长 2309 公里，按河长和水资源总量排名，是中国第三大河，流域面积位居长江、黄河之后。公元 1682 年，清圣祖康熙皇帝玄烨 29 岁时巡视吉林，在松花江上视察水师，鼓舞东北军民反击沙俄侵略者，即兴作《松花江放船歌》：“松花江，江水清，夜来雨过春涛生，浪花叠锦绣縠明。采帆画鹢随风轻，箫韶小奏中流鸣，苍岩翠壁两岸横。浮云耀日何晶晶？乘流直下蛟龙惊，连樯接舰屯江城。貔貅健甲毕锐精，旌旄映水翻朱缨，我来问俗非观兵。松花江，江水清，浩浩瀚瀚冲波行，云霞万里开澄泓。”

回乡偶得

昨夜热风惊晓梦，幽燕飞雪回故乡。
老父微醉更邀酒，小侄轻鼾笑绵长。

【诗话集萃】

2008 年 11 月 14 日回老家，与老父对饮，小侄酣睡床上，得诗藏衣底。2013 年 1 月 26 日，老父溘然长逝，但音容犹在，人世无常，往昔不再，不禁潸然。

登南京栖霞山

踏遍千山上栖霞，
白云浮动此为家。
阅罢三千观山客，
大江从容向天涯。
始皇遗恨登临此，
大风谁唱起黄沙。
兴亡更迭如家事，
江山不改心中画。

【诗话集萃】

2008年9月28日，登临栖霞山顶，感悟兴亡浮动，江山不改，遂记之。栖霞山位于南京市东北22公里处，又名“摄山”，南朝时建有“栖霞精舍”，由此得名。山上古迹甚多，登临山顶，可遥望万里长江，气势磅礴；深秋季节，漫山红叶，蔚为壮观，南京民间有“春牛首，秋栖霞”的赞誉。公元前333年，楚威王熊商于石头城筑金陵邑，金陵即后来的南京，秦始皇统一天下后，废分封，设置郡县，加强中央集权，据此始皇南巡时改金陵邑为秣陵县，栖霞山上有始皇登临处。当年统一六国，梦想承袭万世的始皇帝，他的帝国只历经短短的15年就土崩瓦解了，兴亡更迭之快，令人扼腕。

游同里

酒旗飘摇九月风，
寻幽访胜同里中。
有疑退思园前燕，
故人何过对青松。

【诗话集萃】

2008年9月27日游江苏同里。同里位于太湖之畔京杭古运河之东，隶属江苏苏州吴江区，与“周庄、角直、西塘、乌镇、南浔”并称为“江南六大水乡古镇”。同里旧称“富士”，唐初改为“铜里”，宋时将旧名拆字为“同里”。同里以“醇正水乡，旧时江南”蜚声海内外。同里人杰地灵，自南宋至清末共出状元1人、进士42人、文武举人93人。古镇留存的明清两代私宅甚多，尤以“退思园”著名。退思园的园主叫任兰生，曾任安徽凤颍六泗兵备道，是一个三品武官，清光绪年间任兰生被革职还乡后，花了十万两白银建造了这一私家园林，园名取自《左传》“进思尽忠，退思补过”，有退则思过之意。园中“亭、台、水、榭”移步换景，精致至极。根据《清史列传·任兰生传》记载，他任职期间，在“救灾、修路、济穷融资、妇幼、戒烟、水利建设、桑麻”等方面颇有政绩，但清代官员工资甚低，十万两白银建别墅，估计也要几百年不吃不喝，“一年清知府，十万雪花银”，让人深思其罢官原因。

游秦淮河

秦淮明月泊谁家，
萧鼓霓红散落花。
脚步万千分紫陌，
清辉两轮各天涯。
诗书常伴佳人笑，
青史相依雨花茶。
一船清风两舷月，
饮罢金樽待出发。

【诗话集萃】

2008年9月26日晚，乘船夜游秦淮河。秦淮河古称“淮水”，本名“龙藏浦”，传说楚威王东巡时，看金陵上空紫气升腾，以为王气，故凿山，断长垅为渎，入于江，后人误认此河为秦人所开，故命名为“秦淮河”。秦淮河为南京第一大河、古南京的文明摇篮。秦淮河历史底蕴极其丰厚，历来商贾云集、文人荟萃，明清两代是“十里秦淮”的鼎盛时期，特别是“秦淮八艳”故事广为流传。秦淮河古迹景观主要有：瞻园，为明开国功臣中山王徐达的府邸花园，太平天国时期为东王杨秀清的王府；建于公元1034年的夫子庙；明远楼，修建于明嘉靖十三年（1534年），是我国目前所保留的最古老的一座贡院考场建筑；乌衣巷，为三国孙吴卫戍部队驻地；媚香楼，是《桃花扇》记载的秦淮名妓李香君故居；中华门，为明都城南门，明清称聚宝门，是我国现存最大、最为完整的堡垒瓮城。乘船夜游秦淮河，可感受曾经的繁华、历史的香艳。唐诗人杜牧《泊秦淮》诗：“烟笼寒水月笼沙，夜泊秦淮近酒家。商女不知亡国恨，隔江犹唱后庭花。”清戏剧家孔尚任在《桃花扇》中描绘：“梨花似雪草如烟，春在秦淮两岸边，一带妆楼临水盖，家家粉影照婵娟”。关于秦淮八艳的事迹，最先见于清初文学家余怀的《板桥杂记》，记述了顾横波、董小宛、卞玉京、李香君、寇白门、马湘兰等六人，后人又加入柳如是、陈圆圆而称为八艳。雨花茶是南京特产，全国十大名茶之一，产自南京中华门外的雨花台。

望海潮四首

（一）对饮海潮

薄雾飘飘望海潮，美酒珍馐更良宵。
他乡梦远不知客，枕水江南过小桥。

（二）观潮

人生快意须看海，一浪排空上层霄。
斗败玉龙散银甲，败亦可喜又重来。

（三）踏浪

跣足踏浪看落霞，天海一线对黄沙。
碧波犹似三杯酒，饮尽四海走天涯。

（四）Taqa 城郊看海

疑是碣石想阿满，英雄梦宿赤壁湾。
海吐万顷滔天浪，成败笑看一叶船。

【诗话集萃】

2008 年 7 月游阿拉伯半岛南部滨海城市 Salalah，看浩淼印度洋，大潮翻滚，得诗四首。Salalah 是阿曼南部的港口城市，每年 7~9 月是季风季节，巨浪排空，印度洋的潮湿水汽如薄雾般洒落，靠海的一边漫山嫩绿，另一侧则黄沙一片，景色蔚然。24 日游 Taqa 城，该城是阿曼 Qaboos 国王母亲的出生地。

咏花

墙角拥簇一团花，
不屑蜂蝶恋忘家。
落英欢笑铺满地，
幽香扶摇上天涯。

【诗话集萃】

2008年5月3日观马斯卡特街头之花有感。马斯喀特街头到处盛开着三角梅，三角梅别名：九重葛、三叶梅、毛宝巾、簕杜鹃、三角花、叶子花、叶子梅、纸花、南美紫茉莉等。三角梅象征着“热情，坚韧不拔，顽强奋进的精神。”三角梅是赞比亚共和国国花、我国海南省花、三亚市花。

过年

西厢看罢醉东床，
不闻爆竹声声长。
紫烛随梦去千里，
红灯映雪照万乡。
老父把盏话家事，
幼侄嬉闹夺酒觞。
春风一度常相似，
儿时玩伴鬓侵霜。

【诗话集萃】

2008年2月8日，作于吉林老家。历来关于过年的吟诵很多，宋王安石《元日》：“爆竹声中一岁除，春风送暖入屠苏。千门万户曈曈日，总把新桃换旧符。”诗中提到了三个过年风俗，一是放爆竹，传说年是怪兽，怕响动；二是饮屠苏酒，用屠苏草浸泡的酒，当时民俗，初一时家家按照先幼后长的次序饮屠苏酒，饮后不得瘟疫；三是换桃符，相传东海度朔山有大桃树，其下有神荼、郁垒二神，能食百鬼，过年换桃符有避邪之意。

回乡偶得

放马南山归故乡，
青蹄践雪叶黑黄。
京城豪饮三千客，
北国踏月朗如霜。
不惧坚冰铺万里，
始患兄弟自刀枪。
仰观青史留名处，
一湖萧瑟半斜阳。

【诗话集萃】

2008年1月23日回家乡吉林，凌晨到达龙嘉机场，从机场驱车，天色破晓上有寒星下有白雪，北国千里冰封，寒气彻骨，唯觉再厚的衣衫也显单薄。回忆旅途所遇，望着车窗外薄雾轻笼，月朗如霜，偶得此诗。

回乡

青瓦红砖房，
日影泥巴墙。
金鸡啼卧雪，
黄犬吠东厢。
孩童上学早，
老乡送粪忙。
十年不耕作，
幼绿成白杨。

【诗话集萃】

2008年1月2日，忆老家旧景，偶得。回乡的吟咏，首推唐代诗人贺知章《回乡偶书二首》，第二首：“离别家乡岁月多，近来人事半消磨。唯有门前镜湖水，春风不改旧时波。”

游旅顺口

海阔连天涌，
江流入海忙。
舟楫接日月，
寒鹰掠太荒。
尔灵今何在？
黄土忆刀光。
今掬中原水，
不忘旧时伤。

【诗话集萃】

1999年9月25日游旅顺口。旅顺口位于辽东半岛最南端，属大连市。旅顺口有悠久的历史，历代名字不同，晋、唐、元时分别叫做“马石津”、“都里镇”、“狮子口”，到了明代，太祖朱元璋于1371年派马云、叶旺两将军率部从山东蓬莱乘船跨海收复辽东，剿灭元残余势力，并镇守那里，因海上旅途一帆风顺，特将“狮子口”改名为“旅顺口”。尔灵山，是旅顺口对面的小山岗，1904年日俄战争时，日本海军把俄国海军舰队封锁在旅顺口内，但俄军拒不投降，后来日军以“肉弹”战术并伤亡两万余人的代价攻占了旅顺口对面的小山，日军总指挥陆军大将乃木希典的次子保典少尉也战死了，后来乃木希典把这座无名小山命名为“尔灵山”，取“儿灵”的谐音。占领该高地后，旅顺口完全暴露在日军的炮火下，在口内的俄军舰队很快投降。从此，日本和其他列强相比，获得了在中国东北的绝对军事优势。乃木希典为纪念此役，赋汉诗云：“尔灵山险岂难攀，男子功名期克坚，铁血覆山山形改，万人齐仰尔灵山。”并在山顶建炮弹形纪念碑。日军占领旅顺后，进行了惨绝人寰的大屠杀，这是中华民族的耻辱，应永远铭志不忘。

游高昌故城

昔有故城尽奢华，柳绿莺啼九万家。
朱门一望堆深巷，青瓦三叠砌浅霞。
朝驰轻歌融白雪，暮骋锦帐遮红花。
日落尘起忆旧事，青烟回首是黄沙。

【诗话集萃】

2006年9月17日，与好友同游新疆高昌故城，慨叹沧桑变迁，遂作此诗。高昌故城坐落在火焰山之南，吐鲁番市东40公里处。高昌为西域古国，是古西域的交通枢纽。司马迁《史记·大宛列传》记载一个古老的民族“姑师”，汉武帝元封三年（前108年），武帝派赵破奴将军和中郎将王恢率兵击破姑师，改其国名为车师。车师是匈奴进入西域的门户，也是兵家必争之地。从汉武帝到汉宣帝时期，匈奴和汉朝在这里进行了长期激烈的争夺，史称“五争车师”。公元前60年，匈奴内乱，汉朝趁乱控制西域。汉宣帝将车师分为车师前部、后部，亦称“车师前、后王国”，同时派士卒携家属往车师前部屯田，且耕且守。元帝时，在其地建筑军事壁垒，“地势高敞，人庶昌盛”，称为高昌壁，又称高昌垒。高昌故城城墙由夯土筑成，映着落日余晖，登高展望，断壁残垣一片金黄，昔日雄风犹存。据《史记》记载，有“西域门户”之称的高昌，当时人口3万，僧侣3千。高昌城当年有12个门，似唐代长安城，布局可分为外城、内城和宫城三部分，总面积220万平方米。城内建筑遗址遍布，当年的庙宇、佛堂、街道历历在目，唐代高僧玄奘也曾在此盘桓过一段时间，还为高昌王讲过经。公元450年，北凉残余势力灭了车师前国后，高昌城一跃而为吐鲁番盆地的政治、经济、文化中心。公元640年唐朝统一高昌，在此设立西州，下辖包括交河五县。9世纪后成为回鹘高昌国的都城。公元1275年，蒙古游牧贵族都哇叛乱时率领12万骑兵围攻火州（高昌），长达半年，回鹘高昌王英勇战死，高昌城毁于一旦。

高昌故城向西50公里处是交河故城，曾为车师前国的都城，高昌、交河故城那段尘封历史，可从唐代诗人李颀的《古从军行》中窥见一斑：“白日登山望烽火，黄昏饮马傍交河。行人刁斗风沙暗，公主琵琶幽怨多。野营万里无城郭，雨雪纷纷连大漠。胡雁哀鸣夜夜飞，胡儿眼泪双双落。闻道玉门犹被遮，应将性命逐轻车。年年战骨埋荒外，空见葡萄入汉家。”

咏梅

玉骨香醇一枝新，披冰戴雪笑红尘。
不屑春暖宠柳绿，独怜冬冷欺松贞。
明月盈笑存花底，清风送寒怯枝魂。
暗香一缕婷婷过，荡魄清俗涨精神。

【诗话集萃】

2007年12月作。梅花，梅树的花，寒冬先叶开放，花瓣五片，有白、红、粉红等多种颜色。为南京、武汉、无锡、梅州等地市花。梅花花语为“坚强，忠贞，高雅”。《梅花诗》是北宋易学家邵雍所作的十首预言诗，与刘伯温《烧饼歌》、李淳风袁天罡的《推背图》、诸葛亮《马前课》、姜太公《乾坤万年歌》、《步虚大师预言诗》并称为中国古代最著名的预言，历代此类书籍多为禁书。

洗澡

水漫华清池，
身洁水亦知。
尘埃何处惹？
梦远心自痴。

【诗话集萃】

2007年12月27日晚锻炼后，洗澡得诗，同时记公司搬家。“尘埃何处惹？”出自六祖慧能偈语。唐朝时期五祖弘忍挑选继承人，令其徒各作一偈，若悟大意，可付衣钵为第六代祖。时有上座僧神秀，学识渊博，作一偈写于廊壁间。偈曰：“身是菩提树，心如明镜台。时时勤佛试，勿使惹尘埃”。惠能时为文盲舂米僧，看后则说，“美则美矣，了则未了。”僧众皆笑其愚。惠能也不生气，说我也有一偈，于是夜间请人代书于神秀偈旁。偈曰：“菩提本无树，明镜亦非台。本来无一物，何处惹尘埃。”后五祖授其衣钵，成为六祖，居广东韶关南华寺主持，创立禅宗，其弟子集其语录撰成《六祖坛经》。

阿塞赏雪

广寒布琼裳，仙子正梳妆。
敛衽花盈笑，低眉玉留芳。
薄唇含冬柳，纤指送秋凉。
蟾宫一日闹，浮生空自忙。

【诗话集萃】

阿塞拜疆位于里海西海岸，外高加索东南部，北靠俄罗斯、西接格鲁吉亚，气候多样，风景秀丽。2007 年 12 月 27 日去北部山区赏雪，漫山皆白，树树晶莹，感觉似乎来到了传说中月球上美丽的广寒宫，广寒宫仿佛正在准备盛典，仙女们四处布置着宫殿，清冷的月光洒在树上，棵棵亮润洁白，形态各异，好像是婀娜多姿的仙女正在梳妆，欢乐地迎接盛典。

里海放歌

月落人间一潭秋，萧鼓相闻起沙鸥。
紫巅云荡生白雪，翠壑雾凝飘绿洲。
黄沙有志成大漠，滴水无意汇江流。
泼墨里海温清酒，松叶星稀上小楼。

【诗话集萃】

2007 年 12 月 21 日，阳光灿烂，心情自然清爽。到里海边漫步，遂成《里海放歌》。昨天是伊斯兰传统节日宰牲节（KurbanBayram）的开始，放假 4 天。宰牲节亦称“古尔邦节”，意为“献祭”、“献牲”，与“开斋节”、“圣纪节”并称为伊斯兰的三大节日。

巴库古城

片石缘系里海东，
青阶小巷晴正浓。
黄叶报秋恨霜早，
紫枫窃冷溢晓红。
滟滟随波思万里，
款款沾露湿九重。
敛袖回眸望青鸟，
春涧雾收一山空。

【诗话集萃】

2007 年 12 月 9 日，闲来无事读 Mark Elliott 写的 *Azerbaijan with Excursions to Georgia* 即《阿塞拜疆远足格鲁吉亚》一书关于巴库古城部分，有感于少女塔的传说，以诗记之。

巴库古城，位于巴库市中心，濒临里海。旧石器时代就有人类在此居住，公元 11 世纪时巴库是希尔万汗王（Shirvanshah）的都城，13 至 14 世纪，巴库由蒙古人控制，1723 年彼得大帝征服巴库，1735 年巴库又纳入波斯的版图，1806 年沙俄占领巴库。巴库古城的内城街道狭窄幽静酷似迷宫，青石铺路、建筑古老，仿佛一幅幅老旧的俄罗斯油画，充满古城魅力。巴库少女塔坐落在巴库老城中心，始建于公元 6 世纪，12 世纪时重建成为汗王宫殿建筑群的一部分。1304 年发生特大地震，许多建筑夷为平地，而此塔却安然无恙。塔高 27 米，类似笔筒，共有 8 层，人可以登顶鸟瞰里海，曾用作灯塔，内有水井，井水清冽甘美。关于少女塔有个凄美的爱情传说，传说有“门第”、“战争”等多种版本。“门第版”传说国王的女儿爱上了一位穷小子，戒于门第，国王不许，为了防止女儿私下约会，国王建了这座少女塔（MaidenTower/ 阿塞拜疆语：格子噶拉瑟），把女儿囚在里面，后来姑娘见美好的愿望难以实现，含恨跳进了波涛汹涌的里海，她深爱的小伙子听到这个噩耗，也以身殉情了。巴库少女塔已经列入《世界遗产名录》。

1951 年从巴库古城 Sabail 城堡发掘出许多 Bailov 石刻，该石刻由许多块片石组成，目前在古城 Shirvanshah 王宫里陈列。

毕业

杨花飞雪四春秋，六月北国几画轴？
一湖碧水飞明月，两岸春色动吴牛。
挥笔可作穿纸剑，洒泪即成大江流。
只待山河重整日，一樽清酒上高楼。

【诗话集萃】

1993年6月大学毕业于长春，在同学纪念册上书《毕业》诗作为临别赠言。回想四年校园时光，光阴荏苒。每年春季，北国春城飘飞的杨花柳絮，如严冬的漫天飞雪，南湖水平如镜，风光旖旎，不是江南，胜似江南，不为江南美景所动的吴牛，也会为之动容。同学们在毕业留言册上潇洒文字，犀利如剑，力透纸背。挥泪告别时，相约做成一番事业后，再登高叙饮。

赠喻老大

故人久别后，相逢一局棋。
把盏清歌淡，拈子中盘急。
白雪映寒夜，红炉照暖几。
常笑古人志，何须着锦衣。

【诗话集萃】

1995年11月邀大学同学兼棋友喻老大下围棋，因班级排行老大，故得其名。围棋起源于中国，推算起源时间大约在公元前6世纪，早于文字。最早的围棋记载见先秦典籍《世本·作篇》：“尧造围棋，丹朱善之”，晋代张华《博物志》中有“尧造围棋，以教子丹朱”，说尧的儿子丹朱不学无术，尧发明围棋，教育儿子。宋陆游《围棋》诗云：“大笑长歌尽放颠，时时一语却超然。扫空百局无棋敌，倒尽千盅是酒仙。”

小弈于二青山中

清风纹枰坐，山晚古寺幽。
喧溪游鱼少，点水春燕多。
陶公酒园乐，林逋梅鹤魔。
我忘红尘骨，飘飘梦仙萝。

【诗话集萃】

1990 年 7 月作于农村老家。二青山是家乡村庄的名字。昔年喜欢读陶渊明的作品。陶渊明，字潜，号五柳先生，东晋文学家、辞赋家、散文家。辞官后，陶渊明归田隐居过着“采菊东篱下，悠然见南山”的恬淡生活。但龚自珍在《舟中读陶潜诗》中评价陶渊明：“陶潜酷似卧龙豪，万古浔阳松菊高。莫信诗人竟平淡，二分梁甫一分骚。”林逋，北宋隐逸诗人，隐居杭州西湖，性恬淡，常驾小舟流连西湖各庙宇，每有客至，叫童子纵鹤放飞，林逋见鹤起必回。林逋终身不仕不娶，唯喜植梅养鹤，自谓“以梅为妻，以鹤为子”，人称“梅妻鹤子”。林逋的《山园小梅》诗：“众芳摇落独暄妍，占尽风情向小园。疏影横斜水清浅，暗香浮动月黄昏。霜禽欲下先偷眼，粉蝶如知合断魂。幸有微吟可相狎，不须檀板共金樽。”成为咏梅诗中的精品。

游学二首

（一）

铁马云深不见家，故国应是在天涯。
可叹九霄云水怒，英雄身死后庭花。

（二）

家如四海友山林，箪山被月风作琴。
地为棋盘星曰子，孑孓一身唱清贫。

【诗话集萃】

1991 年 7 月 5 日作于长春。昔年读书时亦喜欢读古诗，功课之余，总是找些古诗词来读，读后兴致所至，随便找个韵脚，留存在几本发黄的日记中。

夜伤于馆里客赋四首

（一）

青山有泪泉始流，碧空一望雁回头。
可怜重九无霜雪，落叶一枝已报秋。

（二）

居高临望九江天，万古风流已往然。
尔曹苦把风流做，我登高轩何处寒？

（三）

蓬门荜户结鹑衣，笑傲东风簟芦席。
夜食明月听松晚，山寺寒钟入梦急。

（四）

烟尘腾浮欲争高，整翅敛容守阳傲。
苍天巨变东风起，铁羽凌云破九霄。

【诗话集萃】

昔年随笔之作，日期也已经失落，现在读来，隐隐可见当年一点陈旧的影子。

午睡小题

一梦行千里，清水送黄粱。
映雪彻寒夜，尽收碧竹香。

【诗话集萃】

1991年7月17日周末，合书而卧不觉睡去，醒来所作。盛夏季节，梦想清凉。王安石有：“青山扪虱坐，黄鸟挟书眠”。黄粱指小米，传说唐朝时，道士吕翁去邯郸，路遇一卢姓书生，卢生梦想荣华富贵，劝解无效，道士就让卢生在他的枕头上睡觉，让他在梦中得到富贵荣华。卢生在梦里经历了人生的大起大落，终于在荣华富贵中度过余年，卢生从梦中醒来，店主人煮的小米饭还没有熟。“黄粱一梦”比喻荣华富贵如梦一场，虚幻短暂。

戏作四首

（一）梅

冷枝斗月霜天晓，独处幽窗一脉香。
闲潭青女对明镜，羞送纤指得新妆。

（二）戏作

重开新笔写乾坤，粉黛江山作浮云。
我看风流天下事，一束蓬蒿遁孤村。

（三）暮春

苍松一点青山翠，白云几片绿水中。
采得杨花三四朵，春风送过小桥东。

（四）雨

虎啸雷鸣动天朝，百万雄师下九霄。
巧布三天风云阵，野渡横舟漫小桥。

【诗话集萃】

1989年5月作于农安。农安旧称黄龙府，据《辽史》载："龙州黄龙府本渤海扶余府，太祖平渤海还至此崩，有黄龙见，更名。"黄龙府为金人完颜部故地，岳飞抗金屡败金军，曾对部将说："直捣黄龙府，与诸君痛饮耳！"公元1126年，金军掠宋徽、钦二帝后北上，曾一度囚禁在此。农安古城内建有辽代古塔，建于公元983至1030年间。塔高40米，八角13层，实心、塔檐飞展，农安多风，塔檐风铃清脆悦耳。

无题

新雪摧梅送幽香，
疑是丽人调茶凉。
不对案牍对黑白，
千古诗家泪一行。

【诗话集萃】

1990年12月作。“梅、雪、棋、诗”自然都是清新雅趣。王安石的《棋》诗云：“莫将戏事扰真情，且可随缘道我赢。战罢两奁分白黑，一枰何处有亏成。”关于雪、梅的诗，宋代诗人卢梅坡的两首《雪梅》堪称绝唱，其一：“梅雪争春未肯降，骚人阁笔费评章。梅须逊雪三分白，雪却输梅一段香。”其二：“有梅无雪不精神，有雪无诗俗了人。日暮诗成天又雪，与梅并作十分春。”

晚秋

月静东山上，
一弯西海中。
寒星点黄叶，
秋水绕孤城。
紫陌通今古，
荻花闹晓风。
常念濠梁上，
狂歌醉枯松。

【诗话集萃】

1990年12月有感晚秋而作。濠：古水名，又名石梁河，在安徽凤阳县境内，东北流至临淮关入淮河，梁为濠水上的桥。《庄子》记载了一段著名的争论：庄子与惠子游于濠梁之上。庄子曰：“儵鱼出游从容，是鱼之乐也。”惠子曰：“子非鱼，安知鱼之乐？”庄子曰：“子非我，安知我不知鱼之乐？”惠子曰：“我非子，固不知子矣；子固非鱼也，子之不知鱼之乐全矣！”庄子曰：“请循其本。子曰‘汝安知鱼乐’云者，既已知吾知之而问我，我知之濠上也。”

吊剑锋诗二首

（一）

飞魂绕黄龙，长啸抚青松。
铁塔凌空去，破云第几重？

（二）

寒衣弄碧竹，壮志易水出。
了却天下事，束戈换闲书。

【诗话集萃】

1992年1月15日，惊闻高中时期同学、好友不幸遭遇车祸，悲痛万分，作诗两首以临江凭吊。剑锋，原名雪慧，自觉雪慧意阴柔，后更名剑锋。现在回忆起当年在农安（古称黄龙府）同班情景，令人慨叹人生无常，不禁潸然。

登高

昨夜清秋早，
苍松待晓寒。
长天点孤雁，
落叶打斜栏。
黄龙飞旧梦，
三岗锁雕鞍。
长垂父母泪，
游子湿薄衫。

【诗话集萃】

1991年秋10月，游学离家，每每父母相送，泪湿薄衫，遂得诗。故乡在农安县三岗乡云昌村，当时交通极为不便，每次离家都要起得很早。唐代诗人孟郊有脍炙人口的《游子吟》，诗云：“慈母手中线，游子身上衣。临行密密缝，意恐迟迟归。谁言寸草心，报得三春晖！”孟郊早年漂泊无依，一生贫困潦倒，到五十岁时才得到了一个溧阳县尉的小官职，便将母亲接来住，此诗为“迎母溧上作”。

重游龙潭山

大江西去又复东，
清龙遥望两飞虹。
丹浸龙潭千年水，
碧压夯垣九夏冰。
小疾何妨重服虎，
大患独慎亦由衷。
轻舟调茗香未减，
关山已去九万重。

【诗话集萃】

龙潭山，在吉林市东部，西临松花江，主峰“南天门”海拔388米，站在峰顶可鸟瞰整个吉林市。龙潭山对面的松花江上建有两座大桥，即清源桥和龙潭桥，登高一望，两桥似垂天飞虹，甚是壮美。山上有高句丽山城城墙遗址，为公元4～5世纪的夯土建筑，山城内有水牢、旱牢，分别为当时的蓄水池和关押犯人的地方。水牢由花岗岩砌成，传说里面锁着兴风作浪的恶龙，又名“龙潭”，水深而碧，水位旱涝不变。“龙潭”前有一座潭坊，悬有乾隆御书“祀娄泽洽”的匾额，该匾额是乾隆十九年（公元1754年），乾隆皇帝东巡吉林时为龙潭所题。每年秋季，龙潭山上枫叶流丹，胜过北京香山。

2007年10月8日在家乡度假，重游龙潭山。回忆起12年前与同窗好友游龙潭山时仿王勃《滕王阁序》所作的《龙潭赋》，倍觉光阴流年，如挥手弹指。遂作《重游龙潭山》诗以和《龙潭赋》。当年所作《龙潭赋》全文：

龙潭赋
一九九五年十月

辛未年秋十月，与同窗春城、成杰游龙潭山，感怀颇多，遂书之铭记。

金秋十月，江城萧索。落叶积箽，槁木经霜。龙潭高而北山远，松江澈而秋水寒。山清波秀，可叹叩之而失时，佳朋诚友，犹念来去之匆匆。

师院一晤，如沐春风。良友春城之盛情，犹暖于怀，佳朋成杰之高谈，不绝于耳。

期维十月，序数深秋。彤云密而潦水多，阴风嚎而行人少。履寒尘而上路，访风景于龙潭。抛康乐之木屐，就同窗之盛意。重阿叠卧，上齐云霄，寒叶萧萧，下碾为尘。苍松长青，经秋而见老，捷燕掠空，过水而点寒。落叶红，幽林静。朔气涌而春风生，山路艰而跳足快。逆阶而上，古刹奇松之景，俯首回望，高关险壑之城。朱颜滴翠，飞阁翔龙。犹羡古人之天工，而令今人之观止。高城望断，可观前朝之烽火，太世宁和，感怀兴衰之有数。瞻遗古之凭吊，抚枯松而兴悲，物皆如此，人何以堪！恋红尘之乐乐，尽酸辛以伤身。嗟呼，浮生若梦，虚华非真，富贵黄粱，荣辱俱白。阿瞒高志，遗铸赤壁之恨，玉环风流，终成马嵬之鬼。唯无边之风月，足以游目骋怀，清雅之逸友，信以畅叙幽情。信可乐也，信可恒哉！

余，三尺微命，一介书生，寒窗十载，卓习格物之道，审慎君子之行。唯念修身齐家，不敢苟且，披星戴月，鹑衣杂食，忍寒冬之冷，耐酷暑之热。不骄不躁，以求经纶满腹，运筹帷幄，有所用武。然则幼绿而遭寒霜，春苗而罹亢旱，可叹愿不常足，遇无我待，希望如山，失望如渊。何趋燕雀之小志，而弃鸿鹄之高翔。盛年烟景，不弃陋巷，夙夜忧患，以图做作。偕山水以娱意，乐棋书以养志。时畅雅怀，挥手天地。读古人之清高，看今人之众相，系国家之大事，待自身之有为。

良友阔论，承俗济流，委身平淡。呜呼！鲲鹏岂就燕雀之侣，志女不效西子之颦。慕屈君之文采，而就千古之《橘颂》！然则当思盛年不来，青春易逝，立志之秋，不可弛废，趋之沉沦，有愧于少年之志，徒手流年，空付于韶光之慨。秉烛夜游，追已逝之东隅，尽收碧竹，立卧雪之程门。高年椿萱，翘目以待，寸草之心，报得春晖？切切思之，不胜感泣。然则抛高志而就小趣，远清流而浴浊沼，人所不效，智者不齿。感宗悫之雅志，慕李密之高德。

嗟呼！天大，地大，人亦大。吾将辞归！临别所遗，彩笺尺素。如无伯牙，不知子期，人海茫茫，心砌壁垒，知音难觅，得一而足焉，吾有二君，信可为富矣！才疏质陋，力竭愚诚，请执兔颖，各书辞斧正云尔！

赠友人

昨夜小城一街风，
万花篱落各西东。
我道锦城仍云乐，
卧看夕阳日正红。

【诗话集萃】

2006年5月作于巴库。巴库，阿塞拜疆首都，是里海最大的港口，也是外高加索最大的城市。“巴库”一词来自波斯语，意思是风袭的城市，还有专家认为，在古波斯语中，巴库意思是“上帝之山”。公元前1世纪，屋大维曾在巴库设立军营试图征服外高加索。巴库的确多大风天气，由于濒临里海，有时晴朗的天空，会突然从海面升起翻滚的乌云，接着大风骤至。

除夕

大漠黄沙看雪国，
雁阵惊春醉几多。
常忆红灯紫烛夜，
笑问乡邻一壶酌？

【诗话集萃】

2006年春节回老家农村，每每夜半，屋外雪花飘飞，屋内乡邻围坐，红泥小火炉炉火红彤彤，在炉子上热上东北炖酸菜，烫好热酒，斟上一壶，聊聊家长里短，其情切，其意真，年味蒸腾！酸菜，古称菹，《周礼》中有记载，北魏的《齐民要术》中详细介绍了我们祖先用白菜（古称菘）等原料腌渍酸菜的多种方法。清代儒学大家谢墉的《食味杂咏·北味酸菜》记载了酸菜的制法：“寒月初取盐菜入缸，去汁，入沸汤熟之”。东北腌制酸菜，两样东西必不可少：一是大酸菜缸、二是压酸菜的大石头。

题元宵节

银龙舞罢谢婵娟，
红泥诗酒共此圆。
不笑长铗归来辞，
常忆武媚河洛传。

【诗话集萃】

2006年2月12日，元宵节，节日气氛有感题。唐朝诗人白居易《问刘十九》诗："绿蚁新醅酒，红泥小火炉。晚来天欲雪，能饮一杯无？"河图洛书，相传上古伏羲时，在洛阳东北孟津境内黄河中，浮出龙马，托着"河图"献给伏羲，伏羲演绎成八卦，后来成为《周易》的来源；大禹时相传，在洛阳西洛宁境内洛河中浮出神龟，龟背托着"洛书"献给大禹，大禹据此治水成功，后依律治理社会，收录在《尚书·洪范》中。河图洛书的传说，属于君权神授思想的沿革。

武媚河洛传奇，属于野史。公元690年武则天登基称武周皇帝，大宴君臣，武则天不仅是皇帝，还是中国历史上少见的女文学家、书法家，擅长飞白书和行草，席间难免诗词歌赋，好不畅快，时值长安隆冬季节，武则天借着酒兴，去后宫赏雪，当看到满园花草凋零时，心中不快。回到宫中后，拿起文房四宝，挥笔题诗："明朝游上苑，火速报春知；花须连夜发，莫待晓风吹。"第二天，宫女打开宫门一看，上苑满园花开，姹紫嫣红，仿佛春至，急忙禀告皇帝，武则天睡眼起身游上苑，发现万花皆放，唯有牡丹不开，遂勃然大怒："大胆牡丹，竟敢抗旨！在长安你拒不开花，那么朕将你贬到洛阳邙山，永远不得开花！"这就是"怒贬牡丹"的传说。洛阳邙山古称凤凰山，是中国野生牡丹的发源地，凤凰山牡丹，简称"凤丹牡丹"，汉代就有凤丹牡丹的药用记载，距今已有1900年的历史。

游乌镇

一枕凝绿戏乌篷，
柳发撩碧浴晓风。
欲问小街之何往？
文昌阁外读书声。

【诗话集萃】

2007年4月作于浙江乌镇。乌镇，位于浙江省北部，别名乌敦、青墩，根据“谭家湾古文化遗址”出土的陶器、石器等鉴定，属于马家浜文化类型，处于新石器时代，由此推断乌镇有六千多年的悠久历史。乌镇是典型的江南水乡，一些古旧民居，临水而建，“枕水人家”是乌镇水乡的魅力之一。乌镇多桥，历史上最多时达120多座，“百步一桥”绝非夸张，目前现存有30多处古桥，这些桥最早建于宋代，多数明清始建、重建，有些桥还题有桥联，如通济桥：“寒树烟中，尽乌戍六朝旧地；夕阳帆外，是吴兴几点远山。”乌镇名人荟萃，自宋至清千年时间里，出贡生160人、举人161人、进士及第64人、因功承袭封禄者136人。古代名人首推南北朝时期梁朝昭明太子萧统，他编撰的《昭明文选》，在中国文坛影响巨大，堪比《楚辞》，他曾在乌镇读书多年。现代名人当属文学巨匠、新中国第一任文化部长矛盾先生，乌镇的“矛盾故居”于1988年1月列为全国重点文物保护单位。乌镇特产是蓝印花布、姑嫂饼、臭豆干、蚕茧，油炸臭豆腐，味道很香。

和故交

万里云雾共霞飞，将军百转思旧帏。
文章跌宕逸黄鹤，棋酒纵横下翠微。
钟牙楚晋谢韶乐，管鲍齐鲁威边陲。
金铜仙人辞汉日，枯树婆娑犹可追。

【诗话集萃】

2006年3月28日，大学挚友高宽赠《故交七律》，诗云："少时好胆共窈书，东西分飞岁又除。万里山河云共雾，孤盏灯火影叠屋。陈胜侥荣忘旧语，宋弘忤贵忆前殊。梦老江山隆替事，白发酒棋戏一出。"回想当年校园棋、书更迭旧事，故和之以《和故交》。当年爱围棋之书，高宽不吝赠《围棋大词典》，爱不释手，翻阅至今。

当年常读唐代诗人李贺的诗，犹爱《金铜仙人辞汉歌》："茂陵刘郎秋风客，夜闻马嘶晓无迹。画栏桂树悬秋香，三十六宫土花碧。魏官牵车指千里，东关酸风射眸子。空将汉月出宫门，忆君清泪如铅水。衰兰送客咸阳道，天若有情天亦老。携盘独出月荒凉，渭城已远波声小。"

鹏鸟

灏灏里海浪，送我归故乡。
天山掬明月，湘水采扶桑。
扶摇九万里，乾坤日月长。
三秦始皇地，烽烟起项王。
不恤赵卒勇，遗恨焚阿房。
暂借齐鲁地，以愈旧时伤。
莫笑东山小，岱宗自苍茫。

【诗话集萃】

2005年12月24日，乔迁新居，遂欣然拾笔成五言古风，以志旧地。又同乡国宁君者，善阴阳，私以求吉日，共自勉。

第二篇

青山词韵

水调歌头·读赤虬子诗词有感

今读赤虬子，又赏大观园。长霞夕韵无限，捉笔成诗篇。墨笼薄雾弱柳，画照清霜寒鹭，佩玉游广寒。煮酒遇佳节，邀月桂树巅。

整行囊，履竹杖，踏千山。巨观万年青史，春色阅人间。拾贝南天一柱，打磨北国风雪，飘洒寻悠闲。新词和新曲，无我即谪仙。

【词话集萃】

2014年5月2日，休假赋闲在家。偶读博客“赤虬子”，有感其诗词文辞华丽、格律严谨，遂作《水调歌头》记之。唐王勃有《滕王阁诗》曰：“滕王高阁临江渚，佩玉鸣鸾罢歌舞”句。

浪淘沙·十三陵夜叙

暮色沉幽涧，水墨青山，犬吠林深止斜栏。峰徊星隐酒旗现，客饮如仙。

金樽话当年，里海西边，罂花四月绿云烟。滴滴点点雨打去，重整长帆。

【词话集萃】

2014年4月22日在北京十三陵学习，遇多年前共事老友，畅叙往事，作《浪淘沙词》。原词句三为：犬啸林深止斜栏。词成后发给同学喜春，回复：“从词意分析，十三陵地区养有狼狗或藏獒，方可为啸，寻常家犬当为吠。”是夜所遇确为家犬而非狼狗或藏獒，该犬善目慈眉，叫声亦似燕语鹦声，全无杀气，故更啸字为吠。喜春堪为一字师。

阮郎归·失联航班寻踪

浩瀚海天水漫漫，浮云又层峦。万千殷切眼欲穿，断肠天外天。

家国系，手牵连，寻踪寄长帆。频问消息向暮烟，君意可回还？

【词话集萃】

2014年3月22日作，近日，一直关注马航失联航班，期盼失联人员能平安回来。2014年3月8日凌晨，马来西亚航空公司MH370航班于0：41离开吉隆坡国际机场，飞往北京，计划6：30抵达……起飞后不到一个小时与地面失去联系，机上239名乘客和机组人员，其中154名中国公民……随后展开国际大搜救。

水调歌头·回乡

新浴南海水，又踏北国冰。万里天陌横渡，俯瞰九州灯。最喜五岳风雨，惯看四海佳处，笑脸故乡屋。莫叹春城雪，梅花一枝独。

苍山醉，云霞蔚，暮烟浮。一江蜿蜒塞北，云水竞追逐。更有西林惊雀，跳断残枝白雪，长空飘舞出。悠闲此风景，对饮半杯足。

【词话集萃】

2014年1月28日作于长春。从三亚回东北过年，有感北国风光而得此词。一江指松花江。

念奴娇·兰考焦桐

叶叶焦桐，青冈上，明月枝枝成颂。一代清官铭青史，万里山河重整。敢为英雄，当握剑柄，抚我百姓痛。碧茵如海，追忆当年谁奉？

细雨声声三更，润泽大地，长祭君青冢。漫漫红尘路修远，播撒星星火种。绿固沙上，功载千秋，不负少年梦。满目春山，携手愚公揽胜！

【词话集萃】

2014年3月19日，晨起读习总1990年7月15日词作《念奴娇·追思焦裕禄》，习总词，《序》：“中夜，读《人民呼唤焦裕禄》一文，是时霁月如银，文思萦系……”《词》：“魂飞万里，盼归来，此水此山此地。百姓谁不爱好官？把泪焦桐成雨。生也沙丘，死也沙丘，父老生死系。暮雪朝霜，毋改英雄意气！依然月明如昔，思君夜夜，肝胆长如洗。路漫漫其修远矣，两袖清风来去。为官一任，造福一方，遂了平生意。绿我涓滴，会它千顷澄碧。”读后甚为感怀，遂作《念奴娇·焦桐》。

焦裕禄，山东淄博博山县北崮村人，1922年出生，1964年肝癌病逝郑州，终年42岁，中国共产党革命烈士。1962年焦裕禄赴任河南兰考县。在担任兰考县县委书记期间，面对兰考“内涝、风沙、盐碱”三害，发动群众进行生产自救，以愚公移山的精神植树固沙，今天焦裕禄当年栽种的泡桐树已长成合抱大树，绿满山冈，人们亲切称之为“焦桐”。焦裕禄临终遗言：“我死后只有一个要求，请把我运回兰考，埋在沙丘上。活着我没有治好沙丘，死了也要看着你们把沙丘治好！”读词至此，不禁想起宋抗金名臣宗泽，临终大呼三声“渡河！”，出师未捷身先死，长使英雄泪满襟！为官至此，何愁河山不绿？

渔家傲·采蛤蜊

海天同蓝一线寂，邀得伙伴采蛤蜊。风推细浪传欢喜，急寻觅，手舞足蹈一台戏。

异国三月春风起，花满四邻冬无迹。云水竞月逐万里。成记忆，故园他乡同天地。

【词话集萃】

2014年3月15日晨，感月初采蛤蜊景况，填词《渔家傲·采蛤蜊》。

2014年3月1日，周末。同事相约去海边采蛤蜊，海确切地说是在印度洋的阿拉伯海，因靠阿曼形成天然海湾，故称阿曼湾，这里的纬度大致和中国广州市等同，故一年四季，花期不断，不见秋冬。

蛤蜊（gélí），东北俗称“嘎啦”，埋在海的浅滩里。采蛤蜊要知道海的落潮时间，在潮落时，去沙滩，到水没膝至没腰深的位置，用脚在海滩泥沙里踩踏探测，遇到硬壳，即可弯腰用手采出，注意不要拿蛤蜊壳开启部位，蛤蜊是鲜活的，遇到攻击，壳会紧闭，夹住手极疼。踩到一个蛤蜊，一般周围会有几个同在，大概蛤蜊也喜欢家庭群居。这次采蛤蜊，是在下午3点左右，伙伴们每踩到一个，便一声惊呼，蛤蜊颇多，故惊呼声此起彼伏。有人被蛤蜊夹到手指，惊呼声自然巨大许多。约2个小时至晚5点，收获颇丰，大约2个大桶、3个小桶满满的，包括养生海水估计约一百公斤。蛤蜊采回，用海水浸泡一夜，吐出泥沙，即可食用，肉味极其鲜美，蛤蜊放置两天，即可死去，再食用，感觉肉味僵直，便不好吃了。

蛤蜊大概有花蛤、文蛤、西施舌等诸多品种，特别是西施舌，我觉得这个名字起得好，形象、漂亮，鲜活的蛤蜊从泥沙中取出时，壳是微微张开的，里面显露出新嫩粉红的肉，遇到攻击，壳会闭上，但一个长长的嫩肉似舌头的东西会暂时留在外边，形容为西施的舌头，自然再美不过。蛤蜊肉味鲜美，美冠天下，有“天下第一鲜”、“百味之冠”的美誉。蛤蜊营养丰富，低热能、高蛋白、少脂肪，富含蛋白质、碳水化合物、铁、钙、磷、碘、维生素、氨基酸等多种成分。蛤蜊不仅营养丰富，而且也可入药，蛤蜊味咸寒，具有滋阴润燥、利尿消肿、软坚消结的作用。蛤蜊的药用价值在《本草经疏》、《本草经集注》等医书中均有记述。蛤蜊忌与田螺、橙子、芹菜同食。

蛤蜊亦长寿，目前发现最高龄蛤蜊为507岁。在我国的青岛胶州湾，盛产蛤蜊。

满江红·琼崖击水

天涯路漫，海角处、绿笼银沙。碧浪卷，登高远望，长空辽阔。青春豪情须搏水，飞扬意气宜横渡。挥手去、直向海棠东，云水处。

风欲止，临江渚。飞白鹭，鸣红树。看南山，不老松石寿书。对唱槟榔黎锦绣，跳柴米酒竹竿舞。待来年、弯弓再回头，射金鹿。

【词话集萃】

2014 年 1 月 24 日畅游亚龙湾，作于三亚。琼崖指海南岛。海棠湾位于亚龙湾东部，有天然的银色沙滩，海水碧蓝清透。三亚河东、西河各长约 6 公里，有珍稀鸟类白鹭及红树林。南山距离三亚市约 40 公里，有著名的长寿谷，谷中有许多关于长寿主题的石刻。黎族的“黎锦”是中国纺织艺术的瑰宝，古时为贡品。槟榔树为棕榈科常绿乔木，槟榔果为东南沿海各民族招待客人的佳果，古代称贵客为“宾”、“郎”，故得此美誉。每年“三月三”是海南黎族人民最盛大的传统节日，又称“爱情节”，年轻姑娘、小伙通过对歌，来寻觅心中伴侣。“跳柴舞”是黎族的传统舞蹈，舞姿优美，又称“打柴舞”、“竹竿舞”。黎族民间传说，建茅屋时，不断有竹竿从房顶滑落，为了避开以免碰伤脸部，人们不断跳来跳去。三亚的槟榔谷，是黎族、苗族的居住地。鹿回头，传说古时一年轻猎人，与母亲相依为命，一天进山狩猎，碰到一只金色梅花鹿，他追呀追，一直追到海边，鹿无处可走，忽然回头变成一个美丽少女，后来少女嫁给了年轻的猎人，他们过上了美好生活。看来爱情靠追，直到天涯海角，才能终成正果。三亚市有鹿回头公园，站在山顶可以鸟瞰整个三亚市。

浣溪沙·月夜闲步

月出云天气斗牛，五步流连起沙鸥。星瀚银河一树秋。

青山渐远霓虹淡，蟾宫折桂又回眸。庭院深深花巷幽。

【词话集萃】

2014年1月15日晚，闲庭信步，月出东山，云影浮动，偶得此词。岑参诗《白雪歌送武判官归京》有“瀚海阑干百丈冰，愁云惨淡万里凝”句。

减字木兰花·夜宴

珍馐银箸，世间清欢嫦娥妒。一曲绵长，新词佐酒茶添香。

楼高月小，东风又过惜春早。倦起晨钟，寄恨红颜太匆匆。

【词话集萃】

2014年1月9日晚，与朋友小聚，酒酣畅吟新词，舞而歌。微醉不知回路，晨起睡眼倦怠，方觉欢笑易逝，红颜匆匆，遂成《减字木兰花词》。

虞美人·马斯喀特逢雨

一枕轻梦一帘秋，绿港半街幽。清风明月过南楼，海鸥逐水又落野滩头。

黄沙不期潇潇雨，零乱红颜去。眉黛春山向晚烟，对坐香茗缕缕透心间。

【词话集萃】

2014年1月7日午后小睡，傍晚去市区，路过苏丹卡布斯海港，海水碧蓝，古街静谧，沙鸥逐水。一弯明月挂在马斯喀特门城楼……倏忽间乌云翻卷，大风骤至，紫红的三角梅花散落一地，随风飘去……远处墨色山峦，漂浮一团团雾气，常年干涸的沙漠，一场不期而至的大雨带来了生机。大雨、沙漠、夜晚……只有对坐香茶独享幽寂。

定风波·南山策马

云海一片天未晴，绿枝难觅鹦鹉声。黄沙飘卷漫天雪，不屑，跣足踏浪且独行。

再盼琼崖观胜景，莫等，策马南山又纵横。清茶卷展看花落，剪去，悠闲秋色月盈盈。

【词话集萃】

2014年1月4日，周末，早饭后海边散步。大浪翻滚、海天蔚蓝、云霞浮动，鹦鹉声声。想起春节前计划去三亚休闲，看天涯海角、放马银滩，忆2007年2月第一次登顶南山，今又向往之。南山，别名鳌山，为中国最南端的山，是古崖州屏障，琼南名山。南山海拔500米，云雾缭绕、气象万千，山中长寿谷，有著名书法家启功先生所题石刻“寿比南山”。

江城子·出海

碣石东望驻潮头，水凝眸，远帆悠，天海同色，物华一竞休。雁过云舒声声里，沙鸥落，漫绢绸。

青春作伴好重游，弹箜篌，暖金秋！三杯微醉，夕照忆庄周。心行万里风自润，长虹瘦，薄雾收。

【词话集萃】

2013年12月28日，与诸君同游出海，感烟波浩渺、海天蔚蓝、沙鸥如织、金风爽飒，作《江城子》词。

浪淘沙·嫦娥探月

一水漫天涯，大漠黄沙，秋叶飘零舞落花。回望故国千里雪，挂满枝丫。

明月似我家，斫桂青霞，玉兔腾跳又出发。东坡恨悔问天早，广寒弹铗。

【词话集萃】

2013年12月21日晨，漫步阿拉伯海，大浪滔天，有感嫦娥探月，遂作《浪淘沙》词。作为中国探月工程的第二期“落”，2013年12月2日凌晨1时30分，长征三号乙增强型运载火箭在西昌卫星发射中心发射并成功把嫦娥三号月球探测器送入预定轨道。12月14日21时12分嫦娥三号成功软着陆月球表面，12月15日凌晨4时，玉兔号月球车走出，成为自1973年苏联月球车2号登月以来首次踏上月球表面的月球车。

飞天探月，自古就是中华民族的梦想，我们有“嫦娥飞天”的传说、有“吴刚斫桂”的典故，更有风雅飘逸苏东坡《水调歌头》“把酒问青天”的千古词句。东坡应遗憾生不逢时，否则未来的载人登月，是否可以实现在月球上“把酒”、“舞剑”呢？

苏幕遮·华盛顿乔治城

古城秋，深巷觅。风送云天，轻步长桥驿。香榭楼阁晴翠里。异域情浓，水漫扁舟系。

越平洋，寻绮丽。寂寞身远，至静心和气。春月明年曾记忆？酒在他乡，好梦锦书寄。

【词话集萃】

2012 年 12 月 31 日去美国华盛顿，华盛顿是很美丽的城市，既有历史，又有自然风光：国会大厦、华盛顿纪念碑、二战纪念碑、林肯纪念堂、越战纪念墙、朝鲜战争纪念墙、杰斐逊纪念堂、白宫……还有国家广场两侧林立的博物馆。乔治城离林肯纪念堂不是很远，保留了很多十八、十九世纪的建筑，午后在威斯康星大道走走，找一家咖啡厅坐坐，阳光、白云、微风、各色人流，很惬意。

西江月·石河子军博

遥想当年大漠，亘古千里洪荒。红旗挥舞下边疆，西进战歌嘹亮。

不怕风沙蔽日，青石烤饼更香。星做被子地做床，一片新城开创。

【词话集萃】

2013 年 7 月访新疆石河子军垦博物馆，感怀第一代兵团人屯垦戍边，艰苦卓绝，填《西江月》词铭记之。石河子是农八师所在地。新疆生产建设兵团是在特殊历史背景下建立的。1954 年 10 月，根据毛主席指示驻疆人民解放军大部集体就地转业，脱离国防部队序列，组建新疆生产建设兵团，其使命是劳武结合，屯垦戍边。新疆生产建设兵团现有 14 个师，260 万人。新疆屯垦戍边的历史可以上溯到西汉时期，至今已有 2100 年的历史，屯垦戍边是历代中央政府治理新疆的基本国策，对于巩固边防、维护国家统一，促进新疆社会稳定和经济发展发挥了重要作用。

画堂春·吐鲁番重游

青溪婉转下天山，火风沙绿相间。蜿蜒藤蔓翠争酣，独坐红毡。

常觅一枝春色，车师醉饮雕鞍。轻飞曼舞玉罗簪，回梦从前。

【词话集萃】

2013 年 7 月 26 日重游吐鲁番。吐鲁番在乌鲁木齐市东南部，沿国道 312 可到达吐鲁番。吐鲁番素称“火洲”，是全国夏季最炎热的地方之一，同时兼有“风洲”、“沙洲”、“绿洲”的一体特色。吐鲁番地区的艾丁湖是中国地势最低的地方，低于海平面 154 米。吐鲁番盛产葡萄，葡萄沟中郁郁葱葱，栽种有无核白、马奶子、白加干、红玫瑰、索索等近百种葡萄，形成藤蔓交织的绿色走廊，青青的布依鲁克河（葡萄沟河）从葡萄沟流过。吐鲁番，维吾尔语意为富庶丰饶的地方，回语有“蓄水”之意。吐鲁番是古丝绸之路上的重镇，据《汉书·西域传》记载，车师前国王庭就在吐鲁番地区的交河故城。

吐鲁番有举世闻名的伟大水利工程“坎儿井”，坎儿井共有 11000 多条，总里程超过 5000 公里，与“万里长城”、“京杭大运河”并称为中国古代三大工程。《史记》记载的“井渠”，就是指坎儿井。坎儿井由“直井”、“暗渠”、“明渠”、“涝坝”四部分组成，在吐鲁番的灌溉面积达 47 万亩，可以说没有坎儿井就没有吐鲁番。清代萧雄《西疆杂述诗》这样描述坎儿井：“道出行回火焰山，高昌城郭胜连环。疏泉穴地分浇灌，禾黍盈盈万顷间。”

水调歌头·飞越喜马拉雅

几度穿云过，扑面一山悬。扶摇八千雪线，冰河亿万年。抬手摘星寄月，俯仰天河一隅，几缕梦轻寒。白云慕秋雪，风雨总缠绵。

负长虹，凌大漠，掠荒原。落霞夕照，百川到海忙亦闲。欣然人间疾苦，笑谈世事艰辛，身老亦红颜。天路若无险，只有上层峦！

【词话集萃】

2013年8月3日，乘飞机飞越喜马拉雅山脉，有感于喜马拉雅山脉雪域壮美，填《水调歌头》词。喜马拉雅山脉，梵语“雪域”的意思，藏语意为“雪的故乡”，喜马拉雅山脉是世界上最高的山脉，海拔7350米以上的山峰有110座，最高峰为珠穆朗玛峰，又名圣母峰，海拔8844.43米，藏语意为“第三女神”。

长相思·和古词

暮云停。秋雨声。三更月冷对孤灯。荒草听蚕鸣。

笑盈盈。梦里逢。夜半风冷吹窗棂。长梦不要醒。

【词话集萃】

2012年10月12日读北宋万俟咏的《长相思》，和之。万俟咏的《长相思》：“短长亭。古今情。楼外凉蟾一晕生。雨馀秋更清。暮云平。暮山横。几叶秋声和雁声。行人不要听。”

水调歌头·井冈山登临

投笔忆壮士，来寻井冈山。紫陌扶摇云上，红崖赏杜鹃。白水天半飞落，乱石中流喷雪，珍珠洒五潭。上了黄洋界，主峰不须看。

百竹静，水口震，敌胆寒。叶叶刀兵重现，万马战犹酣。大井友情树下，小井映山红遍，星火可燎原。事事皆艰险，成功自维坚。

【词话集萃】

2012年4月16日游井冈山，感井冈山英雄故事，醉如画美景。井冈山的杜鹃山以漫山杜鹃花而闻名；黄洋界是当年红军哨口，地势险要；水口有漂亮的瀑布；大井有毛泽东、朱德、彭德怀、陈毅等同志旧居；小井有红军医院，当年被敌人偷袭，130多名伤员面对敌人枪口，壮烈牺牲；龙潭是井冈山看水最美的地方，有五个大小瀑布跌落而成的五个潭；百竹园，观竹，以静人心；主峰是井冈山主峰，但云雾缭绕，很难一见。

井冈山中的笔架山有十里杜鹃花长廊，是看映山红的绝佳地方，沿着峭壁上的栈道，漫山各色杜鹃花姹紫嫣红，云雾缭绕，如入仙境。映山红属杜鹃花科，花、叶俱美，堪称上花。映山红素有“木本花卉之王”的美誉，古今关于映山红的吟咏颇多，宋代诗人杨万里的《咏杜鹃花》云：“何须名苑看春风，一路山花不负侬。日日锦江呈锦样，清溪倒照映山红。”颂扬了映山红质朴、顽强的生命力。

南乡子

心乱弄瑶琴，风送落花月影深。昨日愁思青山雨，伤心。梦里依稀笑犹存。

春日恨黄昏，艳艳桃花玉指痕。多情惜别彩虹处，青春。一夏一秋葬花魂。

【词话集萃】

2011年8月22日读网络词《南乡子》，和之。《南乡子》是词牌名，唐教坊曲。最为著名的当属宋代大词人辛弃疾的《南乡子·登京口北固亭有怀》：“何处望神州？满眼风光北固楼。千古兴亡多少事？悠悠。不尽长江滚滚流。年少万兜鍪，坐断东南战未休。天下英雄谁敌手？曹刘。生子当如孙仲谋。”

西江月·茵莱湖

一湖残荷听雨，凌乱海鸥飞来。去年落花今又开，木屋小桥水寨。

圃田横列秋色，长篙浮萍自栽。渔歌夕阳正徘徊，小舟单脚轻快。

【词话集萃】

2011年2月去缅甸茵莱湖，茵莱湖位于缅甸中部，湖面海拔970多米，清晨乘小舟，湖面很冷，到处可以看到漂浮的水草浮萍，把面包碎屑抛向空中，就会招来许多水鸟追逐。茵莱湖上有一种“浮岛”，是当地人捞湖里淤泥放在水草上积年累月形成的，可以在上面种菜，浮岛上插着竹竿，免得浮岛随波冲走。当地渔民在湖面上单腿划船，解放出手脚来撒网捕鱼。湖上建有水上宾馆，看湖光山色，沐浴阳光，异国质朴情调浓郁。

满庭芳·泸沽湖夜宿

身披羽翼，逐月千里，金沙叠翠层峦。万丈险绝，款款树凝烟。最喜泸沽湖水，兰桨下，草肥鱼鲜。飞霞落，远山飘墨，风起走木船。

三壶摩梭酒，八旬祖母，稳坐炉前。香飘猪膘肉，酥油茶煎。萍水提盏醉舞，扣手间，聚散前缘。篝火畔，青毡作枕，一梦到广寒。

【词话集萃】

2011年2月16日夜饮摩梭人家，舞而醉，宿泸沽湖畔。泸沽湖又名左所海，俗称亮海，海拔2690米，位于四川凉山彝族自治州与云南丽江之间，明朝旅行家徐霞客在《徐霞客游记》中对泸沽湖有文字记载。从丽江去泸沽湖，山路曲折，要翻越几座大山，约一天的车程。泸沽湖水清澈、自然，只允许划桨的独木舟行驶。泸沽湖岸边居民多为摩梭族人，至今还保留母系氏族婚姻制度，祖母、母亲是当家人，孩子由舅舅抚养。摩梭族的婚姻风俗独特，男不娶女不嫁，实行走婚制度。青年男女篝火聚会时，小伙子看上了心仪的姑娘，就邀请她跳舞，小伙子扣姑娘手心三次表达爱意，姑娘若喜欢则回扣两下，否则表示不同意，有了暗示之后，双方开始约会恋爱，感情成熟后小伙子开始走婚。走婚要半夜偷偷去姑娘家，必须带三样东西，一是刀子，用来撬门；二是给狗的食物，一般是把一块肉放在松塔里，以便慰劳姑娘家的狗狗；三是帽子。来到姑娘的花房后，把刀子插在门外墙上，帽子挂在刀上，这样姑娘家的人就知道有人来走婚，便不会打扰了。摩梭人家有腌制猪膘肉的传统，是整猪把内脏掏空腌制，然后放在房子外阴凉处，由于地处高海拔气候干燥凉爽，猪膘肉可以放很长时间，甚至几年，肉质肥而不腻，鲜美异常。猪膘肉的多少，也是摩梭人家是否富裕的象征。

江城子·缅甸蒲甘古城

佛塔万千写春秋。上层楼，暮云愁。苍翠水远，千古月一钩。费劲生前拔山力，铭志此，一王侯。

我心快慰放马游。展卷轴。金樽酒。尘封盈面，洗尽物华休。闲坐听歌戏一场，落晖处，泛扁舟。

【词话集萃】

2011 年 2 月游缅甸蒲甘古城。蒲甘王国于公元 849 年建国，位于伊洛瓦底江西岸与亲敦江汇合处，东北距离曼德勒 145 公里。蒲甘王国信奉上座部佛教，王朝历代都积极支持佛教的发展，把大量的人力、物力、财力、土地用来建筑佛塔、寺庙。蒲甘古城的佛塔数量，在鼎盛时期约 5000 多座，素有“万塔之城”的美称，经过蒙古忽必烈入侵和 1975 年大地震，佛塔数量锐减到目前的 2217 座，为了保护古迹，佛塔群之间，目前只允许马车通行。

缅甸是个佛国，缅甸族几乎人人信奉佛教。公元前 6 世纪佛教传入缅甸，至今已有 2500 年的历史。公元 1 世纪时，印度佛教内出现了一些新的学说派别，这些派别自称他们的目的是“普度众生”，即他们的教义好比一只巨大无比的船，能载无数众生从生死此岸世界到达涅槃解脱的彼岸，这一派自称为“大乘”佛教，而把其他原始佛教和部派佛教贬称为“小乘”佛教。“小乘”佛教派别自己是不承认的，缅甸、泰国、伊斯兰卡等国的佛教，一直称为“南传上座部佛教”。在教义方面，小乘佛教主张“我空法有”，即否定主观精神，客观世界的否定并不彻底；大乘佛教主张“人法两空”，既否定主观世界，又否定客观世界。小乘偏于自度，大乘不但要自度，而且要度人。菩萨思想是大乘佛教的主要特色，即立下弘愿，普度众生、脱离苦海。大乘佛教主张可以在家修行，而不用像小乘佛教那样需要出家修行。

念奴娇·恒山悬空寺

三尺危楼，栖绝壁，千年暮雨朝云。一山扑面，锦屏风，唐时明月成雪。紫雾西来，松涛卷浪，切切天人语。悬柱若丝，驻踵多少豪杰。

仰止太白遗风，壮观犹未尽，手摘星辰。杯酒漂墨，挥洒间，叹为千古吟诵。生当少年，应师学弘祖，遍访巨观。佛道同堂，儒老临风论道。

【词话集萃】

2010年9月13日，游恒山悬空寺，美其奇、绝、巧、悬，与太白手书“壮观”同感，徐霞客亦留“天下巨观”惊叹，故作《念奴娇》词以记之。恒山悬空寺在陕西省浑源县，始建于北魏后期，距今有1400年历史。是中国目前仅存的佛、儒、道三教同堂的寺庙。悬空寺建筑在绝壁上，距离地面50多米高，共有殿阁40间，下面有十几根碗口粗的木柱似乎支撑着殿宇，其实木柱本身并不受力。悬空寺的对面是一座宛若屏风的大山。公元735年唐代大诗人李白游览悬空寺，书“壮观”二字，题在崖壁上。徐霞客，名弘祖，字振之，号霞客，明朝著名地理学家、旅行家、探险家，江苏江阴人，被称为“千古奇人”，著《徐霞客游记》。

西江月·草坪观海

遥看夕阳入海，我心独自奔忙。闲坐绿茵纳晚凉，蜂蝶怡然对唱。

黄沙星天共舞，心远四海家乡。秋来雁去一行行，美酒半壶斟上。

【词话集萃】

2010年8月17日晚，于印度洋边草坪闲坐观海，红日西沉成《西江月》词。宋代诗人范仲淹的《渔家傲·秋思》词：“塞下秋来风景异，衡阳雁去无留意。四面边声连角起，千嶂里，长烟落日孤城闭。浊酒一杯家万里，燕然未勒归无计，羌管悠悠霜满地。人不寐，将军白发征夫泪。”

浪淘沙·晋北跃马

快意乘东风，草木从容，水墨江山摇扇中。青春行路还须早，踏月长虹。

手挽一雕弓，天狼惊鸿，居胥封山又一重。塞外沽酒杏花雨，跃马无踪。

【词话集萃】

2010年8月21日，计划九月初短期休假游山西，神往而填词《浪淘沙》。狼居胥，即今天内蒙古克什克腾旗狼山。公元前119年，汉武帝对匈奴发动了规模空前的“漠北大战”，年仅23岁的霍去病率部奔袭2000余里，以损失1.5万人的代价，斩敌7万，霍去病一路追杀，来到今蒙古肯特山一带，暂做修整，在狼居胥举行祭天封礼仪式，表示歼击匈奴单于的决心，后继续北上追击，直捣瀚海，即俄罗斯贝加尔湖，才回兵。经此一役，匈奴北遁，漠南无王庭。霍去病是汉武帝时期著名的军事家，名将卫青的外甥，山西临汾人，擅长骑射、长途奔袭，任大司马骠骑将军。“封狼居胥”是历代军事家追求的最高境界。

雨霖铃

酒罢热茶，轻歌曼舞，豪情谁颂。倚门斜看花似雪，拈一朵、容颜若霞。千川阅尽无悔，独歇香榭下。琴瑟瑟、弦断几回，重整山河掸剑匣。

莫念多情仰天笑，心似铁、策马勒琼崖！明月如我醉处？怜惜否、挥墨涂鸦。长帆看海，振衣戏浪杨柳蒹葭。落霞处、秋水横纵，飘洒荷下花！

【词话集萃】

2010年8月18日偶遇好友，小饮，成“雨霖铃”词。唐朝诗人许浑的《咸阳城东楼》诗曰：“一上高楼万里愁，蒹葭杨柳似汀洲。溪云初起日沉阁，山雨欲来风满楼。鸟下绿芜秦苑夕，蝉鸣黄叶汉宫秋。行人莫问当年事，故国东来渭水流。”

水调歌头

听歌一壶酒，翘首看天山。可叹天山明月，无语诉悲欢。欲请斩将宝剑，挥师东去江边，玉树红叶间。摇扇看青史，一笑舞长帆！

凌烟阁，绕珠翠，晓梦寒。一点珠泪，挥洒大漠唱孤烟。人生聚散苦短，玉指轻奏和旋，自古梦难圆。飘洒青石路，滴血看杜鹃。

【词话集萃】

2010年秋8月12日于马斯喀特。周末小聚，欣然命笔，成《水调歌头》记之。唐代诗人王维的《使至塞上》诗："单车欲问边，属国过居延。征蓬出汉塞，归雁入胡天。大漠孤烟直，长河落日圆。萧关逢候骑，都护在燕然。"

大风歌·十六字令三首

风，黑云滚滚起山中。
夕阳下，醉舞一青松。

风，千里黄沙漫天红。
长霞落，万指拨琴筝。

风，碧涛翻卷大浪横。
苍鹰啸，再跃抹长空。

【词话集萃】

2010年6月4日晚，热带风暴"钻石"，登录阿曼，大片的积雨云从南部山区陆续飘逸过来，去看海，苍烟落照，晚霞艳丽，大风强劲……作《大风歌·十六字令三首》。

小重山·羊城听雨

千里江南寻蛙鸣。小园临仙境，香满庭。追云看月又独行。羊城夜，锦帐听雨声。

海阔水自清。凌顶天下小，受长缨。欲付丹青塞外雪。行须早，依杖点寒星。

【词话集萃】

2010年5月21日凌晨，广州转机，宿机场，清晨大雨乎至，如幻如烟，卧榻听雨，填词《小重山》记之。唐代诗人贾弇（yǎn）《状江南·孟夏》诗："江南孟夏天，慈竹笋如编。蜃气为楼阁，蛙声作管弦。"主席在长征时有《清平乐·六盘山》词："天高云淡，望断南飞雁。不到长城非好汉，屈指行程二万。六盘山上高峰，红旗漫卷西风。今日长缨在手，何时缚住苍龙？"

采桑子·平安夜

仰望苍穹观琼月，星河点点。浮云片片。寂寞大海来幽燕。

一梦山水回家乡，独依画舫。薄雾徜徉。竹篙轻推出斜廊。

【词话集萃】

2009年12月23日，平安夜前夕海边漫步，明月如钩，白云如鳞。是夜梦回故乡，青山绿水，小船摇曳，晨起遂作《采桑子》以寄金牛岁尾。

浪淘沙·读《史记》

一枝俏东风，颜色从容，雨润昨夜晚霞浓。闲潭对影晓妆罢，香羡飞鸿。

快意当重逢，跃马千峰，万里河山一掌中。儿戏诸侯烽火后，再戏犬戎。

【词话集萃】

2010年5月6日作。《史记·周本纪》记载了这样一个故事：夏国衰落的时候，两条神龙降落在夏宫廷，说："我们是褒国的两位先君！"对于神龙，是杀、是驱逐、是挽留，夏帝犹豫不决，后经占卜，说只有留下神龙唾液才吉祥。后夏帝摆上香案，拿出锦匣，向神龙祷告，神龙留下唾液而去，夏帝令人把唾液收藏在匣中。夏亡后，匣子传给殷商，殷商灭亡后传给周，历经三朝，无人敢打开匣子。到了周厉王末年，打开匣子看了，结果唾液流到殿堂上，怎么也清理不掉，周厉王命一群女人脱去衣服，赤身裸体对着唾液大喊大叫，结果唾液化成一只大蜥蜴爬进了厉王后宫，恰巧一个刚六七岁的宫女，碰见了大蜥蜴，宫女成年后，竟然无夫怀孕，生下了孩子，宫女害怕，就把孩子扔掉了。那时已是周宣王时期，有市井女童儿歌："山桑弓，萁箭袋，灭亡周国的祸害！"时值集市有卖这两种器物的一对夫妇，宣王命抓而扑杀之。夫妇逃亡，在路上遇到宫女抛弃的女婴，女婴深夜啼哭，夫妇可怜收养了女婴。后夫妇逃往褒国，后来褒人得罪了周朝，就把那对夫妇收养的女婴献给周朝后宫，起名褒姒，以赎罪。到了周幽王三年，幽王在后宫遇到了已经长得风华绝代的褒姒，甚是喜爱，纳为妃，后褒姒生子伯服，幽王因过分宠爱褒姒，就把申皇后和申后所生太子宜臼废黜了，立褒姒为皇后，伯服为太子，太史伯阳感慨道："祸成矣，无可奈何！"

接着就是后来人们所熟知的故事，褒姒尽管有倾城美艳，但就是不太会微笑，幽王为了博得美人一笑，想出了个令人拍案叫绝，但成本最大的办法，据《史记》载："褒姒不好笑，幽王欲其笑万方，故不笑。幽王为烽燧大鼓，有寇至则举烽火。诸侯悉至，至而无寇，褒姒乃大笑。幽王说之，为数举烽火。其后不信，诸侯益亦不至。"恶有恶报，由于申后及太子被废，申后的兄弟申侯大怒，联合缯、西夷犬戎突然发兵攻击幽王，幽王烽火征兵，无人再信，无一兵一卒前来救援，结果幽王在骊山脚下被杀。申侯和诸侯共拥立宜臼为周平王，也就是申侯的外甥。

临江仙·和缠中说禅

大江东去浪千尺，落日寂寞独红。鹰飞鱼跃竞苍穹。酒殇悼屈子，壮士临悲风。

青灯长卷望北斗，纷繁一声禅钟。封狼居胥对晨松。谁念栖霞岭，孤坟鸣蝉虫。

【词话集萃】

2009年12月10日，同学转来一首他偶遇的词，抄给我，相应和了一首《临江仙·和缠中说禅》。《缠中说禅》词云："浊水倾波三万里，愀然独坐孤峰。龙潜狮睡候飙风。无情皆竖子，有泪亦英雄。长剑倚天星斗烂，古今过眼成空。乾坤俯仰任穷通。半轮沧海上，一苇大江东。"栖霞岭在杭州市西湖区，东面是葛岭，前面是岳王庙。相传旧时岭上多桃花，春日桃花盛开，犹如漫山彩霞，故名"栖霞岭"，又名赤岭。清代诗人夏基写有《栖霞岭上》："栖霞岭上紫云吹，疑是英雄血泪垂。画舫歌残悲夜雨，湖亭酒尽泣荒碑。几人过墓能忘恨，何客登坟不肃仪。遥望故宫禾黍灭，惟余乌鹊对南枝。"

菩萨蛮·走张家界金鞭溪

小径执着闲临水，笑语穿林绿如空。几座峰独立，娉婷落霞泣。

清溪濯我足，倦起松枝扶。五步一晚照，惹得猿儿笑。

【词话集萃】

2009年5月20日游张家界金鞭溪题。金鞭溪位于张家界，全长7.5公里，因流经金鞭岩而得名，号称"久旱不断流，久雨水常绿"。金鞭溪流经的峡谷是武陵源最美的地方，如山水画廊，有"世界最美丽的峡谷"之一的美誉。有无名氏作诗赞曰："清清流水青青山，山如画屏人如仙。仙人若在画中走，一步一望一重天。"

临江仙·登岳麓山

橘子洲头小驻，回眸叠翠层峦。千年书院黄页间。爱晚亭边坐，红日羞杜鹃。

青春宜当涉远，把酒应对前贤。友谊重叙大江边。鸟鸣山欲寂，微汗透薄衫。

【词话集萃】

2009 年 5 月 17 日与同学游长沙岳麓山作。岳麓山，海拔 300.8 米，是南岳衡山七十二峰之一，位于古城长沙湘江两岸，古迹甚多，荟萃了湘楚文化的精华。坐落在山中的千年学府“岳麓书院”，始建于北宋年间，与江西庐山的“白鹿洞书院”、河南登封的“嵩阳书院”、河南商丘的“应天书院”合称中国古代四大书院。爱晚亭位于岳麓山下清风峡中，始建于清乾隆五十七年（1792 年），与安徽滁县的醉翁亭（1046 年）、杭州西湖的湖心亭（1552 年）、北京陶然亭公园的陶然亭（1695 年）并称为中国四大名亭。爱晚亭创建人为清代岳麓书院院长罗典，爱晚亭原名红叶亭，又名爱枫亭，后根据唐代诗人杜牧《山行》诗：“停车坐爱枫林晚，霜叶红于二月花”，更名为“爱晚亭”。

北京陶然亭命名也来自唐诗：“更待菊黄家酝熟，共君一醉一陶然。”这是唐代大诗人白居易与刘禹锡在洛阳相聚时所作，《与梦得沽酒闲饮且约后期》诗：“少时犹不忧生计，老后谁能惜酒钱？共把十千沽一斗，相看七十欠三年。闲征雅令穷经史，醉听清吟胜管弦。更待菊黄家酝熟，共君一醉一陶然。”

苏幕遮·雪

琼枝下，千尺雪。北风辽阔，漫舞过佳节。石阶青从白里借。斑斓秋夜，欲困艳妆卸。

淞江远，水迷灭。寒鸭惊起，呼号掠日月。寂寞汀州飘红叶。古刹残关，相依情切切。

【词话集萃】

2009 年 2 月 15 日，吉林大雪。晨起，登高赏雪而作。北宋文学家苏轼被贬黄州时（湖北黄冈），有“黄州定慧院寓居作”《卜算子》词：“缺月挂疏桐，漏断人初静。谁见幽人独往来，缥缈孤鸿影。惊起却回头，有恨无人省。拣尽寒枝不肯栖，寂寞沙洲冷。”据《宋六十名家词·东坡词》记载，这首词还有一个序，记述了一个美丽凄凉的故事：惠州有温都监女，颇有色。年十六，不肯嫁人。闻坡至，甚喜。每夜闻坡讽咏，则徘徊窗下，坡觉而推窗，则其女逾墙而去。坡从而物色之曰：“当呼王郎，与之子为姻。”未几，而坡过海，女遂卒，葬于沙滩侧。坡回惠，为赋此词。东坡先生当时六十几岁，如果能纳那小女子为妾，那女孩也不至于郁郁而死。

唐多令·春节出游

清秋非清秋，烈日驾云头。三千里、大漠南游。青溪驻马席地坐，听箫鼓，又箜篌。

风轻炭火愁，更邀一杯否？过石山、绿草黄牛。青荇寻幽攀水走，烟笼处，碧沙洲。

【词话集萃】

2009 年 1 月 23 日，还有 3 天就是传统春节，相邀出游，野餐、烤肉。作词以记之。唐代诗人、道学家施肩吾有《赠女道士郑玉华二首》，其二曰：“明镜湖中休采莲，却师阿母学神仙。朱丝误落青囊里，犹是箜篌第几弦。”

西江月·星夜听海

醉罢挑月看海，风送一帘涛声。小径幽润香愈浓，一网星天是梦。

枕边常觅青史，墨干页黄人痴。红叶满怀飘落时，意气终归往事。

【词话集萃】

2009年1月17日作。昨日马斯喀特大雨，晚转晴，散步于夕阳至日落时，看浩渺群星，涛声阵阵，红叶飘零，遂成西江月词。

江城子·秋游

无端偷来一日闲。席地盘，炉生烟。肉未熟时，凌乱酒自酣。大漠海天气如斗，日月醒，照远帆。

倚风揽袖上层巅。手擎天，抚蔚蓝。碣石如织，沙鸥妆罢比芳颜。揩汗回首来时路，水自漫，跣足还。

【词话集萃】

2008年12月10日，适逢阿曼EID节，相约同事游Sawadi海滩，野炊。后登临海边石山，临顶后，回首来时路，只见潮涨，不见归路。感海天气壮，欣然命笔。

念奴娇·冲沙

红日烧沙，飞烈焰，如火如澜如海。蓝天洗就，驻足处，清风又雕一线。锦绣成堆，橙红两色，几点绿愁冷。人初年少，气当年年少年。

东坡擎苍聊发，悠闲文太守，心倾关山。寄恨云中，满雕弓，西北天狼怒射。异域晚秋，豪情应佐酒，雁字南回。枕星看舞，梦袭阳关残月。

【词话集萃】

2008年11月27日，游阿拉伯半岛大沙漠，大漠沙山，蓝天落日。晚间欣赏风情舞蹈，仰望群星浩瀚，28日清晨，睡意蒙眬间成《念奴娇·冲沙》词。东坡先生有《江城子·密州出猎》词："老夫聊发少年狂，左牵黄，右擎苍。锦帽貂裘，千骑卷平冈。为报倾城随太守，亲射虎，看孙郎。酒酣胸胆尚开张，鬓微霜，又何妨，持节云中，何日遣冯唐？会挽雕弓如满月，西北望，射天狼。"

朝中措·松花江话别

雪漫北国细如烟。挥手大江边。灞桥不堪折柳，更待绿透明年。

挥毫文章，万盏浊酒，一笑当前。跃马还须我辈，俯仰斫桂千山。

【词话集萃】

2008年11月24日，出行。与家人话别松花江畔，挥手间得此词赠予家人互勉。南宋大词人辛弃疾有《太常引·建康中秋为吕叔潜赋》："一轮秋影转金波，飞镜又重磨。把酒问姮娥：被白发、欺人奈何！乘风好去，长空万里，直下看山河。斫去桂婆娑，人道是、清光更多！"

点绛唇

一梦长安，青黄揉绿寄新雨。羊白草青。落虹弹春曲。

烟柳摇曳，梦远愁更续。挥不去。芳踪何处。薄雾锁秋暮。

【词话集萃】

2008年11月20日，读欧阳修《渔家傲》作。欧阳修，北宋政治家、文学家、史学家，字永叔，号醉翁，江西永丰人，当时属庐陵郡。与韩愈、柳宗元、王安石、苏洵、苏轼、苏辙、曾巩并称唐宋八大家。晚年自称“六一”居士：“吾家藏书一万卷，集录三代以来金石遗文一千卷，有琴一张，有棋一局，而常置酒一壶……以吾一翁，老于此五物之间，是岂不为六一乎？”欧阳修是北宋文坛领袖，宋代散文的鼻祖人物，同时开创了笔记文的先河。另外在应用文、公文、诗词、金石学、建筑方面都颇有建树。欧阳修《渔家傲》：“暖日迟迟花袅袅，人将红粉争花好。花不能言惟解笑，金壶倒，花开未老人年少。车马九门来扰扰，行人莫羡长安道。丹禁漏声衢鼓报，催昏晓，长安城里人先老。”

游扬州瘦西湖

剪去绿肥西湖瘦，问君病未休？二十四桥明月楼。花鲜草暗，箫管箜篌。

轻摇画舫水凝愁，归雁意可留？三十六陂杨柳秋。浮光影动，撩发回眸。

【词话集萃】

2008年9月25日游扬州瘦西湖偶书。“天下西湖，三十有六”，唯有扬州瘦西湖清丽婉转，卓异于诸湖。瘦西湖位于扬州市北郊，是扬州城外一条较宽的河道，原名保扬湖。据说清代钱塘诗人汪沆，观赏了此处的风景后，写下一首诗，“垂杨不断接残芜，雁齿红桥俨画图。也是销金一锅子，故应唤作瘦西湖。”这便是瘦西湖的由来。

浪淘沙·游泳

大浪斩长天，水落如烟。跃马红日看千山。壮士弹铗归来否？海阔鱼鲜。

对花抚琴弦，漫舞樽间。云腾月起照重关。青春飞骑归故里，回首层巅。

【词话集萃】

2008年6月14日晚，游泳，有感于大浪长天，遂作《浪淘沙》。情景犹记：滔天巨浪，似柄柄利剑刺破了长天，浪花冲到顶峰跌落下来，破碎成的白色泡沫如同烟雾。红日西沉，驻足海边，仿佛策马千山的感觉。感怀弹着长剑而高歌的壮士冯谖，男儿应不忘期待机遇去成就一番事业，因为天地广阔，鱼儿肥美。对着鲜花轻抚琴弦，带着几分醉意曼舞于觥筹之间。傍晚来临，云雾蒸腾，月亮悄悄升起，静静的银辉洒向远处的关隘。人在青春年少时要有跃马回乡的豪迈心态，回首过去的风雨困难，如同欣赏重叠的山巅。《战国策》冯谖客孟尝君有“长铗归来兮，食无鱼。长铗归来兮，出无车。长铗归来兮，无以为家。”

醉花阴·故园

常忆故园东风面，依稀梦里见。浩淼天际船，寄恨匆匆，屈指光阴慢。

三月飞花下江南，曲水紫竹畔。绿浓彩云飞，月影芳踪，香幽花更艳。

【词话集萃】

2008年5月28日作。宋代女词人李清照有《醉花阴》：“薄雾浓云愁永昼，瑞脑消金兽。佳节又重阳，玉枕纱厨，半夜凉初透。东篱把酒黄昏后，有暗香盈袖。莫道不消魂，帘卷西风，人比黄花瘦。”

武陵春·临窗小憩

案牍文档堆千尺，狼毫一刻忙。偷闲送目远山苍，花静斜倚窗。

梦里又逢故乡月，清晖水茫茫。笑问村舍小白杨，秋来可成行？

【词话集萃】

2008年5月7日，周三。这是个伊斯兰国家，周四、周五是休息日，所以周三就是周末了。下午忙完手头的一些工作，闲来遥望窗外，遂得此词。

浣溪沙·贺新婚庆典

昨日细语长江畔，良宵牵手里海边，红线永系今生缘。

举案齐眉春风里，身着彩绣下江南，红花明月对酒还。

【词话集萃】

2008年1月1日，一对新人小杨和小熊举办海外婚礼，填《浣溪沙》词以贺之。唐代进士朱庆馀曾作《闺意献张水部》：“洞房昨夜停红烛，待晓堂前拜舅姑。妆罢低声问夫婿：画眉深浅入时无？”这似乎是一首有关婚庆的诗，其实是以新娘做喻。中国古代诗歌，从《楚辞》开始，就有用夫妻、男女爱情关系比喻君臣、师生、朋友等社会关系的一种传统写法，该诗就是采用这一方法，这首诗还有另外一个名字《近试上张水部》，唐代应进士科举有士子向名人行卷以求自我推荐和表露才华之意。朱庆馀此诗的投赠对象是张籍，官居水部郎中，善于文学和提拔后学，与韩愈齐名。朱庆馀的投赠得到了张籍的明确回复，张籍在《酬朱庆馀》诗中写道：“越女新妆出镜心，自知明艳更沉吟。齐纨未足时人贵，一曲菱歌敌万金。”至此，朱庆馀名声大噪。

念奴娇·话别阿塞

风云里海，叹滚滚黄沙，曾来天半？罂花五月烧天地，白浪傲卷长帆。青山铺就，牛羊点点，白雪接云端。更有热泉，长相忆泥火山。

把酒长缨谁系，刀笔古今，可留青书简？长歌漫舞红落叶，朋辈一笑心间。更待来日，重寻故地，泼墨古城边。临风洒泪，大风起巴库湾。

【词话集萃】

2008 年 4 月 4 日清明节，即将话别巴库踏上征程，回首六年，感慨颇多，晨起遂作《念奴娇》词以记之。阿塞拜疆是一个美丽的国度，寂静而天然，有西北部 Saki 山区的野生罂粟花，每年五月至六月初，漫山火红；有海拔 4000 多米的外高加索山脉，终年白雪；南部有温泉，水温可达 80 摄氏度；Gobustan 地区有泥活火山群，终年冒着灰泥，宛若月宫；北部 Quba 地区秋季有姹紫嫣红的枫叶；巴库有 12 世纪的古城和春天的大风，还有状如月牙的里海海湾。

山花子·阿曼湾畅游

莫道异国海水咸，红日西沉扯长帆。八百晴川崭碧浪，暮云漫。

又逢佳节故乡远，月影金杯对鸣蝉。梦里江南江南梦，月笼烟。

【词话集萃】

2008 年 4 月 30 日晚畅游阿曼湾，作《山花子》。南唐中主李璟，即李煜的父亲，有《山花子》词："菡萏香销翠叶残，西风愁起绿波间。还与韶光共憔悴，不堪看。细雨梦回鸡塞远，小楼吹彻玉笙寒。多少泪珠何限恨，倚阑干。"

蝶恋花·搬家

独步斜阳花含露，秋水漫卷，沙鸥颉颃戏。春风常忆旧案牍，帷幄里海落潮处。

长天挥剑辟新路，把盏轻歌，铁骑天涯驻。不信西风凋碧树，燕然勒后田园入。

【词话集萃】

2007年12月28日，公司搬离里海岸边，作《蝶恋花》词以贺乔迁。北宋婉约派词人晏殊有《蝶恋花》词：“槛菊愁烟兰泣露，罗幕轻寒，燕子双飞去。明月不谙离恨苦，斜光到晓穿朱户。昨夜西风凋碧树，独上高楼，望尽天涯路。欲寄彩笺兼尺素，山长水阔知何处！”燕然，即杭爱山，在蒙古人民共和国境内，据历史记载西汉窦宪将军追击北单于，“登燕然山，去塞三千余里，刻石勒功”而还。宋·范仲淹有《渔家傲》词曰：“浊酒一杯家万里，燕然未勒归无计。”

人生要经历许多变化，乔迁也是之一，辞旧迎新，以诗词记录心情：一个人漫步于里海岸边，踏着深秋的斜阳，那经霜的花朵里似乎还含着未干的露水。浩淼的大海，风平浪静，深色的秋水漫漫舒卷着，洁白的沙鸥在秋日的斜阳里上下翻飞嬉戏。明年的春风会让人再次回忆起那曾奋斗过的地方，永远不会忘记曾经在潮起潮落的里海岸边为事业而运筹帷幄。没有变化就没有发展，去迎接挑战，如同舞动手中的长剑在广阔的天地里开辟新路。端起酒杯，轻声歌唱，我们的团队就像是一支派驻天涯的铁骑。不相信那猛烈的西风能够使长青的碧树凋零，克服困难，成就一番事业后，回到故乡，再去享受那美丽安逸的生活。

一剪梅·乡情

琴曲幽咽百花残。东风楼兰，古道西边。暗香曾留蟾宫山。古塔晴川，黄叶青栏。

滚滚幽思砌心间。宵也难，旦也难。独掬斜阳看暮烟。身系紫巅，万壑皆瞻。

【词话集萃】

2007 年 12 月 15 日晨起，新年将至，作《一剪梅》以托佳节乡情。楼兰，西域古国，《史记·大宛列传》里有关于楼兰的最早记载，楼兰处在古丝绸之路的要冲，因地处汉与匈奴之间，经常脚踏两只船，或杀害汉使，阻碍通道。据《汉书·西域传》记载："元凤四年，大将军霍光白遣平乐监傅介子往刺其王。介子轻将勇敢士，赍金币，扬言以赐外国为名。既至楼兰，诈其王欲赐之，王喜，与介子饮，醉，将其王屏语，壮士二人从后刺杀之，贵人左右皆散走。介子告谕以：王负汉罪，天子遣我诛王，当更立王弟尉屠耆在汉者。汉兵方至，毋敢动，自令灭国矣！"傅介子单人几骑竟然智斩楼兰王，大智大勇古今罕见。陈毅元帅有《卫冈初战》诗："弯弓射日到江南，终夜喧呼敌胆寒。镇江城下初遭遇，脱手斩得小楼兰。"

楼兰古城遗址在新疆巴音郭楞蒙古自治州若羌县北境，早在公元前 2 世纪楼兰是西域最繁华的地区之一，有着极盛一时的历史和灿烂的绿洲文化，可是楼兰王国在繁荣兴旺了五六百年之后，却突然名不见经传地销声匿迹了，只留下了昔日岿然的城郭。

王安石有暗香《梅花》诗："墙角数枝梅，凌寒独自开。遥知不是雪，为有暗香来。"王安石是北宋著名的政治家、文学家，变法失败后，被第二次罢了宰相，以前他的诗风豪放外露，后来转为内敛含蓄深沉，诗言志，诗风往往随境遇而转变。

乡情无限，是历来吟咏的主题：那幽咽的琴曲让人思乡无限，岁已深秋，是那悠远的琴曲使百花凋落……黄沙漠漠的楼兰古城是否又吹起了东风？那古丝绸之路应是在故乡的西边。回忆起故乡那胜似月宫晶莹剔透的冬日雪山，还有那里凌寒独自怒放的梅花和缕缕幽香。巍巍的少女塔映衬着波光滟滟的里海，还有古城墙边洒落的黄叶和青色的石栏。思乡之情浓重堆砌于心间，早晚难以入梦。独自去看那灿烂的晚霞和晚霞外的烟霭。这浓浓的乡情让人觉得如置身于群山之巅，那里紫气缭绕，远处千万条美丽悠远的山谷尽收眼底。

渔家傲·夜宴

五更残酒续秋雨，庭前落花红满地。皎皎如月何日祈？梦千里，画中盈笑曾留意。

归期漠漠思未已，踏断贺兰勒飞骑。新曲催梅结新蒂。无人对，窗影轻梦惹一睡。

【词话集萃】

2007年11月23日清晨，忆昨夜与朋友小聚，填《渔家傲》词。贺兰山，位于宁夏和内蒙古交界处，山势状如群马奔腾，蒙古语称骏马为“贺兰”，故名贺兰山。贺兰山在历史上见证了许多大汉中央政权对抗北部、西部少数民族入侵的重大历史事件。千古牛人岳飞《满江红》有：“驾长车，踏破贺兰山缺。”明代徐勃有《送康元龙之灵武二首》之一：“贺兰山下战尘收，君去征途正值秋。落日故关秦上郡，断烟残垒汉灵州。胡儿射猎经河北，壮士吹笳怨陇头。城窟莫教频饮马，水声呜咽动乡愁。”唐代诗人韦蟾有《送卢潘尚书之灵武》：“贺兰山下果园成，塞北江南旧有名。水木万家朱户暗，弓刀千队铁衣鸣。心源落落堪为将，胆气堂堂合用兵。却使六番诸子弟，马前不信是书生。”诗中盛赞卢潘是一代能征惯战的儒将。灵武，在今宁夏吴忠市境内，公元869年，卢潘到灵武出任朔方节度使。卢潘为官清廉，家贫如洗，最后因公牺牲在灵武的工作岗位上，报效国家，当学卢潘。

卜算子·别列古里秋游

雾起千山头，红叶空枝逗。暗香盈笑画中来，秋浓山水瘦。

瘦亦更经风，云开红日漏。拣尽落霞藏绿装，春来万山绣。

【词话集萃】

2007年11月10日，时值深秋，游别列古里作。别列古里是阿塞拜疆北部山区地名，这里在苏联时期建有天文台。南宋词人李清照的《如梦令》：昨夜雨疏风骤，浓睡不消残酒。试问卷帘人，却道“海棠依旧”。“知否？知否？应是绿肥红瘦。”清照词，可谓委曲精妙，字字锤炼。

浪淘沙·阿塞拜疆怀古

大风起江南，碧海云天，少女塔上话烽烟。罂花一片来天半，英雄血沾？

拔都笑樽前，斩寇西边，铁骑黄沙红叶间。秋风过客流水去，换了河山。

【词话集萃】

2007 年 11 月 8 日作。公元前 195 年，汉高祖刘邦在平定英布之乱后，归故乡沛县作《大风歌》："大风起兮云飞扬，威加海内兮归故乡，安得猛士兮守四方。"阿塞拜疆首都巴库号称"风城"，每年 10 月到次年 3 月多大风。巴库南面的库拉河是外高加索最大的河流，源出土耳其境内的亚美尼亚高原，曲折东流，经格鲁吉亚、阿塞拜疆，注入里海，长 1364 公里，流域面积 18.8 万平方公里。巴库少女塔坐落在巴库老城中心，濒临里海。阿塞拜疆北部 Saki 等地区盛产野生罂粟花，每年五月中旬到六月初，漫山遍野，火红绚烂，但该品种不能生产鸦片。

公元 1218 年至 1260 年间，蒙古大军进行了三次大规模的西征，第一次西征由成吉思汗率军，征服了盘踞在西亚的花剌子模王国、高加索诸国，建立了察合台汗国。公元 1227 年，成吉思汗在灭亡西夏前不久死去，三子窝阔台继任大汗，杀花剌子模国王札阑丁于迪亚儿别克儿山中。公元 1235 年窝阔台派遣其兄术赤之次子拔都，率五十万大军第二次西征，征服了伏尔加河以西诸国，建立钦察汗国。公元 1252 年，大蒙古国蒙哥汗派其弟旭烈兀率领十万大军第三次西征，攻灭木剌夷国、阿拔斯王朝、叙利亚阿尤布王朝，建立伊儿汗国。至今巴库博物馆还保留了一些当年蒙古大军西征留下的文物。

南宋文学家、民族英雄文天祥有《酹江月》词："乾坤能大，算蛟龙、元不是池中物。风雨牢愁无著处，那更寒虫四壁。横槊题诗，登楼作赋，万事空中雪。江流如此，方来还有英杰。堪笑一叶飘零，重来淮水，正凉风新发。镜里朱颜都变尽，只有丹心难灭。去去龙沙，江山回首，一线青如发。故人应念，杜鹃枝上残月。"

浪淘沙·嫦娥一号

一跃腾九天，万籁肃然。洪荒亘古十亿年。天陌新成自今始，聚首广寒。

嫦娥桂树巅，翘目思还。悔窃灵药梦团圆。云鬓黛眉盛装已，明日手牵。

【词话集萃】

2007年11月5日作，记2007年10月24日18点05分“嫦娥一号”在西昌卫星发射中心发射成功。“嫦娥工程”是中国启动的第一个探月工程，开始于2003年3月1日。整个计划期为20年，将实行“绕、落、回”三步走：绕，即发射一颗绕月卫星；落：发射无人探测装置，实现月球着陆；回：运输机器人到月球上，建立观测点，取样本返回地球。“嫦娥二号”于2010年10月1日18时59分在西昌卫星发射中心发射成功。关于探月工程的远期规划，2012年6月14日，中国探月工程首席科学家欧阳自远院士表示，2017年中国将基本完成不载人登月探测任务，之后将择机开展载人登月探测。

西汉淮南王刘安组织编写的《淮南子》记载了“嫦娥奔月”的传说。刘安是高祖刘邦的孙子，博学善文辞，招揽宾客数千编写《鸿烈》亦称《淮南子》。后来刘安谋反事发，自杀。“嫦娥奔月”传说有多个版本，《淮南子》版本暂且戏称为“淮版”是正版，记述了一个凄美的爱情故事：传说上古有一个帅哥神箭手“大弈”，一日山中狩猎，在月桂树下，遇到了闭月羞花的美女“嫦娥”，一见钟情，以月桂树为媒，定下终身。到了尧帝时代，天上出了十个太阳，大地炙烤，生灵涂炭，尧帝命弈射日除害，弈射九日，留一普照人间。后西王母给弈长生不死药，说吃后可以飞天不死，弈舍不得离开嫦娥没吃，把药交给嫦娥保管。后来小人逢蒙听说此药，趁弈不在家威逼嫦娥交出神药，嫦娥情急之下吞下神药，不想即刻飞天而去，由于不忍离开弈，嫦娥滞留在月亮的广寒宫里回望人间，广寒宫寂寞难耐，嫦娥催促吴刚砍伐遮挡回望人间视线的桂树，让玉兔捣药，想配成飞升之药返回人间与弈团聚，弈得知嫦娥飞天痛不欲生，月母得知此事，每年8月15月圆之夜，允许嫦娥下界，与弈约会于月桂树下。

“嫦娥奔月”另一版本且戏称为“盗版”，传说嫦娥与弈日子过腻了，幻想着开始新的生活，就偷吃了弈的长生飞天神药，跑到了月球上过神仙日子，不想神仙日子久了也很没意思，又闹着回人间，结果没有后悔药偏方。关于“盗版嫦娥奔月”，唐代诗人李商隐有《嫦娥》诗：“云母屏风烛影深，长河渐落晓星沉。嫦娥应悔偷灵药，碧海青天夜夜心。”

虞美人·北京香山

雾浓霜重红叶染，漫开青黛眼。拥衾五更不知寒，素丝惊落流水窃华年。

墨润双清痕已旧，项刘事更幽。借问兴衰知有数？岁岁秋风落叶寻归处。

【词话集萃】

2007年10月26日作于北京香山。北京香山，早在金代，公元1186年金世宗时期就已经建成为皇家园林。清乾隆皇帝于1745年在香山大兴土木，建成拥有二十八景的“静宜园”。后来静宜园遭受两次空前浩劫：1860年英法联军和1900年八国联军的大肆劫掠，大部分建筑被焚毁，只留下残垣断壁。“双清别墅”是乾隆御题的二十八景之一，位于香山公园南麓半山腰，是静宜园“松坞山庄”旧址。“双清”的取名，来自于西面翠竹林里的两股清泉，在金章宗时期，就有这两股清泉，传说金章宗到香山赏红叶、狩猎，休息时睡着了，梦见射下一只大雁，在雁落处，挖出了清泉，因此泉水取名为“梦感泉”。

双清别墅原是民国第一任民选国务总理熊希龄的住所，1949年1月20日北平和平解放，3月25日毛泽东和其他中央领导人从西柏坡来到北平，在西苑机场举行了简短的入城仪式、检阅了解放军驻北平部队，当晚毛泽东住进了“双清别墅”，4月21日，毛泽东和朱德在双清别墅签发了《向全国进军的命令》，指挥了规模宏大的渡江战役，人民解放军一举占领国民党政府首都南京。为了纪念这个伟大胜利，毛泽东在双清别墅泼墨挥毫，写下《七律·人民解放军占领南京》的恢弘诗篇：“钟山风雨起苍黄，百万雄师过大江。虎踞龙盘今胜昔，天翻地覆慨而慷。宜将剩勇追穷寇，不可沽名学霸王。天若有情天亦老，人间正道是沧桑。”并在别墅池塘边六角凉亭中拍照留念。8月23日，毛泽东告别了香山，定居在中南海丰泽园内的菊香书屋，主席在双清别墅住了整5个月。

公元前206至前202年，刘邦项羽为争夺天下，爆发了历史上著名的楚汉战争，后项羽兵败自刎于乌江（长江北岸，在今安徽和县境内），之后刘邦建立大汉政权，拥有天下422年。项羽的失败，兴衰的转换，历史既偶然又必然。唐朝诗人章碣有《焚书坑》诗：“竹帛烟销帝业虚，关河空锁祖龙居。坑灰未冷山东乱，刘项原来不读书。”

水调歌头·长春毕业

四载春秋里，横目看天山。北国如画风物，漫道须万言。早吟晨风弱柳，晚颂净湖明月，胜游三吴间。长歌舞轻袖，醉卧李谪仙。

对幽窗，执短笔，看长笺，程门子弟多少？高榻客陈蕃。夏日杨花松子，冬岁雪柳霜叶，忆我旧盟寒。他年倾盖日，痛饮到高轩。

【词话集萃】

1993 年 6 月作于毕业前夕。据《水经注》记载吴郡、吴兴、吴会为三吴，在今天江苏省南部、浙江省北部和东部一带。北宋著名婉约派词人柳永有《望海潮》：“东南形胜，三吴都会，钱塘自古繁华。烟柳画桥，风帘翠幕，参差十万人家。云树绕堤沙，怒涛卷霜雪，天堑无涯。市列珠玑，户盈罗绮，竞豪奢。重湖叠巘（yǎn）清嘉，有三秋桂子，十里荷花。羌管弄晴，菱歌泛夜，嬉嬉钓叟莲娃。千骑拥高牙，乘醉听箫鼓，吟赏烟霞。异日图将好景，归去凤池夸。”

中国是礼仪之邦，尊师重道，是自古的优良传统，“程门立雪”就讲述了这样一个故事：在北宋年间，福建有个叫杨时的进士，很喜欢钻研学问，他先拜北宋理学奠基人程颢为师，程颢去世前，又把他推荐给其弟程颐门下，程颐也是北宋著名理学家，那时杨时也已经四十多岁了，学问颇高，但还是谦虚谨慎、尊师好学。一次他和同学游酢（zuò）去请教老师学问，偏巧程颐在屋里打盹，杨时便告诉游酢，不要打扰，就在屋外静静等老师醒来，此时外边下起了鹅毛大雪，游酢冻得受不了了，几次想叫醒老师，但都被杨时制止，后程颐醒来，发现他们两个俨然雪人，非常感动，尽心把全部学问都传授给杨时，后来杨时到南方传播程氏理学，独成一派，世称“龟山先生”。

陈蕃，东汉末年汝南平舆人，即今河南平舆北，汉桓帝时做过太尉，灵帝时官居太傅，为官耿直，清正廉洁，后因谋划剪除阉宦，事败而死。陈蕃十五岁时，一天在屋里读书，屋子杂乱，他父亲的朋友薛勤来看他，说：屋子这么乱，怎么不打扫一下？陈蕃回答：“大丈夫处世，当扫除天下，安事一室乎！”薛勤暗自吃惊，知道此子心怀大志，随即劝导：“一屋不扫，何以扫天下？”以激励其从小事做起。陈蕃为官清廉，一生不喜欢应酬，更不招待宾客，但尊重知识、尊重人才，他做豫章太守时，徐孺是他最尊敬的一个学者朋友，每次请徐孺过来，他们都相谈甚欢，为此陈蕃专门给徐孺准备一个卧榻，供他过夜，等徐孺一走，他就把卧榻挂起来。王勃在《滕王阁序》中有：“物华天宝，龙光射牛斗之墟；人杰地灵，徐孺下陈蕃之榻。”

浪淘沙·农安县城

旧梦锁黄龙，往事峥嵘。寒雪苍松第几重？鹑衣杂食不知苦，倦寝晨钟。

晓起仰苍穹，不辩秋风。韶光流水太匆匆，风流俊才吹作古，何人争雄？

【词话集萃】

1992年1月15日作。坐落在吉林省长春市西北的农安县城，古称黄龙府。鹑衣，指补缀的破旧衣衫。北宋词人、书法家、江西诗派开山鼻祖黄庭坚有《次韵吉老十小诗》："半菽一瓢饮，悬鹑百结衣。萧条鬼不瞰，聊可与同归。"据《论语·雍也》记载，子曰："贤哉回也，一箪食，一瓢饮，在陋巷，人不堪其忧，回也不改其乐。贤哉回也。"大抵可以悟出一个道理，人穷困并不可怕，但不可志短，穷得只剩下理想和信念了，是穷的最高境界。辛弃疾《永遇乐》词有："千古江山，英雄无觅，孙仲谋处。舞榭歌台，风流总被，雨打风吹去。"

天净沙·东北乡村

幽窗小径梨花，
黄牛蜻蜓游虾。
月霭残阳青瓦，
海棠树下，
谁家无发啼娃？

【词话集萃】

1990年5月作于东北农村老家。黄牛落日耕作而归，海棠树下，邻家娃儿哭啼，想起元代大戏剧家、散曲家马致远的《天净沙·秋思》："枯藤老树昏鸦，小桥流水人家。古道西风瘦马，夕阳西下，断肠人在天涯？"和之。马致远，字千里，号东篱，大都人，北京户籍。与关汉卿、郑光祖、白朴并称"元曲四大家"。

江城子

一弯新月挂危楼，正清秋，寒水流。泪眼无言，人去心更幽。待到桃李清芳日，双飞燕，悲箜篌。

昨夜布衾孤枕头，倦青眸，梦庄周。伊人独立，青鸟鸣啾啾。良宵更是黄粱好，但长醉，从此休。

【词话集萃】

1992年1月16日作。唐末五代诗人翁宏《春残》诗："又是春残也，如何出翠帏？落花人独立，微雨燕双飞。寓目魂将断，经年梦亦非。那堪向愁夕，萧飒暮蝉辉。"北宋著名词人晏几道有《临江仙》词："梦后楼台高锁，酒醒帘幕低垂。去年春恨却来时，落花人独立，微雨燕双飞。记得小苹初见，两重心字罗衣。琵琶弦上说相思，当时明月在，曾照彩云归。"

"桃李满天下"出自《资治通鉴·唐则天皇后久视元年》载：狄仁杰尝荐姚元崇等数十人，率为名臣。"或谓仁杰曰：天下桃李悉在公门矣"。唐代诗人白居易的《奉和令公绿野堂种花》诗："绿野堂开占物华，路人指道令公家。令公桃李满天下，何用堂前更种花。"

清平乐·忆旧学

明月小楼，春花红依旧。拾得彩霞当衣袖，黄花羞比人瘦。

四海皆为良朋，更忆同学旧情。何日重游故地，和诗阔饮春城。

【词话集萃】

2002年5月12日与高中同学、大学校友聚于北京，忆同学旧事，作《清平乐》词。宋王安石有《春夜》诗："金炉香烬漏声残，剪剪轻风阵阵寒。春色恼人眠不得，月移花影上栏杆。"南唐后主李煜有《虞美人》词："春花秋月何时了，往事知多少。小楼昨夜又东风，故国不堪回首月明中。雕栏玉砌应犹在，只是朱颜改。问君能有几多愁，恰似一江春水向东流。"这首《虞美人》是李煜被俘到汴京时所作。李煜，江苏徐州人，字重光，号莲峰居士，精书法、善绘画、通音律，尤以词成就最高。李煜本不该是个皇帝，他对词的贡献，要比做皇帝的贡献大，所以后人送他个雅号"千古词帝"。从李煜的故事可以得出结论，选好专业是多么重要！

第三篇

行芷诗篇

山村故里

清晨
那第一抹霞光
曾是你心头的绿色
和着泥土清芬
走过了
故乡遥远的泥泞
路面泛着凹凸
是雨赋予你新意
嫩芽竞相从白杨抽出
披了一件霞衣
幻化成一片片
一行行
绿色的春
伴着杏花丝雨
还有淳朴油饼之味道
炊烟袅袅
一幅老旧照片
托起故乡
东北山村的记忆

2014年1月4日晨
于马斯喀特

写在汶川地震之后

——献给饱受地震折磨的人们

古老的地层之下
扭动着一股黑色的力量
冲突、搅拌
正义岩石的脊梁
承受了千年的压迫
刹那间折断
黑色突涌跃起
并非向往光明
制造黑暗是黑色的拿手好戏
顷刻间
温暖的大地
蜕变成人间炼狱
尘埃落定的废墟
从惊恐一震中回首
人类艰辛构建
心中故园
于瓦砾中锁定坟墓
欢笑于那一刻凝固
岷江、杂谷脑河
茶坪山、邛崃山
铭记了多少昔日笑脸
如苹果的儿童
如花香的少女
如高山的父亲
如午后山林的婆婆
笑脸于废墟中抽泣
从缝隙中

伸出无力的手臂
渴求光明一线
搬走黑暗
无力于黑暗的抗争
你不孤独
热爱光明的人们
正向你伸出有力的臂膀
你眼中光明的一现
扩大、再扩大
绝望、伤痛、恐惧
随黑暗而走远
雀跃的岷江
呼吸中的邛崃山
于心跳中
呼唤生命
你快些回来

2008 年 5 月 14 日
于马斯喀特

金鼠颂

——记鼠年除夕日

我还是第一次擦亮眼睛
审视这个小精灵
突然发现你的可爱之处
曾经人人都不喜欢你
过街喊打
你最早出现于诗经
人类因你而头疼
今天看你是这样可爱
娇小而玲珑
你与我们相依为命
抑或期盼人类更加繁荣
你是优秀的建筑师
是地道战的精英
你的饭量不多
喜欢和我们共享一个品种
你很有战略眼光
集中表现为计划性
深挖洞
广积粮
即便严冬
你也能过得从容
你是那样的娇小
眼大如豆
纤指盈盈
朱唇一点红
似乎所有的生命

都是你的敌人
因为他们只懂得欺凌
你达观面对
躲避
但绝不是偷生
用生命写就这抗战
寄予自己的劳动
换来了
维系种族的那金黄的一捧

2008 年 2 月 6 日晨
于长春

逐梦

——献给追逐梦想的人们

我渴望为梦想而追求
不惜那天边的云彩
裁下一边
做一个裙
远远地看着
微笑

我渴望为梦想而追求
祈祷于晨钟暮鼓
拾一片叶
珍藏嫩绿
淡淡书香
陶醉

我渴望为梦想而追求
回眸于艳艳春日
掬几滴露
浇灌梅花
轻轻暗香
沉醉

2006 年 2 月 26 日
于北京

无序的春天

——游厦门胡里山炮台

抹去尘封和硝烟
一样的海天蔚蓝
在西方文明里
锻造钢铁抗争野蛮

那是一个无序的春天
我披着星光
远航到陌生的胡里山
一声吼，敌人的骨肉即刻灰烟

这本是古老的文明之都
有不老的慈爱童颜
老旧历史扉页
篆刻文明沉睡的轻叹

敌人舞动炮舰
我心烈火灿燃
叶叶刀兵
烽烟熏黄染旧躁动海岸

抚慰大地血肉融化的壮士
草木滴翠和着花红艳艳
一个无序的春天
是否记得那远飞孤寂的大雁

2012 年 2 月 24 日
于厦门

生命时光
——大山里的春天

朦胧中怅惘
怅惘生命没有亘古拥有
而只是黎明般的一瞬
那红霞
分明在绚烂中
永存记忆

忽而欣慰
欣慰间看到黎明般的笑
笑是艳艳的桃花
似乎曾经闪耀
便是最美
桃花伴着春草枕着流水睡去

想象着
能与春天荷衣而起
踩着一轮寂寞的月亮
踯躅于带露荷花间
忽然凄婉
春天只是一个轮回

永恒属于天
望而不及如月色朦胧
许多春天的草
走入梦间
还有未经春天许可而开的夏花

绚烂夺目

春在花间
似水似梦
甜甜间睡去
恨蜂蝶萦绕
夺走生命的爱恨情仇
随着那一湾春草流去

艳艳桃花恨玉指
桃花苦短人亦短
欢笑竟在云水天长 ...
凭栏回首
烟雨曾留
生命却他乡摇手

走进雪山
看云起云落
婉约见
模糊记得
一丝笑靥如初
于烂漫山花间述说

2011 年 6 月 15 日
于马斯喀特

彩虹

——去浦东机场，慨叹钢筋水泥的立交桥，在夕阳下

汽车在飞驰
钢筋水泥的世界
铸就一条条彩虹
叠加成都市立交
隆隆声
激荡一种激情涌动的
希望
跨越彩虹
在天边恣意驰骋
叠加的立交
奔跑着希望和梦想
梦想对面而来
呼啸而去
看夕阳西沉
如血残阳
是印在古道雄关的马蹄
铮铮
冰河入梦
给我一身盔甲
挺起钢刀
把颤抖的心
抚平
勇敢跨越吧
乌云重叠而来
高唱着风雨和弦
发誓把旧的残枝败叶扫落

还剩下一片
紧握着枯枝
秋风中瑟缩悲歌
怜悯吗
春天不会给予秋天怜悯
无情地踏过
落叶的躯体
在它们抽泣的飘零中
春
盎然地托起生命的绿色
还是彩虹
彩虹的城市
锻造了时代的未来
未来的激情
激情在澎湃
澎湃中
奔跑着
看海……

2010年5月20日
于上海浦东

天空

——遥望海天落日，星河如练，草成

你的湛蓝是我的情怀
白云点缀一丝风
轻轻映着花开
夜沉睡在你的胳臂
偶尔惺忪
是星星朦胧的眼
一湾流水
从静静的枕边飘过
仰望你的日子
看云卷云舒长河落日
带着你容光焕发的火焰
梦被蚕丝般的热情缠绕
心似茧
褐色的外壳
是燃烧成的记忆
彩虹是文字
雨的声音印刻在青石板
哒哒间
秀丽的山峰调侃着新妆的月牙
是你眉黛春山的眼
薄雾之下
盛装大地成为你的新娘
喜欢看艳放的梅花
映衬你蓝蓝的脸
星星般的笑
就这样

在花间穿梭流淌

2010年3月12日
于马斯喀特

走过寒窗

——献给二十年同学会

一杯酒
端起二十年的醇芳
朦胧中回头
并不巍峨的校门后面
似乎还是我们
一点稚嫩与希望糅合的同窗

那个大教室
挤满了我们
在夏日艳阳的午后
一丝困意
拉扯着老师们
幽默新奇的宣讲

驻足校园
记忆中没有楼房
塞北漫天飞雪
诗一般肆虐中
把我们变成了
真正的学子寒窗

柳芽抽绿
夹入书的某页
考试中苦苦思索
遗憾里想起了
老师温切叮咛的

篇章

春夏秋冬色彩变换的校园
同样变幻着一个梦
二十年的徜徉之路
记忆是落叶
重彩勾画成友谊
铺就一路闪烁的金黄

2009 年 8 月 15 日
于阿曼

故乡的海棠

——家乡旧事

晨曦中
慢慢醒来
似乎还拉扯着睡梦中的记忆
一缕幽香
飘散
那是故乡的海棠
花蕊中沁着晶莹的露珠
在微笑
循着那幽香的踪迹
闭上了眼
走近
喜欢这静静的聆听
聆听那海棠的心跳
你有一个漂亮的名字
从容而洁白
花香四溢
热情奔放
春天迸发着激情
疯狂地把你赞美
心为之动
心为之碎
美丽总为之神伤
神伤于风折断的片片幽香
幻想寻一个邃密的山谷
只有星星和夕阳
还有绿草上风儿扯动的月光

在这里
你会得到心灵的饲养
找一棵古树
为你送来夏日的阴凉
寻一座青瓦小舍
你睡眼惺忪地躲避冬日的风霜
铺一条花蹊
你在桃花柳絮的春日里徜徉
捧一抔落叶
让你感慨秋色的金黄
洁白的海棠
故乡永远的收藏

2008 年 3 月 1 日
于吉林

梦绕杜鹃山

——红色之旅井冈山

那个清晨
和着竹海均匀的轻鼾
太阳湿漉漉的笑脸绯红
一缕晨曦
透过披散的露珠
杜鹃山
神秘而迷人
幻化成云的雾
海一样山间涤荡
杜鹃十里
花携手间走过尘封千年的雨
铭记春夏秋冬的脚印
初次会留作亘古
松涛幽深沉静
散落星星点点
忽而拥簇一团
斜倚着红黄白
是薄雾轻笼摇荡的杜鹃的脸
幽暗栈道吟唱古老的静谧
涌动着黑色的雨
留住云海
梳洗每一丝暗尘
还鲜亮初开的梦

2012 年 4 月
于江西

第四篇

行芷散文

读《谏逐客书》谈爱国之道

最近R国挑起D岛事端，国人愤恨。D岛及附属岛屿自古属中国领土，毋庸置疑，有史及“二战”以后国际条约为证。R国是岛国，资源贫瘠，领土有限，人口繁衍急需拓展空间。早些时候，就导演过用人工技术培育海底珊瑚快速生长出海面，然后用钢筋水泥固定人工标记，并偷换国际海洋法领海概念，借此扩大领海面积。伎俩拙劣，漏洞百出。近期搅动D岛事端，据别人土地图为已有，究其深层，兼有强盗、小偷、无赖之嫌，同时也是其国内某些当权政客为谋一己之私利，保住当前位置，多拿选票，继续偷偷宣传所谓“危机论”、“拓展空间论”，借以愚弄本国民众以博得支持。欺骗和谎言总是有点市场的……但一个优秀的民族总要学会自我淘汰那些与人类和平所不相容的东西，否则这个民族最终会被自然淘汰，因为人类毕竟是高于动物界的，他们懂得最根本的人类正义道德准则：不能把别人的东西据为己有，但可以与主人商量去租借。人家不借给你也不能强租……

国人愤恨，抗议。正义的抗议有些不和谐音……有些R国生产的车或商店被砸。R产车或其他R产产品，我们已经付出成本了，当砸时需想到这一点。经济可制裁，但不推崇打砸。砸我们已经买来的东西，尽管是他们生产的，但也不合适。正如你若娶了一个R国老婆，是否因为D岛争端就把她打入冷宫？结果不是，看清争端背后，就会得出清晰结论。

今天又重新读了一下两千年前李斯写的《谏逐客书》，觉得古人看问题透彻，值得今人借鉴。全文可一句话概括，即：爱国但不要把非本国产的东西一概砸烂，那些我们喜欢的石头、鳖儿一类的东西，尽管不是我们自己造的，但我们买了就要为我所用，大可不必砸烂泄愤。李斯是对的，嬴政聪慧，采纳李斯意见，最后强大自身，统一四海。

爱国要有智慧，敌人生产的坦克只要为我们操纵，一样置敌于死地……今非甲午，自有最强音，无须砸自家东西泄愤。

2012年9月25日

写在国庆六十二周年纪念

人生是段经历，大抵如非洲草原生活艰难的幼豹，虽个性生猛，但面对生存，也必须瑟缩地躲在草丛经历那暴风骤雨。

举国欢庆，还在清晨天未亮，便惦记祖国的生日，爬将起来看新闻，看那天安门广场的升旗仪式，异国的这里还是午夜，一切都还寂静黑暗，但那心事似乎已经随着广场欢腾的人流融入了这个伟大的时刻。

只觉得能称得上纪念日的日子都很不一般，共和国的生日更加壮烈恢宏。是一部史诗高潮迭起的一幕，或许是已经感动的华美乐章令人期待的下一段？无人知晓，只知道那会决定于人各自的情感，眼泪永远流给那曾经共享辉煌的战斗历程！

人总有扬眉吐气的时候，往往会把这个扬眉之日确定为一种永远不会忘怀的纪念。但有的人不是，总觉得那些吐气的日子离自己很远，他们是在雨中泥泞的旅程中低着头艰苦跋涉的偶尔不得已驻足擦去一脸汗水却还要用目光丈量前一段旅程的人。

跋涉，不是精力充沛的跋涉，而是浑身伤痛的旅行，这才会酿造一段甜美的悲歌。逆境的人喜欢跋涉，喜欢低下头把汗水融入大地心中数着自己向前的脚步。记得曾经去过一个偏远的山村，夕阳的路上所经历的那一幕永远不能忘怀，一个很小个头背着个小书包的孩子，拾起一个足足超过自己身高的干柴树头，用肩头拖着，为的是给年轻的母亲烧饭加一点柴火……那就是在困苦山村长大的孩子，喜欢跋涉，低着头、滴着汗水、丈量着脚下那漫长的土地。

祖国就是这样走过来的，倍感珍惜那红旗的红。那艳艳的红色是无数先烈低着头，滴着鲜血丈量出来的。

忽然觉得人不可忘记历史，忘记历史如同忘记苍老的母亲。母亲总是以自己倔强的坚毅丈量着脚下每寸田地，会坚毅地从那干涸的土地上挖出食物，哺育她的儿孙。

自然是伟大的，伟大于进化了母性。母亲会舍弃自己的生命佑护幼小的生命，献给祖国六十二华诞，大地是有情感的，所以会有海外游子踏入久别重逢的土地刹那间跪倒而流涕。

在这个特别的日子，会有许多歌，歌唱祖国，但祖国能倾听的永远是亘古于这片土地的春雷、瑟瑟生长的嫩芽、夏日的细雨、严冬的漫天风雪与窗花……

祖国不只是国家，而是一段情感，一段对那片土地那些人群的情感。是遥望一片金黄秋色、泛黄的秋草中挺立几株随风瑟缩的小花的留恋。

总为浮云遮望眼，长安不见使人愁。

愁绪利于写诗，欢快助于舞蹈。很少人有公瑾兄又诗又舞的豪情。

祖国是家乡的那株被顽皮孩子刻了几个字的白杨，祝你茁壮成长！

2011 年 10 月 1 日

忆江南

很怀念江南……那里的故事太多，更因为是历史的吧。

记得去过扬州，那里有瘦西湖，瘦西湖不是西湖，因为西湖在杭州，但缘何为瘦？大约是一种病态，但病自有原因，可能是终日与西湖相比但却比不得而因此变“瘦”吧，大概是取自人比西湖瘦，人瘦如此，自然管不得那西湖的美了……因情出景，大致如此。

去过江南，也曾去过瘦西湖，那次是在夜晚，灯火迷离，在缥缈的水上，二十四桥仍在加之以往故事，不免惆怅人去花在，依旧烟雨迷蒙的留恋，感觉这故事只属于故去的曾经多少更动人的西湖传说。

西湖或瘦西湖但自然在我心中是一个西湖，因为很近，都是江南。“江南忆，最忆是杭州，吴酒一杯春竹叶，吴娃双舞醉芙蓉，早晚复相逢。”这是一首古今皆知的糜烂的江南之词，但我却很欣赏，自古帝王自然有为此而亡国者，不足为奇。我们至今为帝王亡国批评之多，但矫枉扶正者过少，且从人性分析，帝王亦人，不可寄予期望太多，寄予期望太多，觉得他是帝王就应该至善若水，那就错了，错在我们自己的认识错了，错在你把帝王高置于芸芸众生之上，其实帝王将相未必高你一筹，自甘堕落，我们也没有办法。

我比较崇尚历史上的我认为的一些大英雄：钟相、杨幺、刘邦（前期）、宋江、岳飞、朱元璋（前期）……这些罗列起来不免大家生笑，那刘邦、朱元璋岂不是皇帝？但我推崇前期的他们：刘邦看见始皇车队而叹：男儿生当如斯！朱元璋更有《庐山诗》：“庐山竹影几千秋，云锁高峰水自流。万里长江飘玉带，一轮明月滚金球。路遥西北三千界，势压东南百万州。美景一时观不尽，天缘有份再来游。”

我更推崇范仲淹，了不起啊，幼时穷困一碗粥也要分成三份供早中晚来食用，但却最终位居州府并有："先天下之忧而忧，后天下之乐而乐！"的慷慨胸怀，古今有此慨叹并付诸实行者寥寥数人。中山先生是一个。曾经登临岳阳楼，慨叹烟波浩渺八百里洞庭，唏嘘美哉！……草肥鱼鲜……浮光跃金、静影沉璧。

岳飞，亦曾游过黄鹤楼。也深切感怀岳元帅吟唱古今的《登黄鹤楼有感》："遥望中原，荒烟外、许多城郭。想当年、花遮柳护，风楼龙阁。万岁山前珠翠绕，蓬壶殿里笙歌作。到而今、铁骑满郊畿，风尘恶。兵安在，膏锋锷。民安在，填沟壑。叹江山如故，千村寥落。保日请缨提锐旅，一鞭直渡清河洛。却归来、再续汉阳游，骑黄鹤。"……发指、感怀。

是一份责任，读岳元帅词至此，唯一感怀。也曾追思而去西湖杭州，对月感怀南屏晚钟，那扑朔迷离尘埃落定的历史故事的对面就是一代英豪岳飞之墓。忠臣良将？我一直不赞同这四个字，岳飞所处的那个时代的皇帝不配为岳元帅的皇帝，岳飞也不是他的忠臣，岳飞的精神是永远凌驾在他所处的那个朝代的帝王之上的，他是真正的精神帝王，那个现实中的帝王应匍匐在他的脚下，永远为臣，因为他以他在高位的优势缔造了一个辨别曲直的真正精神帝王。

曾去过洞庭君山，那个随潮水而涨落的岛屿，还有一个大钟，永远给人以追思，那里的斑竹、柳毅井，都是美丽的传说，钟相、杨幺你还折腾什么呢？

2011 年 9 月 10 日

精神胜过形体

春秋战国时的鲁国有位奇人哀大夫，之所以奇，是因为相貌奇丑，是历史上最丑陋的人的集大成者，所有人的缺点几乎他都有，而且驼背加瘸子，鲁哀公喜欢奇特，故把这个人招来，一看果然名不虚传奇丑无比……鲁哀公可能是吃饱了撑的，就任命该人为鲁国的丞相，结果没过半年鲁国大治……

哀大夫虽然相貌丑陋，但和他打过交道的男人都想成为他的朋友；和他打过交道的年轻女人都想成为他的小妾……就这样一位奇怪的人，鲁哀公也百思不得其解，就向孔老夫子请教个中道理，这位孔老夫子回答得非常有意思，孔子说："我曾经去过一个地方，看到一群小猪正在吃母猪的奶，母猪躺在地上，我目不转睛地看，忽然这群小猪一下全都跑光了，我百思不得其解，仔细一看，原来母猪已经死了……其实小猪并非喜欢母猪这个躯体，而是喜欢母猪的奶水而已！那么人们喜欢哀大夫，也并非喜欢他的形体，而是他的精神……”

鲁哀公释然……

2010 年 7 月 24 日

周末

昨天是本周的最后一个工作日，胡乱地开了一天的会，胡乱地结束了八小时工作。

本人信奉的原则是举重若轻、举轻若重。大家认为重的东西于是乎往轻了举，在别人看来，这小子有悖自然规律，举折了胳膊，自然会有好戏，但杠铃越来越沉，胳膊却未见断裂。八小时之外的闲情雅致，应当看重，切不可如拂去书面上的灰尘那样随意。

工作后邀几个人去海边游泳，向着落日的方向，劈波斩浪，想着晚上还有小聚，餐桌上的冰镇啤酒及清炖羊肉，自然速度快上几分。

羊肉加啤酒好不惬意！七嘴八舌的一些逸闻趣事，相当于又增加了几盘下酒的小菜。

带着几分醉意的卡拉 OK 更有当年刘邦衣锦还乡的感觉：大风起兮云飞扬！豪壮而豪迈……晕晕地吼过，回到房间，再搞上两盘酒后围棋，可称为醉棋，杀得对手尸横遍野早早缴枪，对手央求再战，突然醒酒，顿觉做人要厚道，于是乎妙趣横生地让对家体验了一下街亭失而复得的快感。

晨起看游泳世锦赛，张琳不负国人众望，勇夺男子 800 米自由泳世界冠军，并以 7 分 32 秒 12 打破世界纪录，又是一个自强不息的迷人故事！

早晨吃饭谈到游泳这事，一位向我斗嘴，问我的泳技与张琳若何？答曰：相差不多也，800 米与他只差 33 分加中途叫停一次。

2009 年 7 月 30 日

楚文化的大勇与大智

湖南这个地方，是中国楚文化的中心之一，自古以来出了很多大智大勇之人。项羽、屈原、谭嗣同、曾国藩、毛泽东等。我把项羽、屈原、谭嗣同归为大勇之列；把曾国藩、毛泽东归为大勇大智之列。大智、大勇非常人可及。相比之下，大勇易，大智难，大智大勇更难。

项羽虽不是湖南土生土长的人，但却是凶悍的湘楚文化的典型代表，“力拔山兮气盖世”的英武形象，即便婉约好几代之后的李清照，亦为之倾倒。“生当作人杰，死亦为鬼雄。至今思项羽，不肯过江东！”是对项羽勇武但乏“久战”精神的盖棺评价。

屈原尽管是一代文人，并开创中国诗坛的浪漫主义先河，但我个人认为他并不具备著名文人所应具备的大智慧，从怀石跳江的壮举看，只能归作大勇序列。跳江就跳吧，但还要扯上块石头，看来是抱定必死之决心，以效忠党国！忠勇可嘉！故任先青诗《屈原》云：“一柄利剑，既然不能削铁如泥，就索性折断，于是，一只粽子，营养后人千年！”相比之下，曾国藩就狡诈得多，虽然也曾有跳江壮举，但既没有抱石头，也没有选择荒郊野外，而是在心腹下属的眼皮子底下跳下去了，其壮举的目的无外乎两点：其一，摆脱与太平军连败的罪责；其二，鼓励下属，与太平军拼死一搏。故曾兄可列大智大勇之列。

谭嗣同，湖南浏阳人。戊戌变法失败后，不寻求逃跑“久战”，而甘心引颈受戮，唤醒后人，我自横刀向天笑，去留肝胆两昆仑！可谓大勇之人，湖南浏阳谭嗣同墓碑上的对联：“亘古不磨，片石苍茫立天地；一峦挺秀，群山奔赴若波涛。”是后人对他大勇的中肯评价。

毛泽东，26岁时在《湘江评论》创刊词上就指出：“至于湘江，乃地球上东半球东方的一条江。它的水很清，它的流很长。住在这江上和它邻近的民众，浑浑噩噩，世界上的事情，很少懂得……”大勇在于很早就领导中国革命，但没有大智的辅佐，大勇不会最终成功。“为有牺牲多壮志，敢教日月换新天！”这是一代伟人毛泽东他老人家对大智大勇关系的最终诠释。

2009年4月20日

人的性格与事业成败
——孙策其人

就《三国演义》描述的孙策来评判，孙策应该是个英雄，但不是大英雄。本来可以成为一个大英雄，但其性格特点决定了该同志在通往大英雄的道路上，不幸过早牺牲。

继承父亲的基业，自己又通过不断的进取精神，横扫江东，成为富庶江南的一方霸主，可以当之无愧地称作英雄了。他同时也具备了大英雄的某些素质：例如想法很多。具体表现为豪气冲天，不满足江南一隅，渴望吞并天下；该兄对当前的形势分析为：群雄逐鹿，雄踞江东，可大有作为；该兄针对当前形势，提出的我们的任务是：老袁（袁绍）虽然胳膊粗，但并不可怕，老曹（曹操）挟天子号令诸侯，虽然家底不多，但却是真正的敌人，不能等敌人强大时才考虑消灭，所以联合袁绍，北击曹操。这些差点没有让孙策成为中国历史上的大英雄，但他的两个性格弱点，决定了该兄的事业戛然而止了。

那么他的哪些性格影响了他的事业呢？第一，脾气不好，心眼小；第二，持强，安全意识淡薄。事实证明就是这两项性格弱点使他盛年早亡。

第一，脾气不好，心眼小。脾气是个体的特征，它会左右个人的意识，也会影响个人的行为。对个人行为影响的大小，直接取决于该个体内在的修为程度。按照客观事物的规律办事，不以主观的东西所左右，则说明该个体的内在修为已经达到了一定的高度，则个体在参与事务的掌控过程中，也就能够把握发展脉络，促成其按照自己理性的判断与愿望去发展，也就是成功的胜算会比较大。对于处于高位或做大事的人，如果脾气不好，动辄发火，心胸狭窄，不能容事，则其决策势必带有主观情绪化与短期性，则成功的可能性就会变小。

两件事情可以看出孙策的脾气坏、心胸小。一次是孙策从曹操的使臣口中得知，曹操第一谋臣郭嘉对他的评价，郭嘉说：孙策乃一勇之夫，不足为虑，迟早会为小人所害。当时孙策已经受到刺客的暗算，受了重伤，正在恢复过程中，他听到郭嘉的这番评论后，气得不行，说道：郭嘉小辈安敢这样评论我？并且马上想进攻曹操。从这件小事可以看出，因一句话就想大动干戈，显然有些小孩打架怄气的味道，想要成就大事怎能按着性子胡来？另一次是对待神仙于吉的问题上，最终导致孙策的火暴脾气与狭隘心胸要了他的命。不得不承认，孙策同志是一个地地道道的无神论者，特别在那个遥远的年代，更是难能可贵。于吉老先生给人看病医术高也好、还是通过邪教蛊惑人心也好，总之他在老百姓的心目中地位很高，大家膜拜他为神仙，但该老先生也不收敛，满街地让人抬着逛，后面还敲锣打鼓的，所到之处老百姓无不跪拜，就连孙策的老母亲也信奉不疑，还为孙策祈福搞了些符，在孙策的别墅周围贴得满满的。可是孙老兄就是不买那个账，应该说孙策老兄是个大孝子，特别在那个三纲五常、孝字当先的年代，老孙对老妈还是很孝顺的。常人理解孝顺，无非是多给爹妈点银子，听爹妈的话（表面上的也行），孙老兄富有江东，几辈子都吃不完，因而不存在经济危机问题，但这听话可就大打折扣了，特别是对待于老先生这个问题上，既然老妈喜欢老先生并奉做神仙，你就让老娘高兴些好了，但孙策认为，于老先生是邪教，影响了他的统治地位，故一定是大庭广众之下，不顾老娘的苦劝，一剑杀之。应该说孙策对待于吉的邪教蛊惑的态度是正确的，但手法却难逃拙劣的痕迹。对于有一定群众根基的人或势力的打压，要讲究策略：若群众是被蛊惑的，则要动用宣传机构披露事情的真相，让群众最终站到科学这一边，而孙老哥没有做这些澄清的工作，因而群众及其老娘接受不了他这种极端做法。相比之下，战国时期那位赫赫有名的魏国水利兼军事家西门豹同志在对待“河伯娶妇”问题上的处理方法要高明得多。

西门豹，时任邺令（相当于现在的河南安阳市市长），无神论者。初上任时，首要任务是整治旧俗“河伯娶妇”，这一旧俗其实是当地恶霸与三老、巫婆勾结，借连年水患问题，蛊惑说河神要娶老婆，故借此找穷苦人家女儿投入河中，不想投的，交钱，根本目的是搜刮民财而已。西门豹参加河伯娶亲仪式，并很庄重，命令在送新娘子之前，为了表示恭敬，要让巫婆等人去给河伯报个信，这样三老、巫婆的一些狗腿子被扔到了河里喂了王八，三老等吓得魂不附体，当众承认错误，群众也摆脱了蛊惑，社会风气得到了澄清。孙策杀于吉却做得不艺术，最终引起公愤，害了自己。

孙策性格弱点其二是：逞强、安全意识淡薄。那个年代纵横天下的豪杰，无不是杀伐很重的人。孙策也是一样，因而惦记他、找他寻仇的人很多。吴郡太守许贡是被孙策杀害的，许贡家客当然也要寻仇，谁没有几个朋友啊！但孙策自以为自己骁勇，安全意识也就淡薄了，难免有点烦心事，登个高、望个远之类，但为什么不带几个随从保镖？最终被许贡家客得了手，应了郭嘉的预言。看来凡事皆出因果，爱恨必有因缘啊！

如果孙策不这样，那么历史会怎么样？历史就是结果而没有如果。历史的偶然决定历史的必然，历史人物的性格决定历史的结果。放到今天就是人的性格会决定事业的成败，修剪自己性格当中不符合自然规律与社会规律的枝杈，这就是修为，修为的提升会有助于你所从事事业辉煌的达成。

2009 年 3 月 27 日

一杯牛奶里包含了什么？

一杯牛奶，放在饥渴的人们面前，乳白色，代表的应该是纯洁与恬静，但就是这样一杯与人们朝夕相处的东西，却突然间让人们无法再信赖它。我们某些天才的乳制品生产商们，做了个天才的实验，加那么点“三聚氰胺”，这蛋白质的含量就上来了，嗯，很天才的设想与实践。

那么一杯牛奶里到底包含了什么呢？首先是牛的努力。鲁迅先生说过：牛吃的是草，挤出的是奶。牛是值得信赖的，因为千百年来，它们一直在努力地做这件事情，从未间断、从未掺假。步入工业社会后，一杯牛奶变成了商品。一杯牛奶除了牛的贡献外，还包含了许多人类的理想与智慧。理想是通过一杯牛奶商业价值的实现，来挣得商业利润，达成自己富裕的理想；智慧是怎样让奶牛孜孜不倦地努力快速地商品化并实现其商业价值。不能不说在牛奶中掺那么一点三聚氰胺，因而提高了蛋白质的含量，使其达到某种商业标准，这也是我们那些为数很少的天才的智慧。但他们忘记了，作为商品的一杯牛奶，应该包含的人类第一信息要素应该是最基本的道德标准。

这些天才的奶制品商人们，在摆弄自己利润公式的同时，却忘记了本应该时刻想着的道德公式：化学添加剂＝生命危害。商业社会一个核心的社会秩序的维护者就是诚信，诚信是在道德和良知的基础上建立的。我们是一个具有泱泱五千年文明的大国，我们有许多让我们在少年学堂里就热血沸腾的骄傲：我们有四大发明、我们有孔子、孟子、我们有神六、神七的载人飞天，我们还有许多侠义的传说……但我们却跌倒在一杯牛奶上。

前几天在北京开会，坐计程车时，司机师傅讲了一个故事，他说他曾经为一位外国朋友提供出车服务，那位外国朋友能讲汉语，他们在车里聊了一会，这位司机师傅说：这位外国友人大约五十上下的年纪，但从他的眼神及谈话中，感觉天真、真诚得像个中学生，是一种对陌生人的信赖、真诚的眼神，而这些在我们的自己乘客中，几乎看不到……他说得很激动。当然他的感觉有些偏颇，但也折射出我们这个民族更需要不断呼唤的是诚信。

没有诚信的人是社会的渣滓，诚信与道德应该成为一个强大民族的社会崇尚、社会潮流。一个人造假、几个人造假都不可怕，可怕的是一个行业都失去信任。我们的那些奶制品行业的巨商们，你们本是人中之精英，以你们在行业中的号召力，杜绝这些腐朽的东西、倡导新鲜的社会风尚本不是螳臂当车，大家都相信你们是这个民族的精英，你们自己也曾经信誓旦旦地以社会责任为己任，我们这个时代已经不需要蹈海的陈天华，但我们需要呼唤这种精神。

2008 年 10 月 16 日

北京雅趣

如一天三顿饭一样有规律的休假又开始了，休假是令人愉快的，正如吃饭一样，有美食，有美酒，有佳朋，有闲暇，我称为“四美具”。写到这里，想起一段故事：传说上帝造人时期，本意想让人类多劳作，少享乐，因此决定让这群可怜的家伙“三天吃一顿饭”，确定基本政策后，让天使去传达命令，没想到天使在出差的途中喝多了，把“三天吃一顿饭”的命令传达成“一天吃三顿饭”，人类为此捡了个大便宜，便有了这么多的可以休闲娱乐的“饭局”，餐饮业也就红火发达起来，看来高层的决策影响面积就是很大。

好像有些跑题，其实休假这几天的趣事确实和天使的失误有关。

雅趣之一：放马三千里，才问我是谁。

L 兄是位多年的老朋友，为人忠厚，有长兄之风，与之为友，更有如饮甜醴的感觉。相见后难免一番海阔天空的闲侃，聊天自然要有美酒相佐，由于要以聊天为主，所以选的是绍兴的老黄酒，这种酒要温热后才能喝，加上一颗杨梅，那味道，质朴而不失江南的水乡情致。L 兄兴致很浓，回忆了当年我们与另外一位朋友在海边日光浴加烈酒的情景，那酒确实很烈，大约有七十度的样子，三个人边浴边饮，我与 L 兄本是旱鸭子，见水就发怵，何况又是海水，大有望洋兴叹的感觉，但那是在喝酒之前，几杯烈酒下来，豪气顿生，关于这个，东坡老先生与我们有同感：酒酣胸胆尚开张。说也奇怪，平时一下水就沉底，酒后飘飘忽忽怎么就浮起来了？至此，我们得出结论，酒是一个很好的游泳教练。

回忆过后，L 兄大谈文章和诗，他喜欢这个，平日自然在这在那卖弄一下，报上也有他的身影，闲谈中，他讲了许多他的作品，是自娱自乐的吧，说到卖弄，要一起卖弄才能热闹，我也卖弄了几个，大家互夸了一番，内心也得到了些许满足。L 兄的一首酒后小诗我还记忆犹新：“归去已无力，仍悔少一杯。放马三千里，才问我是谁？”

那天下午，从午后十二点到下午四点，不知道摆了多少杯老黄酒，只有一种“江南好，风景旧曾谙”的感觉和记忆。

雅趣之二：不似落叶，色衰同炎凉。

G 君是个健谈的人，我们已经交往了十八年。现在回忆起来，真正能够交往十八年的朋友还不多。我经常想起“君子之交淡如水”这句话，每每路过北京，只是一个电话或一条短信，如果他或我有什么事情，无法聚，就平淡的一句有事出不来也就罢了，但如果能出来，则要找个地方好好神聊一番。酒馆是很随意找的，要就近、安静，就选啤酒，多了也没有太大的杀伤力，便于打个持久战。

我与 G 君是大学校友，他长我一届，是围棋使我们成为朋友，围棋还有另一个称呼叫“手谈”，古人就是很高雅，把下棋也看成聊天。记得在要毕业的那几天，我去他家做客，他喜欢读书，书很多，其中也不乏一些围棋书籍，我找到了一本《围棋大词典》，其中有许多关于围棋的历史掌故，我看了几个觉得很有趣味，他知道我喜欢这些，便说：“送给你吧，做个纪念。”大家都知道，几天后就各奔东西了，手谈的机会也会少多了，人生的聚散大抵如此，没有“长亭酒一瓢”却有《围棋大词典》，每每想到这些，确也蛮有趣味。

这次相聚是在那个很喜庆的挂满红灯的“簋街”的一个小酒馆，是贵州酸汤鱼之类，聊了大半个下午，什么经济、股票、历史、诗词、围棋、身边朋友的近况，很多，都是感兴趣的话题，当谈到朋友交往时，G 君得出个结论：朋友是随时都可能淘汰的。很精辟。友谊往往是建立在一个共同的层面上的，要有些共同的话题，还要有可以为之维系的时间。回想起来，儿时的玩伴、小学时的好友、中学时的莫逆，当年哪一个不是一堆堆的共同话题，但现在相会，大多数都是一句类似“你吃了吗？”然后就是无限的沉默。

闲聊中 G 君转给我一首他研究生同学作的词《点绛唇》，很有趣味：“静湖一苇，春秋冷暖水云间，岁岁青青，飘零雨点点。被梨花雪，楚楚枝飞扬。老何妨，不似落叶，色衰同炎凉。”

酒后散去，打了个的，司机问我，吃的是什么饭啊，都下午四点半了……

雅趣之三：四合院和恭王府。

A 君与 H 君也是远道来北京，很巧相聚，第二天闲来无事，去老北京胡同消磨时间吧。北京的老胡同在某种意义上讲代表了许多东西，包括历史、文化、官品、建筑、统治思想等。一个院落，首先比较值得研究的是大门，门口两边会有两个石坊，如果是方形的，就暗示里面住的是文官；如果是圆鼓形的，则暗示里面住的是武将。门的上面，门楣上部会有几根突出的柱子，柱子越多则表示官级越大。有的门凹陷得越深，表示官级越大，看到这里，令人想起：“侯门一入深如海”的诗，虽然说的不是这个。

四合院是一个封闭的院落。一家的长幼尊卑不能乱住。坐北朝南的正房是家族的最长者居住；东边厢房是儿子居住；西边厢房是女儿居住（《西厢记》就是这个意思吧），南边的房间是仆人们的住处。房间的窗户一律是向院子中间方向开的，体现了封建社会的集权制，没有向院外开的窗子，可能那时没有“开放”这个词吧。

和那些瘪瘪卡卡的四合院相比，恭王府可是真正的深宅大院，因为这里面曾经住着一个中国历史上赫赫有名的人物和绅。人去楼空，但昔日的辉煌却历历在目。大门是那个颇有名气的“西洋门”，一入门，是中国古代传统的建筑观念——屏风。按照风水的说法，门一般要开在东南角，屏风是建在门里正对着门的一段墙，用来阻挡煞气。但恭王府的这个屏风墙却很特别，是一块取自太湖的石头，从门外看，石头的形状像一条鱼，象征着年年有余，注意，和绅这家伙可非常讲究，事事都要吉庆，事事都要寻个好兆头，恭王府的许多建筑都是这个理念。这块石头的背面也就是对着院子这面像什么呢？是一个低着头的美女造型。和绅同志有个伟大的理想，梦想着像皇帝一样，妻尽天下美女，所以他一生在册的老婆共二十六个，至于相好的，更无从考证，当然了，这老哥也是个多情的万人迷，还有才能，似乎也不过分。

大戏台比较神。这是和府的娱乐场所，置身这里，给人的第一感觉是和大人是一个懂艺术、热爱生活的人。这里估计可容纳二百人，舞台的声控装置体现了当时世界的一流水平，台下放置了几口缸口朝上的大缸，这缸可以反射声音，很棒的建筑理念，我第一次了解到，缸不但可以腌酸菜，而且还可以做音响。

和绅同志对幸福生活的追求是孜孜不倦的，幸福的概念就是：福气、升官。建筑风格体现了总设计师和大人的这一追求。蝙蝠象征着幸福，好，和府一共能找到九千九百九十九只蝙蝠的造型，分布在窗户、走廊、廊厅顶棚处，皇上追求万岁，我老和就追求万福，不把你皇帝老儿靠死绝不罢休。有些柱子上的图案是竹子状的，是升官的象征，最能体现和大人升官迫切心情的是那假山两边的两条甬道，通向假山顶的亭子上，但只有下边的一级台阶，这路就是平步青云路，下面的一级台阶，象征着起步时也是有坎坷的，但坎坷不能多，多了虽然会让人更成熟，但升官的速度就会变慢。做官是需要强烈愿望的，是一项事业啊！

恭王府的“福”字碑需要说说。这要从康熙谈起。康熙同志是一个比较谨慎勤勉的人，他不像他的孙子乾隆，到处张扬，写写画画，康熙深深懂得，物以稀为贵的道理，那字或诗什么的如果写多了，就不值钱了，这有点像发行邮票，如果想炒作起价值，首先要限量发行，其次要绝版。所以至今在北京，康老爷子只留下三个字，其中一个就是恭王府的这个“福字碑”上的“福”字。康熙同志是个孝子，受了汉文化的影响，他写这个福字，是为其奶奶孝庄皇太后祈福的，孝庄晚年多病，考虑到奶奶对自己事业的帮助远远大于爹（炒股票的人不喜欢这个字，宁可用Father），所以爹就不管他了，看来孝道也是极具功利倾向的。了解了背景，大家未免诧异，这福字碑不应跑到和府啊？对，关键不要小觑这和珅同志，他可是一位“知行合一”的实干家，有条件要干，没条件创造条件也要干，时刻不要忘记，咱的座右铭可是“我的是我的，你的也是我的”，所以惊人的一幕发生了，那乾隆家祖传的福字碑丢了。

这福字碑神气在哪里呢？经本人考证，该碑高1.5米左右（用眼睛和本人个头量），福字长约50厘米，宽约40厘米，福字上方是康熙的印章，最奇的是该碑很厚，估计约十多米厚。这位和大人处心积虑，偷来的东西当然还是有些心虚，不能摆在光天化日之下，好，造座假山，压在假山底下，造个洞，在洞壁上把福字露出来，这样一弄，这福气可就属于我们老和家的了，天才！当然这安放福字碑的位置要选好，经过风水先生的实地勘测，就压在北京龙脉的中间，那龙脉是经过我们和府地！

恭王府离紫禁城不远，皇上下边的监督机构也很健全，什么公检法、审计部门一应俱全，也不排除朝中个别红眼病患者，投递个匿名举报信之类，在皇上的眼皮子底下，这个中国历史上最棒的贪官是怎样炼成的呢？经本人对野史考证，以下两点至关重要：第一，乾隆与和珅有同性恋倾向；第二，乾隆的一段未了情缘与和珅有关。

先说第一。和珅是很风流倜傥的帅哥，不但有才能，而且生活态度积极端正，人生哲学比较明确，一要升官，多做事；二要发财，多赚钱；三不追求死老婆。和大人兼有口齿伶俐，情商很高，善解人意。那么乾隆兄呢？自然身体健康，青春得意，时逢盛世，多情善感，喜欢张显，特喜欢作诗、旅游、聚会。这样两个人成为同事，就产生了一个很哲学的现象，柏拉图的精神恋爱，说白了就是同性恋。

再说第二。乾隆没做皇上时，曾经爱上了一个不该爱的人，他爹的一个小妃子，问世间情为何物，不过一物降一物，可这位小妃同志居然违背规律想同时降两物，结果呢，被雍正赐死，雍正这爹可是以江山为重，儿子虽好，但我的奶烙也不能动。乾隆自然悲痛欲绝，心上人已经玉骨香消，但总能出现在梦中，也就是模样和体形还记得住。一日，出行，突然发现一个轿夫的身影极其像那个朝思暮想的人儿，估计是有些神经，导致眼花，好了，这个人就是和绅。

雅趣之四：孔乙己酒店与烟袋斜街。

晚上，G 君请客，地点后海附近的孔乙己酒店。G 君与 L 君先到，他们在北京的衙门上班，对于皇城根自然熟悉。我与 A 君后到，费了很多周折。怪我们碰到了两个二五眼出租司机，居然都不知我们大名鼎鼎的孔乙己兄的店铺。换了两程出租车，又换乘黄包人力车，这个有意思，围着后海绕了大半圈，大有屎壳郎上环岛的感觉。不过那车夫老哥很热心，给讲解了后海附近的一些掌故，让我这个本以为后海很小的人又开了眼界。

这个地方描述如下：位于北京西城区西北部，北海公园西北，有什刹海（又名前海）、后海和西海即积水潭三个相连的湖泊组成，总面积达 3450 万平方米。历史上这里是寺庙林立的地方，素有“九庵一庙”之说，所以这里得名为“什刹海”。元代，这地方曾是南北大运河北段的起点，水域宽阔，景色优美。大运河上的船只，可以经过通惠河直达积水潭。当时船运业繁盛的景色，史载“盛况空前”。南北大运河船运业的繁盛，带动了鼓楼大街一带也成为繁华的商业区。看来北京的繁华和那个能闹的隋炀帝大有关系。

好不容易找到了孔乙己酒馆，那两位老兄足足等了四十分钟。好饭不怕晚，谁让咱们嘴馋了呢？见面，寒暄，第一件事，大家深切地缅怀了孔乙己同志光辉壮烈的一生。

性别：男

姓名：姓孔（确定），名乙己（别人给起的绰号，本人可不喜欢）

生卒年：大约在十九世纪中至末（孔兄本人也记不清）

职业：窃书（别人说是偷，我可不承认）

副业：帮人抄书（我的字写得好）

爱好：穿长衫站着喝酒（要热的）

最喜欢的食品：茴香豆（有荤菜更好）

最喜欢的着装：长衫（虽然补丁较多，但读书人的气质不能丢，更要与那些短衣帮划清界限）

信誉度：高（欠酒钱不超过一个月，虽然目前累计还有十九个钱未还，老板就

做坏账冲销吧，本人实在没辙了）

人生壮举：曾教人“回”字的四种写法（那学生后来可是中国响当当的大文豪啊）

人生低谷：碰到了丁举人

可以说孔乙己同志是一个纯粹的人（只穿长衫），高尚的人（必之乎者也），一个脱离了低级趣味的人（只窃书和书有关的东西，笔墨纸砚之类），一个有益于人民的人（该同志牺牲后不久，爆发了轰轰烈烈的五四运动）。

孔兄应该含笑了，因为如果他现在来到这个酒店喝酒，老板一定会给他免单，而且可以请到曲尺柜台的里面坐着喝酒。

缅怀结束了，绍兴老黄酒也消耗了五大瓶，Beer 也是不计其数，意犹未尽，G 君提议，转战到酒吧，继续啤酒。

这个酒吧很安静，除了掌柜的，只有我们四个人。外边红灯飘忽，寂静的窄窄的古街。这条古街很有名气——烟袋斜街。这条街东北西南走向，大概有三百米长。在明朝初年，这条街叫“打鱼厅斜街”，清朝乾隆年间刊刻的《日下旧闻考》一书称之为“鼓楼斜街”。那后来为什么叫烟袋斜街了呢？这里有个缘由。当年，住在北城一带的旗人大都有抽旱烟或水烟的嗜好，于是城里的烟叶行业就发展起来了。那时候还不时兴抽烟卷儿，抽烟讲究用烟袋。住在斜街上的人家挺有经济头脑，看准了行情，一户挨一户地开起了烟袋铺。打那儿以后，甭管是“打鱼厅斜街”，还是“鼓楼斜街”，渐渐地都听不到了，“烟袋斜街”可是越叫越响。不过，还有个事儿很值得注意，就是烟袋斜街本身特像一只烟袋，三百米长的街道像烟杆，东口像烟袋嘴儿，西口到头折向南边，通往银锭桥，看上去活像烟袋锅儿，这种巧合挺有意思。

大家兴致很高，G 君尤甚。因为今晚，他实现了他的一个愿望。这个愿望的达成，来自于 A 君不经意送给他的一件小礼物——象牙章。G 君的一位颇通阴阳之学的朋友，建议他改个名，具体方式是只刻个名章即可。但章的材质要用“鸡血石”或“象牙”才灵，“鸡血石”难找，“象牙”更是难寻，况且市面的东西真伪难辨，这庄心愿一拖就是五年，今天，实现了。

年关将近，愿望就是这样不经意间一点点实现的吧。望着酒吧外面飘忽的一串串大红灯笼和那黝黑的寂静的古街，这样想。

2008 年 2 月 15 日

心静，归于自然

谈到哲学问题，就想起两个字：既“玄”又“逗”。

主体和客体的矛盾关系，是哲学的一个基本问题。主体也就是主观，具有一个最基本的特征就是意识的能动性，即对客体的东西有一种改造或影响的欲望，而这种改造或影响的达成与否，往往成为人世间一切喜怒哀乐的诱因。人的一生和自然界的其他许多事物相比应该是非常短暂的，并且人生存的一个存在方式——时间，具有一维性的特点，即人永远只能感受一个现在的点，如果把生命的时间标定为一条从左向右延伸的线段，左端应是固定的，即人的出生，能够感觉痛苦的那个时点，右端应该暂时是向前延伸的，那么感受现在的那个点，就会以加速度去追赶右边那个向前延伸的线段的一端，这个点的左侧，将永远成为人的历史和回忆，这个点的右侧，是那个可以用自己主观来施加影响的未来，也就是对人会更加有诱惑力的东西，左侧给人的往往是遗憾或满足，右侧给人的往往是憧憬和希望。随着时间的消逝，这个感受现在的点会逐渐赶上那个不断延伸的线段的右端，当线段不再延伸时，整个生命也就成为历史了，生命就此也就永远地停歇了。

所以生命的真正意义应在于以主观的意识最大限度地能动地规律性地改造客观的东西。但这种改造和影响应建立在对规律的彻底认识的基础上，当然这个彻底是理想化的完美的境界，能够达成这个境界的人很少，但应是人类的共同的目标。因为按照规律性的东西去对客观世界施加影响和改造，是一个愉悦和幸福的实现过程，不会因奢望过高无法实现而痛苦，也不会因为偶然得到而欣喜若狂，以致犯了心脏病，导致那个线段的右端突然不动。

那么就看看如何才能达成这个生命意义的最高境界。具体手段因职业、经历、需要改造的客观事物的不同而不同。会下围棋的人都知道清朝有两大国手，范西屏和施襄夏，这两位老兄的棋艺代表了中国古代围棋发展的巅峰。但曾经在早期，施老哥很痛苦，怎么努力他还是和老范有一段差距，败多赢少，即便别人不奚落他，自己也总是能感觉到在黑白世界里被蹂躏的痛苦，痛苦到了极致，人就要考虑改变自己，所以这老兄索性挂盘封刀，还是旅游去吧！玩毕竟是件愉快的事情，有一天他在静谧的山间溪流边的青石上坐下休息，静静的山林，悠悠的白云，淙淙的溪流，让这位老兄浮躁的总想着胜过别人的心静了下来，当他傻傻地看着不舍昼夜的清澈流水时，估计没有九寨沟的海子漂亮，突然间他顿悟了一个道理：“行云流水，无欲则刚”，这应该是围棋的另一个更高的境界，这就是黑白世界的理，按照这个理去走好每一步，每一步都要力求公正、致势地均衡，那么最终你就会赢得全局。施老兄的顿悟使他的棋艺达到了一个全新的境界，此后他与号称棋中李白的范哥笑傲大清棋坛多年，并博得棋中杜甫的雅号，他们哥俩在浙江平湖的十番胜负对局即“当湖十局”，也以其凌拔的辉煌而永载史册，每每观其棋谱，总有一种春风满面的感觉。

主观对客观的改造和影响只是生命内容的一部分，这种改造和影响同时也应包括主体意识对主体本身的改造和影响，这集中表现为如何支配主体采取何种方式去适应这个客观的世界。因而就会出现截然不同的人生态度，有人会喜欢静，有人会喜欢动；有人积极努力，有人消极怠工；有人精忠报国，有人屈膝苟且。人生的百态也就纷繁多彩：有陶渊明的田园将芜胡不归；有东坡同志的左牵黄右擎苍；有孔明先生的夙夜兴叹，王业不可偏安；有厚照兄只喜欢玩，奏折统统的不管的最能闹的皇帝；有文天祥先生的南天叹零丁；还有那么几个这个奸那个奸的。

上面的纷繁我们到此为止，那么主观的改造或影响客体的愿望程度与规律性的掌握究竟应该是一个什么样的度才合适呢？“以其不争，故天下莫能与之争。”这是老子先生朴素的辩证法。过分愿望难以达成，人则会陷入痛苦的状态，造成这种状态的诱因是对自身主体的条件与客体的规律性分析得还不够，不争，绝不是不积极努力，应是等待最佳时机促成水到渠成之意。故如孙子对战争规律的掌握，他不赞同“如蚁附之的攻城”，而主张“上兵罚谋”和“善守者藏于九地之下，善攻者藏于九天之上”的运筹帷幄的以静制动，不击则已，一击必杀。如果了解蒙古狼群是如何围猎黄羊群，你就会更加理解静与动以及与时机的关系，狼群往往先偷偷包围正在吃草的黄羊群，静静地潜伏几个小时，等黄羊都吃得大肚便便时，再猛然全线发动进攻，因为狼懂得一个朴素的体育道理，吃饱后马上搞长跑运动无论对健康还是速度都会有不良的影响。

度是规律性的掌握和时机，那么如何在动态中把握这个度呢？南宋的朱熹老师的理解是这样的：格物穷理，存天理，去人欲。首先要格物，你就格吧，看见桌子格桌子，看见椅子格椅子，等到全部掌握了桌子和椅子的道理后，就要去掉欲望，比如，经过这么一格，得出个道理，坐着办公总比站着舒服，所以大家都想着如何坐得舒服，欲望就来了，坐着呗，但总一个姿势坐着，就要得颈椎病。所以朱老师说，要去人欲，不能总舒服，也要锻炼。可是有人问朱老师，我饿，想吃饭；我有钱，想吃龙虾，这个欲望是不是也要去呢？那么答案一定是先格一下你的经济条件，再格一下饭店的市场价格，如果是公款，还要格一下你公司或单位的财务规定，如果格不好，老婆和老板就会不满意，不好玩了！后来有人说，朱老师，这还是麻烦，做什么事，都要瞻前顾后的，我们觉得还是当年黄巢老哥潇洒，高考不中，就写首反诗“冲天香气透长安，满城尽带黄金甲”，轰轰烈烈搞造反的革命运动，我才不管它结果怎么样呢，这就是我的欲望，生命有限，放手一搏，哈哈，这样一闹，朱老师的课也不好上了。

问题总要解决，王老师的课开始了。主讲：王明阳先生，叫我王守仁也行。我在明朝做官，打小就有些理想，十五岁时曾想和当今圣上要五万精兵，荡平鱼肉我中原百姓的蒙古大军，后被父亲训斥；后来梦想做圣人，曾特崇拜朱老师，按照他的教学大纲，每天都格这个格那个，不幸在格后花园竹子时，由于用功时间过长，得了感冒，很郁闷！在北京工作期间，不幸又得罪了当朝皇上红人太监刘瑾同志，刘瑾同志充分发挥了你骂我，我骂死你的礼尚往来原则，把我的北京户口一下给弄到了贵州，工作单位也从中央直属变成了地方的龙场招待所，职务所长，兼服务员，关键是这里太偏僻，没有人来旅游。一干就是三年，惨啊，可是我没忘记仍然坚持学习业务，反正也有时间，功夫不负有心人，写了篇文章《论知行合一》，从此一发不可收拾，开创了百家讲坛，主讲《心学》，听的人很多。王老师总是很谦虚，听完他课后，翻一下他的个人简历，不禁吓一跳，很厉害啊！官做得大、思想境界又很高，还很会打仗，可以称为伟大的哲学家、政治家、军事家、文学家，四家，很了不起！王老师是一个喜欢总结的人，他概括他的“心学”思想为四句话：“无善无恶心之体，有善有恶意之动。知善知恶是良知，为善去恶是格物。”

王老师的教学提纲给我们了，那么作为学生应该如何理解呢？我的理解是这样的：“无善无恶心之体”，中国古代有许多类似的哲学观点，战国时期，阴阳五行学说对宇宙、社会、人类的起源探讨得比较多，认为宇宙万物皆由阴阳组成，说也奇怪，俄语中的许多词都有阴性和阳性之分，不知他们创造该门语言时，是否了解了中国古代的哲学思想。那么阴阳又是起源于什么呢？古人认为起源于“太一”，也就是“道”，“道生一，一生二，二生三，三生万物。”这里的“太一”和“道”，也就是后来理解的“无”，这“无”可是大有来头，它无处不在，无形，空旷寂然，无法描述，在“无”的状态中，无阴无阳，但阴阳要从无而生，王弼在《周易·乾卦》中说：形也者，物之累也。也就是一切事物的形体，就是使其无法永恒的累赘。也就是说想要达成一种永恒的状态，必须要遁入空灵，这和佛家的“空”比较接近。这比较玄，但该思想曾在魏晋名流中广为流传。所以“无善无恶”的状态，就应是“无”的状态，那么“无”可以生“有”，所以“有善有恶意之动”，这里应该理解为“善、恶”只是一念之差，有了恶念，恶就已经开始了，而不囿于是否开始了恶的行动，基于这种理论，后来有了《犯罪心理学》这门课。因此，从“无善无恶”到“有善有恶”的过程，也就是从“无”到“有”的过程，同样也是“形为物累”

的过程。“知善知恶是良知”，说来容易，做起来难，即便是判断善恶也是很难的，这就是“知行合一”的“知”，应该包括对事物规律的认识、道德标准、洞察力，对未来的把握等多方面的“知”的素质。是后天培养的东西，也是人类如何适应自然的生存准则。“为善去恶是格物”，这句话应对应“知行合一”的“行”，也就是要有出世的思想，但要做着入世的事情。“先天下之忧而忧，后天下之乐而乐”集中体现了这一点。《易经》中倡导的“乾德”，即“天行健，君子以自强不息”是同样的道理。所以“大智敢为天下先，身体力行而存善”方为经世之才。

经世之才并不多，因为三个先决条件缺一不可，第一，首先你应是大智慧者；其二，你应处于一个恰巧需要你才能的时代；第三，要有合适的位置。这个范围亦可变小，小到一个公司、部门、街道、甚至家庭，都可以应用该法则。如果能判断这三个条件暂时不具备，那么这也是“知”的过程，知不可为而不为，也是“行”，所以就要坦然地心归自然，寻求那种“不以物喜，不以己悲”的“心静而无”的状态，哭号而来，欢笑而去，心不为形役，人生本当如此，这应是生命的本质意义！

2008 年 2 月 11 日

休假及读书

休假绝对是一种彻底的放松，除了吃饭就是睡觉，脑袋里的思绪也是意识流的东西，东拼西凑的感觉。所以索性买上几本书，醒了就读一读，不用计较黑天或白夜，什么时候想睡什么时候就睡，什么时候醒来什么时候就读那几本书。

书中的情节还是能够给你带来愉悦的，特别是那些历史的东西，你会觉得是那样具有戏剧性，但有一条，我的感触颇深，成功永远属于准备相对充分的人，考虑稍稍超过对手一点的人，做事稍微认真于对手的人，对成功的渴望稍微执着于对手的人。历史就是这样，由许多偶然连接成的必然，有时你会为某位历史人物的功亏一篑而慨叹，如曾经慨叹过大顺政权的李自成，他是明末的一位猛人，推翻了大明江山，逼得那个朝思暮想也想把江山治理好的崇祯同志吊死在那棵歪脖子树上，歪脖子树从此声名大振，这本是老李同志的功劳，但这位自成先生，偏偏不能透析中国文化，偏偏在这时忘记了帝王的御人之道，继续得罪着天下的读书人，以为他们是响当当的臭老九，除了读书识几个烂字外，根本不懂枪杆子里出政权的道理，砸了几个孔庙也就罢了，他老哥进了北京城后，把那些昔日明朝的一些官吏大员们可整了个够呛！不准做官不说，还秋后算账翻老底，把那些人弄了个生不如死。如果仅仅这些也许还不至于酿成大错，只要及时勒马，还可以挽回些，但这老兄居然连个吴三桂也搞不定，据说坏就坏在了刘宗敏夺了吴老弟的爱妾陈圆圆，自古爱情是美好和甜美的，“生命诚可贵，爱情价更高，若为自由故，二者皆可抛。”显然，这里的自由应改成江山，你老刘急什么呢，如果你真喜欢圆圆，等江山稳固后，再勇敢地和那个三桂同志玩玩第三者不就可以了吗？爱情不能强求，更要问问圆圆是否同意和你过一辈子，如果成不了，远方有个思念的也很美啊！老刘糊涂可自成同志不能也糊涂啊，也没有及时管一管，结果好，那个拥有天下二十万关宁铁骑的吴老弟本来就不知道应倒向大清或大顺哪一边，就这么一个小插曲，他不犹豫了，去和多尔衮搞了个剔发盟誓，那可是天下最精壮的二十万装备精良的特种部队呀，袁崇焕大叔苦心经营了多年，山海关也固若金汤了多年，可多尔衮就这样轻易地夺取了山海关，也一举击溃了自成兄这个猛人。看看人家多尔衮进京后是怎么做的？所有前明官吏官复原职，办公室照常办公，也要搞好 HSE 等各项工作。老百姓就这样拥护并承认了这个非汉人的政权。这就是历史，“水能载舟，亦能熬粥！”

读书能了解历史，读史会使人明智，读书也可以救人性命。明朝仁宣年间有著名“三杨”组成的内阁，三杨之一的杨溥的成名就是靠蹲监狱，但人家蹲监狱蹲出了水平，蹲出了名气。这老哥是永乐年间第一批太子党党员，后由于太子党与次子的朱高煦党派争夺太子位，结果太子党派一度被一网打尽，丢脑袋的丢脑袋，蹲监狱的蹲监狱，这位杨老哥就成为那个诏狱里的家常客，蹲进这等规格最高的监狱，想出来，可就难了，被随时枪毙是很正常的，所以大多数人都如热锅的蚂蚁——等死，可这杨兄，如没事人似的，进门第一天就苦读不辍，一读就读了十年，那些保安们还以为这老兄出了什么毛病，可这事偏巧被总导演朱棣同志问到，他可是皇帝呀，送你坐牢、杀你头没商量的，“老杨在干什么呢？”老朱问，“他整天在那个臭屋子里看书！”老朱不禁诧异，本来想这年头犯罪率挺高，监狱不够用，杀了算了，倒个地方给后来的同志，可又一想这老杨还算有正事，蹲监狱也没忘记自己的专业课程，好吧，我是不想用他，就留给我儿子用吧，没准会提拔成个处级干部管点杂事什么的，这么一来，老杨的命保住了，十年后，老朱完蛋后，他儿子仁宗小朱（朱高炽）把老杨从监狱里接出来，直接提拔了个部级干部，看来，没事就读点书吧！

2008 年 1 月 27 日

听民乐琴曲谈音乐魅力

最近荡下来几首民乐琴曲，反复欣赏，颇觉音乐的魅力是无限的。音乐这一艺术形式有极强的感染力，它可以形成一种力量，把人的情感抓住，可以令人激动、振奋、唤醒、思乡、萎靡。音乐的这种作用甚至可以影响一个民族的命运、国家的兴衰、战争的胜负、友谊的长久、爱情的甜美。

第一，音乐与民族的命运

时间上溯到公元1931年9月18日夜，日本关东军突然袭击沈阳北大营的东北军第7旅，一夜之间日军就占领了沈阳城。这就是震惊中外的“九一八事变”，事变爆发4个月之后，中国东北三省大部分地区沦陷了。日本早在“明治维新”时期，就确立了以中国、朝鲜为主要侵略对象的所谓“大陆政策”。1937年7月7日夜，“七七事变”爆发，标志着日本军国主义发动全面侵华战争的开始。二十世纪上半叶，积贫积弱的中华大地，满目疮痍，让人想起岳飞那首《满江红·登黄鹤楼有感》：“铁骑满郊畿，风尘恶。”这支文明源远流长的伟大民族却面临着生死存亡的关头。面对民族的危难，左翼作家联盟的作家、诗人、演员们纷纷拿起文艺的武器，1935年“电通”开拍电影《风云儿女》，这是反映九一八事变后，青年知识分子英勇赴死，投身抗战的影片。聂耳怀着强烈的爱国主义热情为该片创作了主题曲《义勇军进行曲》，1935年5月24日，电影《风云儿女》在上海北京东路780号金城大戏院（今黄浦剧场）首映，《义勇军进行曲》旋即响彻中华大地，唤醒了这个沉睡的民族，从那个危亡的关头走了回来。

1949年9月27日，全国政协第一届全体会议决定：在国歌正式确定前，以《义勇军进行曲》为代国歌。1982年12月4日，五届全国人大第五次会议通过决议：正式确定以《义勇军进行曲》为中华人民共和国国歌。

音乐的力量是伟大的，这首《义勇军进行曲》仍以它的独特魅力，在新的历史时期鼓舞着勤劳勇敢的中华民族奋进于世界最强国之林的前列。

第二，音乐与国家兴衰

时间上溯至公元582年，南朝陈的都城建康，华丽的宫殿。那个颇有诗情的陈后主叔宝兄，拥着他的那个美丽的一头云鬓光彩照人的爱姬张丽华，唱着他那首著名的亡国之音《玉树后庭花》：“丽宇芳林对高阁，新装艳质本倾城；映户凝娇乍不进，出帷含态笑相迎。妖姬脸似花含露，玉树流光照后庭；花开花落不长久，落红满地归寂中。”

公元 589 年，隋军攻入建康皇宫，后主的国家，也正如他歌中唱的那样，“花开花落不长久”，不到七年的光景就被这个不问政事的荒淫皇帝葬送了，藏匿他们的那口“胭脂井”会对这段历史记忆犹新吧。唐朝杜牧在《秦淮夜泊》诗中，以诗人的笔法高度概括了音乐与国家衰亡的关系：“烟笼寒水月笼沙，夜泊秦淮近酒家；商女不知亡国恨，隔江犹唱后庭花。”

第三，音乐与战争的胜负

时间上溯到公元前 202 年 11 月，楚汉的垓下（今安徽灵璧东）战役，那个骁勇的西楚霸王，面对韩信的重重重兵，只好无奈地挽起爱妃虞姬的手，悲凉地唱道：“力拔山兮气盖世，时不利兮骓不逝，骓不逝兮可奈何！虞兮虞兮奈若何！”因为他听到了一种音乐，正是这种音乐使他丧失了斗志，这就是那夜夜响起的家乡的歌——楚歌！

在垓下战役进行的紧要关头，刘邦采用了张良的攻心战法，搜集俘获的项羽楚军中善楚地歌者，教会本营中士兵，然后分组每夜对着项羽大营歌唱楚国故乡之歌，项羽士兵听后，人人思乡，最后军心大乱，纷纷开小差，最后让这个名门之后的西楚霸王自刎于乌江（今安徽和县境内）。四面楚歌，是音乐使刘邦快速地赢得了决定性的胜利。

第四，音乐与友谊

《列子·汤问》记载：伯牙善鼓琴，钟子期善听。伯牙鼓琴，志在高山，钟子期曰：“善哉，峨峨兮若泰山！志在流水。”钟子期曰：“善哉，洋洋若江河！”伯牙所念，钟子期必得之。伯牙游于泰山之阴，卒逢暴雨，止于岩下，心悲，乃援琴而鼓之。初为霖雨之操，更造崩山之音。曲每奏，钟子期辄穷其趣。伯牙乃舍琴而叹曰：“善哉，善哉，子之听夫！志想象犹吾心也。吾于何逃哉？”

时间上溯至战国时期，那个晋国的使臣、大音乐家俞伯牙出使楚国。那天是八月十五，夜里行船至汉阳江口，月朗星稀，琴兴勃发，随即抚起瑶琴。沉醉间，岸上突现一人，琴弦骤断。伯牙问你是何人？对曰：我乃樵夫钟子期也。子期精通音律，并告诉伯牙刚才弹的是孔子赞叹弟子颜回的曲谱，只可惜，弹到第四句的时候，琴弦断了。二人遂成挚友。第二年八月十五，伯牙如约来到汉阳江口拜会知音子期，但子期已经过世，伯牙得知噩耗，摔琴谢知音！“知音不在，抚琴谁听！”后人有诗赞美曰：“摔碎瑶琴凤尾寒，子期不在与谁弹？春风满面皆朋友，欲觅知音难上难！”

第五，音乐与爱情

这是音乐魅力所促成的中国历史上最伟大的、最成功的一次私奔，伟大到见著于《史记》。

时间上溯至西汉时期，鲜活的两个人物：风流倜傥，精通辞赋、音律的司马相如和十七岁美貌新寡、酷爱音乐的成都大富豪卓王孙之女文君。据《史记·司马相如列传》记载：司马相如者，蜀郡成都人也，字长卿。少时好读书，学击剑，故其亲名之曰犬子。相如既学，慕蔺相如之为人，更名相如。素与临邛令王吉相善，吉曰："长卿久宦游不遂，而来过我。"一天，卓王孙在家里搞朋友聚会，王吉与相如均在被请之列。酒酣之际，有人提议相如抚琴助兴，相如久慕文君，故以琴心挑之，并歌《凤求凰》曰："凤兮凤兮归故乡，遨游四海求其皇。时未遇兮无所将，何悟今兮升斯堂！有艳淑女在闺房，室迩人遐毒我肠。何缘交颈为鸳鸯，胡颉颃兮共翱翔！皇兮皇兮从我栖，得托孳尾永为妃。交情通意心和谐，中夜相从知者谁？双翼俱起翻高飞，无感我思使余悲。"文君会意。《史记·司马相如列传》载：及饮卓氏，弄琴，文君窃从户窥之，心悦而好之，恐不得当也。既罢，相如乃使人重赐文君侍者通殷勤。文君夜亡奔相如，相如乃与驰归成都。家居徒四壁立。

这是一场没有经济基础的爱情，后来卓王孙大怒，不给他们经济上的任何援助，相如没有办法，只好让文君做点卖酒的小生意。不能不说，是音乐成就了他们之间的美好爱情，也是这美好的爱情使他们失去了经济来源。可见爱情有时是要付出很大代价的。但好在卓王孙还是可怜女儿，后来补齐了嫁妆，给钱给地，他们又过起了富足的生活，成就了一段美丽的故事。

2007 年 12 月 16 日

从《橘颂》看性格对事业的影响

今天是个周末，闲来无事，把以前背诵过的屈原的《橘颂》又翻了出来，诵了几遍，感慨屈原坚韧、倔强的楚文化性格的同时，不觉惋惜，人的性格，对事业的成败，有极大的影响。《橘颂》摘录如下：

"后皇嘉树，橘徕服兮。受命不迁，生南国兮。深固难徙，更壹志兮。绿叶素荣，纷其可喜兮。曾枝剡棘，圆果抟兮。青黄杂糅，文章烂兮。精色内白，类任道兮。纷缊宜修，姱而不丑兮。嗟尔幼志，有以异兮。独立不迁，岂不可喜兮？深固难徙，廓其无求兮。苏世独立，横而不流兮。闭心自慎，终不失过兮。秉德无私，参天地兮。愿岁并谢，与长友兮。淑离不淫，梗其有理兮。年岁虽少，可师长兮。行比伯夷，置以为象兮。”

从《橘颂》这首诗中，可以感受到屈原的性格具有如下特点：

第一，性格倔强，认死理儿，坚持自己的观点，别人无法改变；

第二，有孤芳自赏、自我崇拜、自我标榜的倾向；

第三，与社会及其他人格格不入的清高品性；

第四，与不同观点的人很难合作沟通，有自闭倾向；

第五，走极端。

毋庸置疑，屈原是伟大的爱国主义诗人，他开创的骚体对后来的诗风产生了极大的影响，他刚毅的性格特点也为历代文人大为推崇。但他的这些性格取向，对于其所从事的社会事业，却大为不利，这也是为什么屈原最终失败投江的主要原因。

据《史记·屈原列传》记载：上官大夫与之同列，争宠，而心害其能。怀王使屈原造为宪令，屈平属草稿未定。上官大夫见而欲夺之，屈平不与，因谗之曰：“王使屈平为令，众莫不知；每一令出，平伐其功，曰：以为‘非我莫能为’也。”王怒而疏屈平。

可见，屈原的罢黜是由于争宠失败的结果，这种事情应该说在当前的社会中经常发生，对于个人，必须处理好与同事的合作关系，积极地干工作，争取在上级面前挣得良好的业绩表现，这都是极正常的想法，嫉妒心，也是人人都有，必须正确面对这些，才会对你事业的成功大有补益。在处理人际关系方面，对于那些嫉妒心很强的人，或有些小人，更要小心应付，宁可得罪君子，也不要得罪小人，这是处世的箴言。

对待谗言这件事上，屈原在上级领导疏远他时，他没有及时进行沟通并取得上级的支持理解，澄清真相，这是他工作失误的地方，决不能让小人专权，应是做人臣的第一准则。在“文化大革命”时期，共和国总理周恩来就很好地处理类似的事情，他面对谗言，对老干部讲“我要做到不倒、不死”，并多次与主席沟通，澄清事实真相，与四人帮一伙做了殊死的斗争。

屈原得不到上级重用后，幽思而作《离骚》，离骚者犹离忧也，是基于怨恨所成。因上级不重用而生怨，此更不利于上下级关系的处理，上级有上级的考虑，工作是有授权和分工的，如果认为上级对工作的把握方向有偏颇，应采取面对面交流沟通的方式，更能让人接受，像《离骚》这样的书面报告，太生硬，表达的观点太强烈，会让上级很难接受。因此在目前的公司管理中，我们应推崇进行如下沟通方式：能打电话的就不写信或发邮件，能面谈的就不打电话。

现在我们再回到上述的五大性格特点对个人事业的影响。

第一，性格倔强，认死理儿，坚持自己的观点，别人无法改变。这对个人事业的成功，危害极大。社会是个纷繁复杂的统一体，事业的成功之路，就像走迷宫，供你选择的路其实很少，当一条路不通时，要及时调整方向，多听听不同的观点，特别是反面的观点，即使其观点不对，也会有所反思和裨益。

第二，有孤芳自赏、自我崇拜、自我标榜的倾向。个人的事业，在某种程度上讲，应是个一定范围的集体的事业，只有把集体的事情做好了，个人的价值才能够达成。每个人的才能有大有小，如果因为自己的才能胜于他人，就自我标榜，鄙弃他人，最终他将失去群众的基础。这不禁让人想起中国革命制胜的三大法宝：统一战线、武装斗争、党的建设。其实统一战线的精髓就是把党的事业建立在群众的基础上，是个体与集体的关系。

第三，与社会及其他人格格不入的清高品性。清高是中国知识分子的一大通病，有很多其他的弱点都是由此滋生出来的。关于这一点，《史记·屈原列传》中记述了一段屈原与老渔翁的精彩对白：屈原至于江滨，被发行吟泽畔，颜色憔悴，形容枯槁。渔父见而问之曰："子非三闾大夫欤？何故而至此？"屈原曰："举世混浊而我独清，众人皆醉而我独醒，是以见放。"渔父曰："夫圣人者，不凝滞于物而能与世推移。举世混浊，何不随其流而扬其波？众人皆醉，何不餔其糟而啜其醨？何故怀瑾握而瑜而自令见放为？"屈原曰："吾闻之，新沐者必弹冠，新浴者必振衣。人又谁能以身之察察，受物之汶汶者乎！宁赴常流而葬乎江鱼腹中耳，又安能以皓皓之白而蒙世之温蠖乎！"

正是这种清高的性格，把屈原推进了汨罗江。为什么要清高？是因为无力改变现实，但还要坚持自我，所以应摒弃清高，努力推行自己的价值观念，争取影响更多的人，只有这样，才能开创自己的事业。

第四，与不同观点的人很难合作沟通，有自闭倾向。人都是一样的，喜欢别人的恭维，喜欢别人赞同自己的观点，喜欢好话。对于持不同观点的人，或与自己性格不符的人，轻则看不惯，重则摒弃打击。这让人想起一句话："不要总是看不惯别人，究其根本还是自己的修养不够。"所以，事业成功的人一定是个心胸豁达博采众长的人，不善于和不同性格、不同文化背景、不同信仰的人打交道，就无法掌握更多的信息，也就不会成为领军人物，最终也不会成功。

第五，走极端。走极端只能让事情越来越糟。去年春节前夕，去三亚旅游，在天涯海角公园有一处雕像区，在那个五星厕所门前，一尊雕像吸引了我，他是宋徽宗宰相赵鼎，后由于力主抗金而受秦桧陷害，贬至海南岛，最后为了引起朝廷的觉醒，绝食而亡，临终自作墓志铭：“身骑箕，尾归天上，气作山河壮本朝。”这就是成语“气壮山河”的来历。这和屈原自沉汨罗江的壮举相同。但回顾一下历史，如果他们在最初的运作中多一些积极的人生态度，摒弃一些自己性格的弱点，也许历史就会被改写，个人的事业也就不是一个悲剧的结果。

2007 年 12 月 2 日

女人与水

把女人比作水，可谓我们祖先的一大发明。清澈见底，柔柔和和，可以称为水的优点，形容女人，自然是赞美之意，但那是过去，不幸的女人们，如果现在听见这句雅辞，还欣然有喜色，那么她则越发不幸了。

如果现在仍然把女人比作水，那么有些女人只能是被污染了的水。虽然在某些方面她还具备水的特点，但如果你跳进去，轻则满身污秽狼狈地爬上岸，重则丧命。所以中国有：“最毒莫过妇人心”的古训，大概指的就是这种水了。而那些落水者，又往往被人们称作“落水狗”，人们不但不怜悯他，而且还要痛打他，一方面是对他误入臭水的惩罚，另一方面也是慰藉自己心头的恶气。所以很值得羡慕的应是那些会游泳的人，既可以享受到水的温柔，又不至于被淹死。当然了，要在游泳之前看一看水是否清澈和它的深浅，然而最主要的还是自己的泳技。

大凡水者，最大的一个特点就是往低处流。这一特点放在女人身上，似乎解释不通，然而在现实生活中，只要努力地观察一下，就不难发现问题的答案。正在寻觅“佳偶”的女人，她心目中的“白马王子”，大都是些衣冠楚楚的男士，但其中的一部分人，扒掉他们的外衣，确实不算高雅。是否所有的女人都这样呢？也不尽然。那些清澈的水也往低处流，是为了到那深奥的地方去，以便把自己盛成一泓，获得水所应有的平静。

水的三态变化，乃水的第二大特点。经常和女人打交道而不失败的男士，可以把他称为物理学家，因为他对水的变化了如指掌：液体、固体、气体，以及在此之间的溶解、凝华、升华、冻结、沸腾更是变化莫测，让你琢磨不透。有时感觉极其柔和，瞬间就会把你冻坏，或者把你热晕；看似一块洁白的玉，但马上会变成一团湿漉漉的东西包得你喘不过气来。所以建议大家还是多学一点物理，掌握一下温度，让它不至于过热，也不至于过凉，以免受一些不必要的伤害。

谈到水的变换无定，有些人可能只好敬而远之，这又像因怕雨而跳到河里，当然，我们现在提到的雨和水，只囿于纯自然的现象。男人是需要水的，我指的当然是好水，属于你的那一片水，可以作为镜子，照出你身上的污点，并及时地把它洗净。所以每当想起基督教的洗礼仪式，就觉得不如赐给接受洗礼的人一个真正纯洁的女人，为妻为母，将更有影响力。说到这里，不由想起一位朋友的高论：惩罚一个你不喜欢的男人，最好的办法就是给他娶一个糟女人，这不仅会使他们整天打架，而且会殃及下一代，以至玄曾。这倒像给一个人端来一盆浊水供他洗浴，他不但看不清自己身上的秽物，而且只能越洗越黑。

1991 年 6 月 24 日 于长春

论哭

一个人整天的快快乐乐，笑口常开，如果他没有任何的先天的或后天的疾病，大家就会评论说，他活得真洒脱，大大方方，无忧无虑。我看不尽然。人生活在这个世界上，羁于各种主观和客观上的矛盾，不可能事事如意，这样人的七情六欲就要表现得淋漓尽致，因此那些经常笑口常开的人，不是有意获得大家的羡慕，就是听了“经常笑”可以长生的说教。从这方面看，我倒赞成哭了。

应哭的时候，哭一哭这倒是真正的人性。况且哭也并不是一无是处的。大凡哭者，有两种，其一是因悲伤而致哭；其二是因欢喜之极而哭，后者实属快乐，大家无可厚非，我也就避而不谈了。因悲伤而致哭者，只有一种情况世人皆赞赏——向死人而泣。如果死去的是自己的长辈，则哭得越甚，就越能表现出其孝；如果死去的是妇人的丈夫，则妇人哭得越甚，越能表现其贞。娥皇女英哭其夫舜，眼里流出了血泪，溅到了竹子上，形成了今天的斑竹，她们的忠贞似乎得到了大自然的首肯，作为人类，当然也就无话可说了。亲戚朋友，受人爱戴的人辞世了，大家哭一哭，都是天经地义的，但一到了因一些烦恼或其他难办的事情而哭，大家就会笑你如何的懦弱，女人似乎得到了人们的原谅，可以经常享受哭的权利，而一轮到男人，则被扣上了“男儿有泪不轻弹”的帽子，似乎男人哭了就不是男人了。申包胥哭秦廷七天七夜，感动秦王发兵解了楚国之围，可谓申包胥哭的功劳，但楚复国后，申包胥却以“哭有损楚国的尊严”而隐遁山林，不应楚王的宰相之位。哭有功劳，然而得不到承认，真是一个悲剧。

男人哭可以解一国之围，女人哭似乎更能感动天地。孟姜女一哭，哭倒了万里长城，不能不说这是女人哭出了水平的典范，这绝对要比男子汉的哭竹生笋悲壮得多。从这方面看似乎女人的哭普遍得到了社会的承认，因此林黛玉就可以天天哭，把自己哭成个泪人，让大家更相信女人是由水做成的。现代的女人更是懂得哭的妙味，在男人面前一哭，便会把你哭得骨软筋麻，什么事情都可以办。

哭可以博得别人的怜悯和同情，运用得好，就变成了艺术，因而可以解决大问题。用哭的艺术解决大问题莫过于诸葛亮了，大家都晓得周瑜是诸葛亮气死的，吴国的人一定都很仇恨诸葛亮，但为了联吴抗曹，诸葛亮祭奠周瑜时运用了哭的艺术，把孙刘联盟从崩溃的边缘拉了回来。

上述的这些哭我们大可不必效仿，真正哭的作用是顺其自然，该哭的就放声大哭，这样才是一种情感的宣泄，才能达到一种心理的平衡，这才是没有被压抑的人性，才是一种真正的自由和洒脱。哭后的头脑可以冷静下来，寻找出解决问题的根本办法，这才是哭的最高境界。现代科学也发现，哭时流出眼泪也是一种有害物质的排泄方式，经常哭一哭还是有好处的，这样看在哭这方面的男女不平等，也应该平等了。

1991 年 6 月 26 日

于长春

岳母刺字阻碍了生产力的发展?

九百年前“岳母刺字”的故事，几乎每个人都耳熟能详，精忠报国的拳拳忠耿爱国之情更是令人扼腕，但是回顾一下尘封的历史，这代表中华精神文化的神圣文身的背后是否还隐藏着什么东西令我们不安呢?

我们推崇英雄，但令人遗憾的是塑造英雄的人正是我们唾弃和不耻的人，岳飞的忠勇，如果少了秦桧，这故事的精神力量就会大大减色。

“精忠报国”四个字代表了中华文化积极与消极的两个方面，应该弘扬积极的方面，反思消极的东西。“精忠”，是忠实，不仅对人，而且也包含对具体设定目标的孜孜以求，这是应值得弘扬的东西。岳飞的精忠，不仅仅是对宋王朝的忠心，而且也是对驱逐金虏，还我河山的执行的矢志不渝，这里兼具了对领导的方向性和事业的方向性的绝对服从。但这服从的对象又是谁呢？以秦桧为代表的投降派占据了领导岗位，这样使武力还我河山的战略构想则变成了无法实现的空中楼阁。而“报国”的思想来源于对金兵中原掳掠淫杀的憎恨，是报国民，但国民的利益保护往往是取决于当时占极少数的封建王朝统治者的大政方针，而这关键的少数恰恰又是以秦桧为代表的集团。正是这些决定了岳飞的努力只能是“三十八年尘与土”，岳飞式的“精忠报国”也只能成为永远无法实现的“臣子恨”。所以岳飞的命运也就和那个流放到海南岛的可怜的赵鼎一样，只能吟唱：“身骑箕，尾归天上，气作山河壮本朝！”来祭奠他们那永远无法实现的“精忠报国”梦了。

所以，当关切民族危亡的战略无法实现时，唯一成功的道路就是彻底推翻阻碍正确战略实施的人或集团。在这方面，和岳飞与赵鼎比较，秦桧无疑是成功的。愚忠要不得，腐朽的封建统治者建立的代表一小撮利益集团的上层建筑更要推翻，这就难免让人反思，岳母刺字的时机是否适宜？那样的政治形势刺这样的字是否合适呢？如果岳飞大举革命义旗，与腐朽的宋王朝彻底决裂，或来一个“诛秦桧，清君侧”的战略，历史又会怎样呢？如果胜利历史无疑将会改写，一个新的王朝将会诞生，生产力也会得到空前的解放。

中国封建社会延续了两千多年，中间历经了许许多多王朝，而多数帝王都是以“礼”治理天下的，“礼”要求贵贱等级，以贵治贱；长幼有序，以长率幼。这礼的文化内涵就是绝对的服从，绝对服从这既定的统治秩序，而绝对服从也就表现为“忠”，实际是愚忠。无论对与错，都要服从这个“礼”所维护的统治权威，这无疑在某些特定的历史时期，扼杀了中华民族的创新力量，阻碍了社会积极前进的动力。

岳飞的悲剧不是历史的偶然，而是愚忠文化的必然。

2007 年 8 月 12 日

于巴库

论吃

人们津津乐道的人类最原始的本能现在看来莫过于“吃”了。我们每个人天天都在吃，又天天都在谈论着吃，研究着吃，在这方面我们中国似乎有着古老的传统。你看人们一见面，打招呼的第一句话就是：“你吃了没有？”这一句最常用的问候用语，就可以体现出我们中国人要比美国人优越得多。因为中国人深深懂得人类想要生存，首先就必须填饱肚子这一既简单然而又常常为人们所忽视的真理，而不像美国人一见面就寒暄天气如何，这样看来，中国人要比美国人实在得多。出门在外的孩子，父母最关心的也是吃得怎么样，孩子们一回家，家里人第一句话就是“饿不饿”，如果你是在某所学校读书，那么亲戚朋友和你的最好谈资当然就是食堂的伙食了。

人们不仅谈论着吃，而且实践着吃。而围绕吃的一切东西，例如碗、筷、菜、饭等，自古至今就构成了一套我们泱泱大国完美的吃的文化。作为印证四大文明古国的那些出土物件中，绝大多数都是些坛坛罐罐，这表明我们祖先所创造的吃的历史是多么的辉煌。坛坛罐罐是吃的形式，老祖宗没有那么吝啬，还把吃的内容——烹饪方法，留给了我们，而我们这些贤孝的子孙则不负老祖宗的厚望，捧着一本厚厚的菜谱去享受那陈年的美味。

中国是吃的故乡，所以什么东西都自愿和吃发生着联系。求人办事要送礼，这种礼物大多都是能吃的东西，事办成了一般还要请人吃饭，一顿饭下来，打得头破血流的冤家变成了朋友，朋友则又可以成为两肋插刀的生死之交。天在饭桌面前变低了，地在饭桌面前变薄了，一切困难在肉山酒海面前似乎都显得苍白无力。参加婚礼的人是一定要吃的，参加丧事的人也一定要吃的，从这一点看来，结婚和办丧事在吃的形式上似乎没有什么区别，吃是其中一个必须的环节，因为吃完了，喜事和丧事也就办完了。

吃之所以亘古不变地吸引着炎黄子孙，是因为吃和快乐是紧密相关联的。只要饭菜好吃，大家就活跃，所以善于观察的人就不难发现，中国的饭店是世界上最活跃的地方，大家围着一桌丰盛的饭菜，畅所欲言，即使是最沉默的人，此时也要振动一下声带。在这桌盛宴面前，每个人似乎都年轻了十岁，一切红尘的烦恼忧愁都可以暂时抛之脑后。因此面对“金樽清酒”和“玉盘珍馐”的李白，“停杯投箸”是令人不能理解的。吃喝是极快乐的人生，然而“快乐”一词本身又含有“过得快”和“令人欢乐”两种意义。既然过得快，所以就不再有，我们吃了这顿就期望下顿。

因此王勃在《滕王阁序》中有“胜地不常，盛筵难再”的感慨。由此可知，吃又似乎是我们人生的动力。你看，为了得到更美的佳宴，我们就会更勇敢地活下去。钱钟书先生在《论快乐》中说：“几分钟或几天的快乐竟赚我们活了一世，忍受着许多痛苦。”可能这种快乐指的就是这种盛宴吧！要不然怎么会有人对某些死了的人大发慨叹说：“受了一辈子苦，什么也没吃到！”吃是快乐的，这在小孩子身上表现得更为细致。小孩子在一年中最盼望的节日就是过年了。我们古老中国年的魅力究其原因就在于“吃”，小孩子在过年的那几天可以尽情地吃到他们平常不经常吃的东西，使他们的幼小心灵深深打下了对漫漫人世美好憧憬的烙印。

人们喜欢吃，向往吃，当然就把吃当作用活的知识去引申到人生的各个领域。人们常常谈论某某“吃得开”，这个“吃得开”就成为路子宽的代名词，最先使用这个词的人，也许考虑到“路子宽”的人到哪里都能有东西吃的缘故，这样看来那些食草的动物也许是世界上路子最宽的家伙。据史书记载“孟尝君养食客三千”，我们不晓历史的人也许会诧异，大喊：“他养那么多白吃饱有甚用处？”其实这里的食客和谋士应划上等号。

吃往往又是权力的象征。开着豪华轿车到某某豪华大厦里吃的那些豪华大肚子，探究一下根源无不是方方面面的贵人，因此杜工部有“朱门酒肉臭，路有冻死骨”这一千古绝句。你看，富家的酒肉香得到处飘溢，然而那些穷人不但吃不到什么，就连自己骨头上的肉也保不住。吃是权力的象征，我们从古代的“鼎”这一圣物上就可得到充分的印证。皇帝宝位称为“位列九鼎”，可见只要我们有九个鼎，当皇帝就没有问题了。然而揭开鼎这一神物的面纱，不过是炊具而已。

吃是神圣不可侵犯的，闹市的街头陈列的几乎全是各种吃食，人们仿佛在这些东西面前就可以得到一种物质上的庇护。然而如果查一下《说文解字》，就会惊讶地看到：“吃”是一个“口”字加一个“乞”字，是饥饿的乞丐乞求食物的意思，从这方面看来，我们要想“吃”，就要冒着沦为乞丐的危险，所以我建议大家还是躲在一个没人的地方去吃，这样既可以享受到现代人吃的奢侈，又可免去大家的怜悯。而那些怀揣着公款在豪华餐厅大嚼而特嚼的人，除了大家知道他懂得“民以食为天”的道理外，倒真是一个名副其实的乞丐了。

1991 年 10 月 12 日

于长春

鬼驱狐的启示

作为一个管理者，特别是跨国公司的高层管理者，会面临许许多多不同的人、不同的事，人可能是不同肤色、不同国籍、不同种族、不同信仰、不同文化的人，事可能是好事或坏事，那么如何管理这些不同背景的人呢？如何与这些人成为融洽的同事或合作伙伴呢？如何处理这些扑朔迷离的或好或坏的事呢？为人做事不要偏激，达到目的的做事方法有许多种，不要偏于一隅，要中性处理，讲究艺术。这是作一个好管理者需要必备的修养之一。

清代纪昀的《阅微草堂笔记》中有这样一个故事：一位老猎人半夜被窗外的一阵瑟瑟响动吵醒，他问："谁？"答道："我是鬼，不要怕，有件事求你帮忙。""什么事呢？"猎人问。鬼说："自古鬼、狐不同穴，有狐的墓无鬼，有鬼的墓一定没有狐狸。但我上个月休假外出旅游，离开半月回家后，发现我住的墓被一家狐狸占了，并且还驱赶我走开，我本想和他们斗斗，可转念想，我是读书的鬼，和他们斗，可能会伤害了我，因此我求你打猎的时候，到我家的墓地附近走走，狐狸们看到经常有猎人过来，他们会觉得这里不安全，马上会搬走的，这样我就可以回家了，我希望你不要伤害他们，否则他们知道后，会和我结怨的。"

驱赶狐狸的方法有许多种，这个鬼能想到利用猎人驱赶狐狸，而不是把自己推到台前，已经很不容易，驱而不伤，更是做事已经上升到艺术的高度了。

做一个好管理者要有承诺，有拒绝，处理事情要中性、艺术，不结怨、不伤人。按照鬼驱狐的方法去考虑问题就可以了。

2007 年 7 月 10 日

诗人毛泽东

毛泽东是位伟大的诗人。他领导中国革命的历程就是写诗的过程。革命如诗，诗如革命，同样波澜壮阔。

毛泽东在给陈毅的信中写道："对于诗，我偏爱豪放，但不废婉约。"豪放是其作为革命家的一面，婉约是其作为现实的普通人的一面。

毛泽东从小就是位革命家。他家属于中农阶层。父亲有些产业，毛泽东从小就不满父亲的某些苛刻做法，与母亲一道周济穷人。“男儿立志出湘关，学不成名终不还。埋骨何须桑梓地，人间无处不青山。”这是毛泽东早年的一首诗，诗言志，此时的毛泽东，如初出茅庐的少年卧龙，便有三分天下之志。

稍熟悉一点中国共产党历史的人都知道，毛泽东是“一大”的与会者，陈独秀作为早期马克思主义的宣传者、《新青年》的主编，被选为第一届中共书记。但以陈独秀为首的早期革命者，大多数为教育界的名流和学生，他们革命热情高，但毕竟在政治上很幼稚，轻易地把革命领导权让给了蒋介石。毛泽东对中国革命持不同见解。“为有牺牲多壮志，敢叫日月换新天。”枪杆子里出政权，是当时响当当的新思想。

南昌起义、广州起义、秋收起义是共产党武装革命的开始，但南昌、广州起义相继失败，证明中国革命不能走“俄国十月革命”的道路。“农村包围城市，最后夺取城市”，是中国革命的唯一出路。“久有凌云志，重上井冈山”这是毛泽东三十八年过后，重游故地写下的诗篇。山乃此山，人是斯人，但不同的是，早已旧貌换新颜。

诗人重视军队的建设。“把支部建在连上”是他组织思想在军建上的体现。党要指挥枪，而不是枪指挥党。“中华儿女多奇志，不爱红妆爱武装。”更是他男女平等观念用于部队建设的体现。

井冈山的斗争轰轰烈烈。“万木霜天红烂漫，天兵怒气冲霄汉。”四次反围剿的成功，震动了蒋介石，百万大军压境，加上党内“左”倾机会主义的出击，导致了第五次反围剿的失败。“红军不怕远征难，万水千山只等闲。”是诗人用浪漫手法艺术地再现了那次大逃亡。“我们决不能做第二个石达开。”毛泽东在这里指挥了堪称其军事指挥艺术巅峰的四渡赤水战役。“西风烈，长空雁叫霜晨月……苍山如海，残阳如血。”这是诗人绘制的一幅壮丽的战争画卷。

到达陕北吴起镇后，红军似乎已成了一支疲惫之师，再也经不起风雨了。但这时，抗日战争全面爆发了。“东北危急！华北危急！！中华民族危急！！！”速胜论与亡国论纷至沓来，《论持久战》是诗人以写诗的笔撰成的又一鸿篇巨制。“攘外必先安内”与“停止内战一致抗日”的路线的矛盾导致了影响中国革命走势的另一重大事件的发生。

1936 年 12 月，西安。这个目睹大唐盛装的古都，再一次成为世人关注的焦点。华清池，是贵妃洗浴的地方，也许男人在阴气十足的地方更容易丧失警惕。蒋介石成了张杨二将的砧上之肉。“谁敢横刀立马，唯我彭大将军。”西安事变的和平解决与国共的协同抗日，最终迎来了抗日战争的胜利。

“中国何处去？”、“第三条道路论”是抗战胜利后争论的主题。“秦皇汉武略疏文采，唐宗宋祖，稍逊风骚……数风流人物，还看今朝。”诗人用诗回答了如是问题，伴随而来的是三大战役序幕的徐徐拉开。

“宜将剩勇追穷寇，不可沽名学霸王。”集中体现了诗人“抗日战争急不得，解放战争等不得”的指导思想。解放战争的硝烟还未散尽，共和国诞生了，这是毛泽东用诗写就的红色江山。

共和国刚刚诞生，百废待兴。“莫道昆明湖水浅，观鱼胜过富春江。”面对许多对新政权无所事事的民主人士，毛泽东用诗把他们召了回来，共议朝政。共和国需要休养生息，但人不能休息。“一万年太久，只争朝夕”，短短九个字道出了中华民族自强不息的民族性格。朝鲜战争打败美帝，“勒紧裤带”也要抵制苏联的大国沙文主义。中华民族太需要自尊自强了。

“大雨落幽燕，白浪滔天……萧瑟秋风今又是，换了人间。”诗人在轰轰烈烈的“文化大革命”中感觉的不是“待到山花烂漫时”，而是萧瑟的秋意。

《枯树赋》是诗人临终前读的一篇古文，“逝者如斯，人何以堪！”这是自然规律，诗人豁然对之。正如他写给杨开慧的诗：“汽笛一声肠已断，从此天涯孤旅”到“我失娇杨君失柳，杨柳轻扬直上重霄九。”这是诗人从“婉约”向“浪漫”的转变，生如山花烂漫，逝如杨柳飘絮，这就是诗人的一生，豪放浪漫的一生。

2002 年 12 月 4 日

咏志

很久了，真的很久没有动笔了，但心中一直涌动着一种激情。记得年少的时候，喜欢收听刘兰芳播讲的评书《岳飞传》，每听完一段后，就和小伙伴们分享书中的情节，还要扮作“岳飞、秦桧”再现一场“风波亭”的闹剧。可能从那时起，心中就仰慕这种铮铮铁骨的男儿形象，就萌发这种铮铮铁骨的男儿激情。

“丈夫只手把吴钩，意气高于百尺楼。一万年来谁著史？八千里外觅封侯。定将捷足随途骥，哪有闲情逐水鸥！笑指泸沟桥畔月，几人从此到瀛洲？”人，总是需要一点激情的，这种激情就是另一种对生命的热望，以今生的灿烂，浇灌生命的永恒。

我喜欢这种激情，所以喜欢读诗，诗言志，并非“改造天地”才称为志，志，是一种追求。“举世皆浊我独清，世人皆醉我独醒”是以一人之力，挑战世俗之志；“采菊东篱下，悠然见南山”是一种追求闲适人生之志；“驾长车，踏断贺兰山阙”是一代名将之志；“东临碣石，以观沧海”是君临天下之志；“登东山而晓鲁，登泰山而晓天下”是圣人之志。

不仅圣人、智者、帝王、将相才存其志，平头百姓更应该立其志。回顾圣人、智者、帝王、将相的初始，哪一个不是出自布衣？志在高远，生活需要志，有了志，就有了激情，就有了生活的目标，生活因此就被罩上了七彩光环，独居而不孤，贫贱而不移，富贵而不淫，威武而不屈，处高位而不寒。

立志长，常立志，有根本区别。立志长最好，但常立志也不坏，毕竟是平头百姓，常立志终究比胸无“点”志要好。志，是一种选择，因而需要时间，需要比较。志不同，而道不合。刎颈之交，而分道扬镳；势不两立，而化敌为友。诸如此类，屡见不鲜，都是因为情势有所变化，选择有所变化，志向有所变化的结果。因而，要辩证地看“志”，透彻地理解了志的辩证法，就会使你的人生更富有变化，更富有活力，更富有激情，更能遂人心愿。

激情来自于志，志，是一种美好的愿望，有了这种美丽的希望，人才会有激情。而志者的人生就是达至这种愿望的自我奋斗历程，因而充满了传奇、激情，是一部书、一首诗、一幅画。

2007 年 7 月 9 日

“先己”与职业经理人

作为公司的职业经理人员，占尽了企业的各种资源，包括人力、物力、财力、信息、企业文化等各个方面，那么如何才能通过自己的努力，利用好、优化好公司的现存资源，管理好公司，达成公司的近期以至远期目标呢？我认为“先己”是第一要务。

何谓“先己”？“先己”就是加强自身素质的修养，只有把自身的素质提高了，才能做好其他事情。这对于公司的职业经理人员尤为重要。有很多公司的职业经理人员经常抱怨手下的员工如何的懒惰、如何的笨拙、如何的不听指挥，但究其根本原因，还在于管理者自身的素质，没有使公司现有资源发挥极致，或没有使公司现有资源的缺憾部分得到及时地修正。

“先己”出自《吕氏春秋·季春纪第三》：汤问于伊尹曰：“欲取天下，若何？”伊尹对曰：“欲取天下，天下不可取；可取，身将先取。”凡事之本，必先治身，啬其大宝。用其新，弃其陈，腠理遂通。精气日新，邪气尽去，及其天年。此之谓真人。伊尹的观点是：只片面地想治理天下，天下是治理不好的，要治理好天下，先要将自身治理好。在《吕氏春秋》这一篇中，伊尹和孔子的观点是相同的：孔子见鲁哀公，哀公曰：“有语寡人曰：‘为国家者，为之堂上而已矣。’寡人以为迂言也。”孔子曰：“此非迂言也。丘闻之，得之于身者得之人，失之于身者失之人。不出于门户而天下治者，其唯知反于己身者乎！”由此可见，孔子的观点更鲜明直接：自身治理好的人，百姓就拥护；自身治理不好的人，就会失去人心，要做到不出门就能治理好天下，只能返还到先治理自身这个根本。

两千两百年前记载的这些先哲们的思想，对于今天的公司管理，一样具有现实的指导意义。那么作为公司的职业经理人员甚至高管，哪些必备的素质需要“先己”呢？以下五个方面的素质应重点修养：

第一，良好的组织、协调、沟通能力。这是处理具体问题时需要的必备素质。组织是起点，协调是过程控制，沟通是保证协调的手段。公司的高级管理人员应着重于员工的工作组织分配、协调控制，而不是事无巨细躬身为之。我们有许多公司高管，都是工作狂，他们在管理的同时，还自己做许多具体的业务工作，这大不可取，暂不说工作只是谋生的手段，工作之余应把更多的时间留给自己恢复体力可持续发展，就工作分工而言，具体工作应该留给具体的业务人员去做，否则，就是人力资源的浪费，久而久之，就会造成手下人员失去责任心和工作热情，公司也就管理不好。

那么实现这一理想素质的标准是什么呢？《孙子兵法·军争篇》记述了这样一段：《军政》曰：“言不相闻，故为之金鼓；视不相见，故为之旌旗。”夫金鼓旌旗者，所以一民之耳目也。民既专一，则勇者不得独进，怯者不得独退，此用众之法也。经理往往管理的是一群人，就要像行军布阵一样，使大家行动一致有效，工作积极的不要越权，工作不积极的也不能懒惰，每个人都要尽自己所能做好本职。

第二，对未来事物发展规律的把握能力。这一能力可以解释为预见性。是基于对大量信息、知识的掌握为实现前提的。公司是以营利为目标的，利润的指标可以分解为阶段性的具体工作，而具体工作的实现又要付出成本的代价。管理者良好的预见性，就可以在早期掌握事物未来的发展脉搏，早做决策，决策的提前，成本往往会变低。

第三，感染力。公司高管的感染力会营造一种氛围，这应属于企业文化范畴。

在日常的经营管理中，会遇到形形色色的冲突和矛盾，管理就是要不断地解决这些冲突和矛盾，贯彻自己的观念想法，贯彻的过程，良好的感染力素质，会使你的协调工作变得卓有成效。

第四，成熟的人生哲学。这属于“先己”的世界观部分，自己人生哲学的修养，是增强感染力的保证。有很多涉及公司管理的具体问题的解决，有时并不需要用具体的方法，人生哲学这些宏观东西，往往是处理实际症结的最佳良药。成熟的人生哲学，代表一个管理者对事物鲜明的观点和认识，相信每一个员工都希望有一个观点鲜明的上司共事。

第五，良好的道德修养与忍耐力。道德修养是“先己”的首要一课。良好的道德与忍耐力，会营造一种阳光的工作氛围，而忍耐力又表现为对具体事情的坚韧执着和对人的宽和大度。道德修养和忍耐力的培养，都会增加管理者的为人魅力，在某种意义上讲，做事要先做人，如经商要讲究诚、信，而诚信也是做人的基本要求。

以上这五点“先己”素质，道德修养与人生哲学是增强管理者感染力的基础，而感染力的培养，又有利于加强组织、协调、沟通能力。对未来事物发展规律把握能力的提高，将有利于工作的高效组织、协调和沟通，也是工作科学性、合理性、有效性的重要保证。

2007 年 12 月 5 日

组织机构与效率

合理的组织机构可以提升效率。作为一个企业，部门组织机构的合理性往往对工作效率产生很大的影响。部门的组织机构主要应包含两方面的因素：其一是人员的配备；其二是职责的划分。人员应根据部门的职责来配置，过多则人浮于事，不利于部门领导管理而且人员成本也会增加，进而效率降低；如果部门配置的人员过少，繁重的工作又会导致人人身心疲惫，长期在高压状态，工作效率也会受到不良的影响。

那么究竟如何确立组织机构才能发挥更大效率呢？从司马光编纂的《资治通鉴・卷一》开篇词中我们就可以获得些灵感：“臣光曰：臣闻天子之职莫大于礼，礼莫大于分，分莫大于名。何谓礼？纪纲是也；何谓分？君臣是也；何谓名？公、侯、卿、大夫是也。夫以四海之广，兆民之众，受制于一人，虽有绝伦之力，高世之智，莫敢不奔走而服役者，岂非以礼为之纲纪哉！是故天子统三公，三公率诸侯，诸侯制卿大夫，卿大夫治士庶人。贵以临贱，贱以承贵。上之使下，犹心腹之运手足，根本之制枝叶；下之事上，犹手足之卫心腹，支叶之庇本根。然后能上下相保而国家治安。故曰：天子之职莫大于礼也。”这是一个金字塔式的组织机构，皇帝一人，处于组织的最顶端，通过合理的组织程序，佐之以礼，就可以把天下治理好。

公司管理也是一样的。总裁是组织机构的顶端，根据公司的规模，总裁下应设直接给他汇报的执行副总若干人等，如皇帝御三公一样，总裁下设的副总人数应适宜，过多或过少都会影响组织的运行效率。那么作为一个部门来讲，部门经理下设多少人比较适宜呢？对于人事、财务、技术等部门，有研究说一般六至十二人比较适宜，对于工作性质单一、技术性不复杂、重复性强的岗位，一个人可以管理二十至五十人，甚至更多。正如《孙子兵法》所阐述的：“凡治众如治寡，分数是也。”如韩信将兵，多多益善，关键是如何划分，以及各个部门职能的界定。

《资治通鉴》的观点是“天子以礼治天下”，到公司管理的层面“礼”又是什么呢？公司之“礼”应是能充分建设及展示“本企业文化”的公司高层管理者的“领导才能”。领导力（Leadership)应存在于公司的不同的管理层中，包括普通员工，而不应为少数高层领导所独有。作为不同层面的管理层素质，应该遵循以下规律，从基层到最高层方向：技术性工作能力要求应逐步降低，管理、领导能力要求应逐步升高。反之，管理、领导能力要求应逐步降低，技术性工作能力要求应逐步升高。

合理的组织机构划分以及贯穿于组织机构各层面的领导能力，是影响企业工作效率的主要因素。

2007 年 7 月 17 日

写给岁月的散文

生命如诗，岁月亦如散文。诗和散文均需要那些久别情感的积淀和发酵。多少岁月流逝，时光消逝很多，但青春的感觉永在，当年留恋徜徉的一路青春激情还在。那些激情也许很遥远，遥远于奋斗征途的疲惫，一丝感怀岁月疲惫不堪的感觉，在伴随精疲力竭曾经奋斗的时光中，意志总是在几近崩溃放弃的边缘疏忽间傲立挺拔！有许多歌，杯酒释恩仇，那些曾经的和未来的将继续喜欢和传承的美妙旋律，每每想起，都令人明眸潸然，令人回忆起当年平凡的但在个体生命中一定不平凡的岁月。忽然觉得人生就是一首听过的歌，那歌曲的悠扬也许并非人人都喜欢，但可以诠释生命旅途一路绽放的情感。当年的脚印一定很幼稚，但却率真，是人生最值得珍惜和倚重的东西，是多少年光阴流逝偶尔相逢佐以美酒举杯回忆的东西。

很喜欢把发酵后的感悟写成散文，写那些曾经的一路风景和故事，那故事总是感人，风景怡然优美。感动于一路不经意的晨光夕照，感动于一路春夏秋冬色彩的变换，感动于蓦然回首总有一片青黄杂糅的落叶飘进你的记忆。

曾经踏足井冈竹海，感叹井冈山精神，井冈精神是凝结在杜鹃山崖壁上每一株草木的姹紫嫣红，在山花烂漫的季节，苏世独立于霜重云海间总会有一簇嫣红迎风斗雪。走过杜鹃山雨润的扶摇栈道，把那些缥缈的浮云踩在脚下，倾听杜鹃花海间潺潺溪流，和着那些陈旧熟悉的故事流向远山。

那些或许不曾再往的岁月，但在记忆、在日记、在回忆中和举杯祝酒间重现，岁月的辉煌在于跌倒瞬间生命意志的伸手，在坎坷中疲惫的身躯，是意志裹挟着未来希望搀扶的行走。人世如歌，歌那些无声的美丽，歌那些美妙的天籁，是冬天瑟瑟雪花飘落的声音，伴随着茶香。

曾经记忆的岁月，岁月就是时间对意志的欣赏和生命的抗争，岁月会有挥手瞬间的踌躇，会有在水一方的落寞，会有披荆斩棘的开拓，会有凌顶天下的辉煌，会有许多人生需要体验的东西，很远也很近，今天的南山揽胜定是昨天艰辛跋涉的山峦。那是铺满一路的情感，是用汗水填平的一路深浅的足迹，总有些情感在最想听到声音时却永远消逝耳畔。远去的岁月永远不会重新歌唱，而那些歌却美妙如初时刻萦绕着记忆。

2012 年 11 月 8 日

生命的地狱之窗

——记一次沙漠之旅

直到今天，我才知道此前一直生活在天堂中这么多年！

第一次去油田，自从来到这个国度。大吉普，穿着民族服装白袍的当地司机小伙，英语讲得还可以。该小伙来自一家专业运输服务公司。他宣称已经在该公司工作五年了，用我们东北人的话说，也是“老帮菜”或是“老油条”了。公司的名称是SIXT，我开玩笑和他讲，Only Six, Never Seven! 他笑，黑胡白牙上下跳动。A国人都很友善，这是我初到这个国家两个月以来的印象。

车沿着M市向西驰去。感觉这沿途似乎有些熟悉。仔细端详，原来是机场高速公路。两边栽种了些椰子树和花草，绿色，在这个国度里犹如黄金对于女人一样珍贵。好的东西往往一瞬即过，这路边的绿色越过机场后就转为黄色或黑色裸露的干瘪的大地了。车开得较快，静止的东西就相应运动起来，一座座光秃秃的石头山扑面而来，又飞掠而去。小时候看《西游记》想象中的火焰山，在这里随处可以见到，即便是悟空，也会惊诧当年打破老君炉，怎么掉出这么多小火焰撒向人间？

路标一闪，告知前面是一个小镇。司机小伙告诉我，这小镇的名字是Izki，昨晚下雨了，顺着他手指的方向，依稀看出，路两边红褐色的土壤里，似乎有些湿润，仿佛刚哭过了的孩子擦干的眼睛。水是珍贵的，当漫漫黄沙包裹你的时候，你越发会体验到这一点。那一座座颜色单调的沙丘，以不同的方式蹲坐在那里，好似一扇扇随意撇放的地狱之窗，昭示着那窗后，不会有任何生命的奇迹。

我问司机小哥，山坳里那一小撮村庄，是如何获得生活水源呢？“来自远方！”他说，“通过一口口浅井，然后把井底用开凿的暗渠通连，把远方的水引来。”听到这里，我给他讲了新疆“坎儿井”的故事，早在两千多年前的中国大地，人们就用此种办法把高山雪水引来，形成直井、暗渠、明渠构成的“坎儿井”水利系统，迄今总长度已经超过5000多公里，这是非常聪明和极具智慧的人类对抗干旱的壮举。当我讲到这里时，小司机咋舌愕然。我知道他在惊叹我们的文化。文明是人类的共同创造，不同的民族会创造不同的文明，文明的创造不是主动的，而是被动适应自然改造自身的结果。想想，如果不是炎热干旱和漫天黄沙，没有哪个人愿意挖那个玩意儿去玩。让自然退让的人类创造是伟大的，每个民族都有其伟大之处。为了让小司机也能为其民族的伟大而自豪，我给他讲了他们国家八世纪中叶伟大的航海家欧贝德和他那条著名的木头船“苏哈尔”号。该猛人驾驶这木船历经两年多的海上漂泊，最终抵达中国的广州，为早期的中A两国商业交流，做出了杰出的贡献。“苏哈尔”号很著名，小司机的眼神里瞬间迸发出了很容易感染他人的欢乐。人是需要用历史的自豪感去震撼精神的，普通人更需要这些。然后，我告诉他，700多年前，中国历史上也有位赫赫有名的航海家郑和，也曾多次到过A国。这时我感觉，离郑和很近，虽然我来自东北，他来自云南，但我们在不同的时间踏上了同一块土地，目的似乎也可以牵强地拉扯在一起：郑和为了寻找失踪了的建文帝，我们是为了寻找石油。

Ibri 是我们路过的一个较大的城市。说大，是相对的，其实规模和我们农村老家的乡镇差不多。几栋楼房，尽管只有二层，其中一栋是银行，标志着这个地方是个城市，而不是乡村。加油、上厕所，厕所锁着，辗转找到钥匙，一问，才知主要为了节约用水才锁死。

车前行，有些困。困因为没有了窗外山的起伏，只有平淡无奇的一望无际的荒漠，零星地点缀着几株灰秃秃的树，树冠的样子让人不禁想起剃着盖头的美国海军陆战队的士兵。那树的颜色是一种死亡的颜色，但我可以肯定，它们还活着，因为还能见到枝丫深处那隐藏着的一点点绿色。守候在地狱之窗的生命的弥坚，让人扼腕慨叹！这广袤无际的沙漠与烈火般的阳光，足可以抹杀一切生命的理想与信念，但这树，却还执着坚韧地活着。

哦！油田到了，那深埋的漆黑的地层，曾经是一片绿色的生命的海洋！

2008 年 6 月 7 日

花香、月亮和酒

花香、月亮和酒，都是人生偶然邂逅的美好的东西。说是邂逅，因为人生来，甚至不成年前，是不会觉得其多么美好。美好需要用心体会，我今晚又重新体验了美的东西永远都是美的。

可能是初到一个新的异国吧，且明天一位新结识的朋友 L 君即将离开这个生活工作了六年的异国国度，正如我十天前离开那个国度的心境一样，中午，公司为其送行，在那个很有名的滨海餐厅送行，这个公司有来自十几个国家的雇员，操着南腔北调的英语聚到这里，为了一个共同的人类的本能——谋生，组成了这个团队，大家彼此说着同样惜别的话，我突然觉得，这世界确实很小，小到即便是不同种族的人，此刻的心都贴得如此之近。L 君，是个很情商的人，已经在国外工作了十一个春秋，此刻，我分明看到了他因过分留恋这片土地而泛出的一丝伤感。

晚上，几位中国朋友聚在一起，还有 L 君，喝一点酒，畅叙曾经的一些故事。

虽然这是个禁酒的国度，买酒还要凭票限额，但大家都能尽高兴而发挥，高兴是因为此景会明日不再，绝版的东西往往会令人珍惜吧，因 L 君明日不在此而绝版，因绝版而珍贵。

酒后，L 君提议出去走走，去吧，有人说再让 L 君看看这个熟悉不过的海湾和那椰风飒飒的椰子林。大家就这样走出去，淡淡的花香，是呀，时而淡时而浓，这是个崛起于沙漠的绿洲，到处都是说不上名字的花，颜色各异，亦浓亦淡的花香和着那静静俯瞰大地的月亮，还有节奏均匀的海浪，人已醉，非因酒醉，而因心自醉。

这个城市很平静，特别是夜晚，洁净的街道除了有一点喧闹的灯光外，除了寂静还是寂静。清一色乳白色的别墅，特色各异，端庄有序而高雅地坐落在那里，灯光错落有致，让人觉得，那寂静背后的温馨故事。

2008 年 4 月 21 日

畅游印度洋的感觉

我去过秦皇岛的老龙头，驻足于那断壁残垣的古长城，虽然她已不再年轻，但她依然高傲，高傲地挽起裤脚，决然入海。我去过大连的星海广场，仔细流连过那自北向南走向海洋的 1000 双脚印，那是一种对广袤的遐想和希望。我去过那碧波浩渺的南海银沙滩和无处不渗透着美丽的西岛，那挺拔的南天一柱，一定是文天祥的灵感。我眺望过海天一色的波罗的海，彼得大帝喜爱的喷泉，吐出了征服世界后的快感。我畅游过里海的贝壳滩，还曾经遗失于巨浪中一副眼镜，此刻它一定静静地躺在那漆黑的海底，瞪着双眼，凝视着巨浪的翻涌。我驻足过风平浪静的波斯湾，曾在享誉世界的热度中眺望过那个享誉世界的 Burj Al Arab 酒店，那是曾崛起于不毛的极尽奢华。我曾攀爬过那个历史上著名帝国的都城君士坦丁堡的古城墙，遥望那蔚蓝深邃的马尔马拉海，那横跨欧亚的大桥，带着一种倔强的希望，飞掠于天海之际。我曾感叹于波涛翻涌的黑海之滨，Batumi 的那个充满阳光的小镇，起床后的人们，第一件事就是带着一身的狂热奔向海洋。我曾仰望过太平洋东海岸那个美丽的城市温哥华上空的水上飞机，那一跃的腾空，是从有限的蔚蓝奔向无限的蔚蓝。

今天，还是海洋，我畅游了印度洋，西边是太阳东边是月亮，一升一落遥遥相望，水的感觉是热的，味道是咸的，很咸，犹如本已经很咸的一碗汤，又被狠狠地加了一大勺盐，卓而不俗的味道。海洋，广袤而深邃，只有畅游才能有感于你的博大……

2008 年 4 月 19 日

乌鲁木齐之晨

薄雾如纱，轻寒似梦。我每次路过这里，因时令的不同而感觉也有所不同。乌鲁木齐，这个西部边陲重镇，在遥远的过去，是一个做梦都梦不到的地方。

这个城市由于处于大西部，实际上与北京差两个小时的时差，即晚于北京时间两个小时。晚上天黑得晚，早晨天亮得晚。这两个小时的错位，似乎给这个城市带来了更多的休闲。

我早晨起得很早，由于是晚间离开，所以一个白天就放松随意了。走出宾馆，天空雾蒙蒙的，由于春节刚过，街道的一些角落里，到处可以发现烟花爆竹最后疯狂后以身殉职的碎屑。街道很宽阔，行人和车辆很少，我沿着街道边的人行辅道信步前行，空气凉丝丝的，很惬意。经过一片葡萄架，虽然只剩下葡萄的枝蔓，加上零星的几片叶子，也能够让人回忆起这苍凉背后夏日的融融绿茵。葡萄架的两侧错落有致地摆放了一些花盆，是敞口的扇面形状，绿颜色，里面已经不见花木，大概是由于冬天，所以空枝也凋零得不见踪迹了。“刻章：130XXXXXX”、“办证：137XXXXX”，上面高傲地写着。

我喜欢特别有生活气息的那种小餐馆。随便找了一家“杭州小笼包”，坐下来，吃早餐。这家小餐馆很小，靠墙两排小桌子，一共五张，每张桌子在我看来两个人就餐比较合适。“有豆腐脑没有？”我问老板娘。说完自己觉得好笑，人家是专业小笼包，怎么会有豆腐脑？果然老板娘一口新疆口音回答：“只有小笼包和粥！”“好，什么粥？”我问。“绿豆粥、黑米粥。”老板娘一副老板的口气回答。“那就来一碗绿豆粥加两个小笼包吧。”“只能要一屉或半屉！”老板娘的老板味似乎更足了。“好，来半屉吧！”人家是卖方市场，我也只好让步。不过半屉也就五个，包子很小，一口一个，也就五口的样子。我突然觉得老板娘有些面熟，这里天高皇帝远的没有熟人啊，我想。仔细端详了一下，哦，她的脸型原来像我熟悉不过的包子，我释然了。

吃完早餐，我也憋了一点老板气对老板娘朗声说："结账！""两块八！"老板娘同样朗声回答。我掏出了三块大钱，拍在桌子上，煞有介事地说："零头不用找了！"然后昂首走出了小店。

外面依旧薄雾如纱，轻寒似梦。

2008 年 2 月 18 日

生命之路

我喜欢雪，它会让人感慨和思考。这是 2008 年的第一场大雪，很罕见，大雪过后，人们一定会特别小心那冰冷的已经被薄冰覆盖的地面吧。那样的地面在我的家乡是那样的普遍，我很熟悉，也知道踩上去的感觉，心里会有一种瑟缩的感动，生怕滑倒跌落，生活何尝不是这样，生命的路是很短的，路途的景致更不一样，有暖洋洋的春天，有山花烂漫的夏天，有黄叶飘零的秋，也有瑞雪千里的寒冬。生命的意义不在于你如何向前走，应在于你如何欣赏生命中离你最近的景色。记得小时候看电影时，高兴得不得了，那放映的消息几天前就传到了耳朵里，是盼望的感觉吧，天边来一片云，都要不停地问大人们，最担心下雨了，因为若是下雨，那露天的电影就会泡汤，人也就会很失落，要一落千丈的感觉。但这样的电影看后呢，也会失落，想象着电影中的每一个情景，每一个人物，想象着自己已经成了其中的一个角色，做着那些电影中让人感动的事，但现实中却是一个不谙世事的少年，空想的少年，没有人注意和理解你的感觉。所以一定要学会欣赏生命中的景色，即便是短暂即将消逝的夕阳，你也要驻足于那最高的一块石头或土丘，目送那美丽红日的渐渐离去，直到那最后一丝红晕给你最后一眼回眸，永远消失的那一时刻。你的心一定会为已经与那最后一抹美丽的共时而得到安慰，是平静和满足的感觉吧，尽管会有一丝落寞的遗憾。

我喜欢悄悄地欣赏这自然和曾经沧桑变迁的美丽。过去的绚烂、今朝沧桑得布满了皱纹也不失一种美丽，我也会同样欣赏和珍惜它。我去过那古丝绸之路上的高昌故城，我曾站在那故城残垣的最高端，目送过那一抹夕阳的离去，那夕阳一定光顾了许多次故城，经历了故城曾经的繁华，曾经的萧条，曾经的断瓦残碑，就在那时，我想起李贺那首著名的《金铜仙人辞汉歌》："画栏桂树悬秋香，三十六宫土花碧。"那昔日鳞次栉比的宫殿，今天已经在尘封的废墟中长满了油绿的静静随风摇动的野花，那野花的摇曳一定是对过去辉煌的思念吧。我很留恋这种沧桑的美，蹲下来，仔细看那风尘遍布的废墟的缝隙，那里一定隐藏了许多我们无法知晓的沉积了千年的美丽故事。"朱门一望堆深巷，青瓦三叠砌浅霞。"是我想象中故城昔日的胜年烟景；"日落尘起忆旧事，青烟回首是黄沙。"是故城今天的落寞吧。

人类的情感总是很细腻的，他们会寄托自己的情感甚至在一片秋叶上，那纹络的杂糅，记述了春、夏、秋的感受，我们亦能想象落叶在冬的感觉，它会褪尽所有的铅华，最终在早春将至的松软中化成一抔泥土，那也应是一抔风流吧。"天尽头，何处有香丘，质本洁来还洁去，一抔净土掩风流……"不是黛玉葬花，而是曹雪芹对人类那高洁品格的向往。

人为什么不是动物呢，如果那样，就不会有慨叹和向往，就不会有无奈和落寞，我们就会像它们一样，早起而奔跑，饥渴而餐饮，日落而栖息，这样生活就会简单，简单得不用想晚餐如何准备。但这种简单你又感受不到精神世界的色彩斑斓，人类的思想就是围城，在里面的想出来，在外面的想进去，永远处于矛盾的边缘。但人应确定自己的方向标，一旦确定，就应一如既往地踏实地去欣赏人生的风景。不应在意那地上薄冰的阻碍，即使跌倒也应微笑着爬起来，向着那既定的方向前行。

2008 年 1 月 12 日

春城早秋

我已习惯一个人漫步于这春城的早秋了。北国的四季分明得如刀切割成的豆腐块，有棱有角，可以让人确切地说出从哪天起是春天，从哪天起是秋天。这早秋的开始，我就分明记得，虽然是在城里，却可以随处嗅到五谷的秋的芬芳，如农田里一样醇烈、清新。

一个人就是一个人，尽管街道上还有飞速旋转的车轮和匆忙的脚步。这世界仿佛是为我一个人而存在的，而这早秋又是对我偏爱的馈赠。天宛若一片澄澈的大海，白云则是悠悠远行的航帆。自己也陡然高大了许多，倏忽间成为一个圣人，便觉人世的一切都如溪水，从未来流到现在，又从现在流注成渺渺的历史。

隔着公园的高墙，我望了望那些高大的乔木，枝条苍劲，叶子黄绿斑驳，在每一片斑驳之中，似乎都记述了一个古老的故事。一阵微凉掠过，那些故事便纷纷散落了，有的被人们拾起，小心地珍藏起来，有的则成为永远永远没有答案的迷了。

哦，秋！确实真正的秋！你有天真的冷漠、浪漫的深沉、欢快的感伤，你是哲人，你是历史，你是深思！

1991 年 8 月

于长春

女儿国

巴库不是石油城，而是女儿国。这是我对巴库的第一印象，也是所有来过巴库的外国人的最终印象。

漫步在巴库的街头，有两种香气会使你深切地觉得你身处异域：土耳其烤肉的香味和女人的香水味，这两种香味同样浓烈，彼此交互，勾勒出了这个古老城市的独特底蕴。巴库的女儿们不仅漂亮，而且从她们的表情及举手投足间都流露出了一种对生活的热爱及对美的追求。她们浓妆艳抹而不失自然，珠光宝气而不失典雅。每当夜幕降临，她们或伊人独行，或三五结伴，飘飘于里海的徐徐清风中，不禁让我想起《西游记》中的“女儿国”，是呀，那是这部书中少见的一段和平戏，但就是这一段记忆，差一点没有使“唐僧”的一世英明付诸东流。

巴库是一个古老的女儿国。浩渺的里海岸边的那座古塔就是最好的证明。远观这座古塔，像一个精致的笔筒，卓立于蓝天与大海之间，那斑驳的塔壁，记述了一段悲凉美丽的爱情故事。

传说在十二世纪的时候，在里海岸边住着一位国王，他的王国富庶、臣民友好，国王有一个漂亮的女儿，善良、仁爱，百姓们都把她尊奉为天上的仙女。国王的女儿每天都到海边散步。一天，她邂逅了一位渔夫的儿子，两人默默地相爱了，从此，蓝天碧海间留下了他们美丽的倩影。国王也被女儿执着的爱情感动了，在海边修建了一座塔送给他们，他们每天在塔上遥望日出日落，憧憬着美好的未来。但是，这个小小的王国被蓄谋已久的海盗联军灭亡了，渔夫的儿子在保卫祖国的战斗中英勇地献出了生命。海盗的首领早已垂涎国王女儿的美丽，他杀尽了国王的亲兵，来到了这座塔上，国王的女儿穿着白纱，仙女般亭亭玉立于古塔顶端，迎着落日的余晖，依然安详、平静，她最后看了一眼签证他们爱情的这座古塔，毅然跳进了大海……

古塔依旧，古城依旧，大海依旧，巴库的女儿依旧。女儿国，一部永远的传说。

2007 年 7 月 9 日

红色井冈山

去了井冈山，向往已久的地方。感觉震撼和神圣。

山是静的，雾很浓，白茫茫遁入绿蒙蒙的竹海，很美。是诗画的那种柔美。

漫山都充满了革命的气息和味道。这种革命的气息和味道不同于我登上井冈山前的感觉，革命的气息似乎应该充满了枪炮的硝烟，置身井冈山那茫茫的云雾和竹海间似乎远去了那些故事里的硝烟，感觉革命很优美，如赋诗作画般优美。

耳际间一直在回响着那首经典的飘扬在美丽杜鹃山上的歌声：《映山红》——“夜半三更哟盼天明，寒冬腊月哟盼春风，若要盼得哟红军来，岭上开遍哟映山红，若要盼得哟红军来，岭上开遍哟映山红……”

那也许不是革命和战争，而是一段诗画传说，为了一种理想而去一个美丽的地方，潜心临摹、格物、参禅、等待……

那里的山很美，满眼点缀着白色、黄色、红色的杜鹃花；那里的水很美，飞流如洒下的珍珠雨；那里的云很美，白茫茫地倏忽间跑到了你的腰际……那里很寂静，寂静得似乎每一株草木都沉迷在八十五年前的那段风云岁月，一样的山，一样的水，一样的云，那样一群中华民族鲜活的年轻稚气的脸，躁动着打翻旧世界开创新黎明的信念，开辟了一条通往未来的，紧跟时代而抛弃腐朽没落的时空隧道……星星之火，可以燎原，正是这点滴的星火冲出了井冈山的层层云雾，化成燎原之势，烧毁了一个旧的世界，在那烧焦的土地上，一棵棵瑟缩的鲜活伴着春风绿遍大江南北。

看到小井红四军医院浮雕，那一定是个美丽的清晨，当130名红军伤员面对偷袭敌人的枪口，一定也怀着诗画般的心情，眺望着远处漫山遍野的映山红……慢慢倒下，那些年轻胸膛里流出的血和着那天清晨芳香的泥土，化成了天边的一片映山红。

革命在身置井冈山的一刹那，变得不再残酷，而是一种如井冈山山水一样的柔美，革命是一种信念和影响，是一种激情和洒脱！

“久有凌云志，重上井冈山。千里来寻故地，旧貌变新颜。到处莺歌燕舞，更有潺潺流水，高路入云端。过了黄洋界，险处不须看。风雷动，旌旗奋，是人寰。三十八年过去，弹指一挥间。可上九天揽月，可下五洋捉鳖，谈笑凯歌还。世上无难事，只要肯登攀。”没有硝烟和愤怒，有的只是临风挥毫写诗的洒脱和井冈山如画风景所熔炼的坚韧精神。

斗争是柔美的，如缥缈的云雾掠过清晨的松林。

2012年5月3日

追踪绿色

这几天天气很热，人也就很浮躁。周末了，索性约上几个朋友远离这喧嚣的城市，去寻找绿色。绿色总是让人很愉悦的，何况在这里的绿色和其他的绿还很不同。“人间四月芳菲尽，山寺桃花始盛开。”当城市的人们为了争取一片绿而努力种植、培育、浇灌、修剪时，这里已经绿得夸张了、绿得臃肿了，绿得这世界仿佛只有这一种色彩。

这里是远离城市的山区，非人迹罕至，而是星星点点散落几户人家，偶尔几缕备炊的青烟，让饥肠辘辘的旅人总是想象着那炊烟下锅里的东西。牛羊们都很悠闲，慢慢咀嚼着、品味着这非同寻常的绿。哦！那是一群羊，它们已经停止了咀嚼，把头紧紧地凑在一起，大概是在开会吧，对，是在开研讨会，讨论那绿的营养。

绿扑面而来，让你的眼感觉疲惫，嫩嫩的，柔柔的，中间藏着露珠，似是偷看你的眼；轻轻的，凉凉的，伴着些许斑斓的野花，给人感觉其中还有些温暖的存在。

这种绿总是让人回想那亘古洪荒，或许只有她肆无忌惮的存在吧，她不用忧郁，不用隐藏，不用渴望，可以奔跑，可以欢唱，可以敞开她所有的美丽，沐浴春风、秋雨、霜露、白雪。

绿滋润了人类，人类正在扼杀着绿，人需要绿的回归！

2007 年 7 月 24 日

写在夜幕的扉页

最近发生了许多事情，无论国内，无论国外。所以决定乘着夜黑风高偶尔月色袅娜应老友之约放松一下。

动车脱轨，这是非常忧伤的事情，忧伤可贵的生命，倏忽间在现代速度的神话中折戟沉沙。芙蓉姐姐这天说："昨天在飞机上看到长途客车失火烧死四十一人的新闻，心里抽搐了许久。今早一上网又看到温州动车脱轨的新闻，心里继续抽搐，太受不了了，非常难过。最近不是这个出事就是那个出事，很容易让人联想到世界末日论。稳定了情绪，我心中一遍遍为伤者祈福。"祸不单行，但天塌不下来，芙蓉姐姐大可不必担心。

也有令人振奋的消息：蛟龙入海，7 月 26 日，公元 2011 年，5057 米深……可下五洋捉鳖已经不是神话！

默多克，中国人民的老朋友，毕竟在我们困难的时候——洪灾，捐过 100 万美元，且最后一片晚年情感给了中国老婆，就是点窃听的事情？经常看 FOX 电影，偶尔也浏览《泰晤士报》……如何缔造传媒帝国？就是新闻自由……包括你那点告不得人的秘密，窃听就是挖掘和探索，正如我们报道藏羚羊迁徙产子、"非诚勿扰"挖得人内心毫无隐私的情感……把隐藏的东西拿出来晒晒也未曾不是人类的直率和坦诚？

美国共和、民主两党吵吵闹闹，想不还钱？世界哪有这个道理？我们的理念是攒钱节约，他们的理念是借钱不还？借钱不还按马克思他老人家的观点就是比无偿占有别人剩余劳动还严重的事件，最终不是仅仅的抗议，而是踏上一万只脚，让他永世不得翻身！所以奥巴马同志气氛地说："We must pay our bill!"希拉里不愧是世界妇女界的杰出代表，在香港演讲时也富有风趣真诚地说："作为消费金字塔基层的女性，我也要学会多攒钱，少花钱！"精辟！没有钱也要保证高消费，这就是高福利社会。但我们如果没钱是一定不会借钱去吃满汉全席的，这就是东西方所拥有的不同逻辑！

既有兴奋也有气愤亦有义愤，所以抖落一身疲惫突然想起某某，某某就居然来电话说去某某地方去 happy 一下。人是感官动物，大概人的感官若经常专注某一事物，那么对其他事物的感觉就失去了应有的灵敏度。或许天天面对电脑不舍昼夜几乎崩溃才想起 relax 的时候，驾着车，东奔西走在这个偌大的城市游荡了一个多小时，居然竟未找到那 happy 的地方。老 L 说，就是这条街，记得有个尚好的小餐馆，可是已经一年多没有来了……找来找去，还是路人熟悉说早已柴扉自掩了。

最终还是寻得一处。要了两杯啤酒，排出一碟花生、一碟黑绿相间的咸橄榄、一碟带有两小袋西红柿酱的油炸土豆条。这就是 happy 的物质条件，物质已经不再匮乏，且有民俗舞蹈的精神陪伴……一问，居然还是白俄罗斯的队伍。酒过一扎，老 L 欣然，忽然想起我们曾经有与俄罗斯兄弟共同奋斗的历史，便欣然在一个褶皱的纸条上郑重地写下一首听了大半辈子而今天一定要点上一曲的：*The Evening of Moscow Countryside*，我也胡乱写下：*Rapu*，递上去，喜欢成人之美，所以还是给人家一展异域歌喉的机会吧！

最终还是没有听到大运会中的《莫斯科郊外的晚上》，或许米哈伊尔·马都索夫斯基在白俄不太有名气？我只能这样安慰老 L，人家说不会唱就不会吧，他们毕竟是流行音乐家，要学会宽容！我那 *Rapu* 估计也一定有许多故事，也不是我曾经听过自觉绕梁的那只……

斜对面来了四个猜不出国籍的人，四人共点了一扎啤酒，酒酣，离席，最后一人回首恋恋不舍小碟中剩下的几粒花生，索性端起小碟，把它折到了雪白上衣衬衫的兜子里……另一桌的唯一的一个看客看在眼里，咯咯地笑了十分钟……

酒后如厕，那小小的池子竟然在墙上钉得老高……一米七的个头居然还要跳起来才能够得着……西方人难道都是人高马大？这是那晚我唯一的疑问。

归来月明星稀……

2011 年 7 月 26 日

拆弹部队

刚看完电影《拆弹部队》，就在我仔细读完东坡《海棠》诗的后一天。心情异样。那个人体炸弹的携带者在生命的最后四十五秒，眼神里充满了绝望，拆弹专家面对他身体布满的各种炸弹引线，以及坚固的钢架多把铜锁的固定，只能和这个已经启动倒计时装置即将粉身碎骨的人说“I am sorry”，他用他最后的几秒祈求他的主，他还有四个孩子……爆炸了，一阵硝烟过后，一个活生生的灵魂就这样如一阵清风——飘走了……

“东风袅袅泛崇光，香雾空蒙月转廊。只恐夜深花睡去，故烧高烛照红妆。”这是东坡先生的《海棠》诗。那个被人体炸弹炸得粉身碎骨的人本可以如东坡一样这样的活。忽然觉得人类是很丑陋的，动物界也互相杀戮，但只为一样东西——填饱肚子。只要肚子饱了，即便伶牙俐齿的老虎，也懒得动在嘴边漫步的长毛小白兔。人类为什么要杀戮而不懂得“故烧高烛照红妆”的生活呢？因为人类有过多的欲望——权力、金钱、信仰、固执、傲慢、狭隘、偏见、炫耀、膨胀、自大、占有……这一切的一切，往往代表着一种传说中的终极毁灭。

人类往往在向同类展示自己的虚荣时，灼伤和杀戮同类。纵观人类的历史，战争的背后无不是私欲的膨胀与遏制私欲膨胀的历史。如果人类一夜间都变成动物，以吃饱穿暖为生命的最高根本需求标准，那么在这样一个只要达到能生产粮食、棉花生产力水平的世界上,就会人人都有吃穿,人类也不需要去互相争斗而用自己发明的武器去残害自己。

文学可以修身，遏制欲望。设想若地球上六十五亿人都读唐诗宋词，那么世界是否可以减少纷争？我相信文学会拯救人类的灵魂，口中背诵着“东风袅袅泛崇光，香雾空蒙月转廊……”手里制作着炸弹，即便制成炸弹，必然会有百分之九十不安装点火引信而只作为日常家居摆件。

忙时去忙工作，闲时去读闲书。这是我追求的简单生活，如吃张薄饼来果腹，冬穿棉来夏换单一样的简单。欲望的膨胀是无止境的，金钱权力，会把一个鲜活的人拖到魔镜前变得不认识自己。生命有限，应懂得去欣赏自然，欣赏一种人类高雅内心与自然融合的东西，权力和金钱只有在你立志去建立一种人与自然、人与人相互共荣的新秩序时才应该成为追求的目标。

最近吵闹最凶的就是房子的价格问题。房子几处，为我所求，所求目的不同，人生境界就差之万里。“搞几处房子投资”是私欲；“安得广厦千万间，大庇天下寒士俱欢颜！”则是人类顾念同类的最高境界。人生就一两米高，半米宽，为何要霸占那么多的房源如蹲着一个茅坑还用手按着几个茅厕，以至于内急的人急得团团转还不好意思随地大小便…有愧，有愧于人类自己创造的精神财富。

拆弹部队是因装弹部队而组建的，是哲学的问题之一矛盾论的两个方面，针对人类社会，就是遏制私欲与膨胀私欲。

2010 年 3 月 14 日

秦时明月

十五的月亮，很圆，很远，很大。而且还很淡黄，因为我看见它挂在天边很早。这是一个很普通的晚间，但是正月十五。此时我忽然明白一个道理，月是故乡明纯属虚构，因为，这里不是故乡，但月亮依然很圆、很亮。

举杯邀明月，是我认为的永恒心绪。当年岳飞屯兵武汉时一定有过月下独酌，尽管未见正史，但当年那个嗜酒如命的老岳，在没有人管辖的情况下，偶尔月下潇洒邀月举杯是极有可能的。还有东坡居士，据说很会炒菜，所以苏兄断然不会放过挂在天上如此招摇的月亮，故有约一个光头和尚租一条船，到长江里月饮的故事，美其名曰对酒赏月，实际上是变换个空间，寻觅个地点，与老友尝试一种新奇，叙叙旧、拓展一下聊天的广度与深度罢了。

更有对月痴情的人叫曹操，前面战火纷飞，这边大摆宴席，且还要作些让人莫名其妙的诗：如“月明星稀，乌雀南飞”之类，结果坑杀了酒后觉得可以攀上哥们的刘元颖，说了句真情的酒话，诸如我不想一味地崇拜哥，也要纠正哥的错误传说之类，结果孟德兄说，哥就是哥，哥不只是个传说：“汝安敢败吾兴！”结果一槊把元颖兄送回了老家，据说第二天阿蛮老弟还为元颖兄送了路费。

我比较钦佩才女清照同志。该同志是不折不扣的好。从她自己的思想报告中就可见一斑：“红藕香残玉簟秋，轻解罗裳独上兰舟。云中谁寄锦书来，雁字回时月满西楼 。花自飘零水自流，一种相思两处闲愁，此情无计可消除，才下眉头，却上心头。”我曾考证过清照同志为何日子过得不好，究其原因只有两个字：清高。什么是“雁字回时月满西楼”啊？不就是邻居们都打麻将，该大姐却吟诗作赋不谙麻将之道而被边缘化了吗？那时的和谐似乎只能是麻将声声碎，雁字满西楼。把西楼，就是厢房留给孤寂的月亮吧，不可脱离群众而自诩清高……

昌龄同志也很令人佩服，源自一首诗："秦时明月汉时关，万里长征人未还。但使龙城飞将在，不教胡马度阴山。"诗不长，娃娃的时候就会背诵，那时少年轻狂，此诗读后觉得头皮发麻，便对着大树打出两拳发誓将来国家有难也做龙城飞将，不教胡马度阴山。长大后，发现全然不是那么回事，原来没有胡马，一定就没有飞将，所以只好感叹，昌龄兄当年的明月诗原来耽误了一代愤青……

我很钦佩李白兄，活得比工部兄洒脱，不差钱。所以人家脱口就说："五花马，千金裘，呼儿将出换美酒……明月出天山，苍茫云海间……"有气魄，完全是吃饱了底气足的结果，完全不像工部兄动辄："老妻画纸为棋局，稚子敲针做钓钩"那样蜗居茅屋、节约采购成本，一身的寒酸气。明月出天山，苍茫云海间！这两句，每当我见到明月时都可脱口而出，气势磅礴……至今憎恨那新疆天山天池边的老道，当年算命多要了我二百块香火钱。

范仲淹这等猛人，喝粥能喝出这么大的成就。我查过"滕子京"这个人的简历，据说是我国著名文学家，那个朝代的进士，但我第一次听说这个名字还是在仲淹兄的《岳阳楼记》中："滕子京谪守巴陵郡"，字典云："谪"字是被贬官的意思。仲淹兄有两句诗印象很深，还有一件事。两句诗是："年年今夜，月华如练，长是人千里；明月高楼休独倚，酒入愁肠，化作相思泪。"仲淹兄肯定有个相好的，所以睹月思人，遥望月影婆娑的高楼但不敢登上去，就怕酒后想极了一头栽下来。一件事是见于《宋史》："天圣七年，章献太后将以冬至受朝，天子率百官上寿，仲淹极言之，且曰：奉亲于内，自有家人礼，顾与百官同列，南面而朝之，不可为后世法。"皇上给老妈过生日，规格高了一点，场面大了一点，多请了几位同事，范兄说不行，有失礼法，结果被罢了官。唏嘘，如果为官者都能如范兄一样坚守原则、不怕权贵、不阿谀逢迎、不以私利为重，天下的事情何愁办不好？

2010年2月28日

加拿大人的幽默

上次回国，在曼谷到北京的飞机上，偶遇一位加拿大老头，其实该人并不老，西方人嘛，无论多大年纪，看着都像老头。该人似乎和本人的一点不愿示人的爱好差不多，即都喜欢喝那么一点点酒。天陌途长，空寂无聊，恰好免费供应酒水，就喝了起来。喝酒的兴致不在于喝，而在于以酒为辅的天南地北地闲聊。

该老头，权且如此称呼，个头不高，满精神，脸部各器官都不缺少，但合在一起，就是一个可笑的模样。两杯红酒下去，攀谈开来，他自称是搞保险的，在美国一个很著名的大保险公司工作，世界各地满天下地忽悠。在我的脑际间，搞保险的人大致都是能够侃侃而谈的，能侃就带有三分脱离事物本质的诱导味道，为了对行业的尊敬，我并没有说欺骗，不过能让人心悦诚服的骗术也应划分在艺术之列。

老头先从那次著名的事故说起。他说那天他非常幸运，他们公司就在那个已经烟消云散的大楼上办公，偏巧他不在办公室，事故发生后，一部分人拥挤着往楼下跑，由于拥挤不堪，在楼下的警察急中生智，用高音喇叭喊："请大家都回到楼上去，没有问题……" "结果这样一喊，有 500 人信以为真，又回到楼上，结果没能最终逃出来……"老头咂了一口红酒，眼神庆幸狡黠地说。

三句话不离本行，老头继续他的故事：事故之后人们向保险公司索取赔偿的故事。"几乎所有美国人都买过人身意外伤亡险保单……"老头的眼神闪出得意，似乎他们在保险行业做得非常成功。"事故发生后，保险公司的门口挤满了索取理赔的人。"老头眉飞色舞地说，"有的妻子还不知道老公已经在大楼倒塌的时候动身去上帝那里了，当妻子们接到保险公司的理赔受理电话时，有些妻子抑制不住内心的激动，脱口而出: It is good news! I am going to get one million dollars(真是一个好消息，我可以得到 100 万美元了)！也有忧伤的妻子，一位妻子听到事故发生的消息后，马上跑到保险公司索取理赔，保险公司的人说，我们要核实一下你丈夫是否在事故中光荣牺牲，结果一打电话，偏巧那可怜的男人当时不在事故现场，完好无恙，该妻子一脸的失落，无意间叨念着： What a pity! He should have been there and dead! I lost one million dollars（真遗憾！他本来应该在那死了，我损失了 100 万美元啊）！"

这就是具有美国文化特色的幽默，伤痛终究需要面对，那么就用带有一丝苦涩的幽默去面对吧！那次五个多小时的长途之旅感觉很短。

2009 年 10 月 16 日

唐朝的人才标准与“花判”

晚上无聊读南宋洪迈的《容斋随笔》,读到唐书判一段,颇觉耐人寻味。摘录如下:“唐铨选择人之法有四:一曰身,谓体貌丰伟;二曰言,言辞辩正;三曰书,楷法遒美;四曰判,文理优长。凡试判登科谓之入等,甚拙者谓之蓝缕,选未满而试文三篇谓之宏辞,试判三条谓之拔萃,中者即授官。既以书为艺,故唐人无不工楷法;以判为贵,故无不习熟。而判语必骈俪,今所传《龙筋凤髓判》及《白乐天集·甲乙判》是也。自朝廷至县邑,莫不皆然,非读书善文不可也。宰臣每启拟一事,亦必偶数十语,今郑畋敕语、堂判犹存。世俗喜道琐细遗事,参以滑稽,目为花判,其实乃如此,非若今人握笔据案,只署一字亦可。国初尚有唐余波,久而革去之。但体貌丰伟,用以取人,未为至论。”

总结出来,唐朝选拔人才的标准主要可以归纳为四点:第一,长得要好;第二,口才要好;第三,字要写得好;第四,文采要好。

唐朝人才标准是这样的,现在借鉴过来,也有一定的现实意义。先说第一点“长得要好”,即“体貌丰伟”,身体相貌虽说是与天俱来的,但这个“伟”字却是体现了内涵的东西,也就是需要自己后天的修养才能达成。人是衣裳,马是鞍,适当得体的着装与内在修养和谐一致,就会使人透出一种气质,这就是人才给人的第一印象,千里马是需要见伯乐的,可见拖拖拉拉,不修边幅是不可取的。这第二点口才要好更不必多说,口才往往代表的是思维敏捷,记忆清晰,难以想象一个糊涂的大脑怎会有伶俐的口齿。第三点字要写得好,字是一个人的门面,劳心者治人,治理则需要运筹帷幄,要把自己的想法写出来才行,虽然现在多用电脑辅助打字,需要动手写的东西少了,但字如其人,不可邋遢。最后一点文采要好。古今大才,个个都是文章锦绣,飘扬的文采,并不是来自于想象,而是源自于平常的积累,书读多了加悟性,也就会落笔皆为华章,久之则形成自己特色的文采。文采会有大用,不需要多说了。

书可借鉴,亦可娱情。《唐书判》提到的“花判”,现在看来有些不严肃,但却是曾经有过的潮流,也体现了我们这个民族幽默平和的心态底蕴。写到这里,记起一段典型的花判案例,《醒世恒言》里记述的“乔太守乱点鸳鸯谱”。以前读这一段时,为了便于记忆和理解,还曾经画过一张人物关系图表。

话说大宋景祐年间,杭州城里居住了四户人家。他们是孙寡妇、刘秉义、裴九、徐雅四家。孙寡妇生有一儿一女,儿子名叫孙玉郎,女儿叫孙珠姨;刘秉义儿子刘璞，女儿刘慧娘；裴九的儿子叫裴政；徐雅的女儿叫徐文哥。这六个孩子均当婚嫁妙龄，女儿生得眉清目秀，闭月羞花；男儿长就仪表堂堂、江南锦绣。珠姨与刘璞、玉郎与文哥、慧娘与裴政均订有婚约，只是尚未结婚。过去订婚可不同现在，结婚之前男女是不能花前月下的，因此他们彼此并不认识，所以中国有句古话：嫁鸡随鸡、嫁狗随狗。堪堪珠姨与刘璞的婚期将到，不巧这刘璞平常缺乏锻炼，一场大病卧床不起，刘老爷子看儿子病得很重，幻想着把喜事办了，可以冲一冲，这病或许马上会好，有些自私。没有不透风的墙，这事被孙寡妇知道了，但一打听，说无妨大碍，但寡妇毕竟是寡妇，由于受外界的诱惑和陷阱较多，所以人也学得奸猾起来，一想，如果女儿嫁过去，这女婿的病若不好，岂不贻误了女儿的终生？守寡的难度毕竟很大！既然不能推迟婚期，何不让自己的儿子男扮女装，混上一夜，若那刘璞没问题再把女儿送去不迟。此计甚妙。那刘家也不行胡，看儿子无法起床行拜天地大礼，就把女儿慧娘打扮一番扮成兄长刘璞，拜天地、入洞房，热闹一番，也无破绽可看，这自不必说，但洞房之后，本来一场假戏，这两个人干柴烈火，颠倒风鸾，也就做成真戏了。自然是海誓山盟，这样过了三日。刘璞的病好了，见到玉郎装扮的老婆美貌端庄，自然爱慕，玉郎见姐夫的病好，不敢久留，但万分留恋慧娘，两人相拥哭泣之际，被刘母看到，追问之下，全部露了馅。

这事一传开，成了头条新闻了。邻居们都说，那刘家是弄巧成拙，媳妇没有娶成且还赔了个姑娘。那刘家也不是吃干饭的，发誓要告那孙寡妇。裴家听说没过门的媳妇做出了这等鬼事，大骂着要退婚；徐雅家听说此事也大骂刘家，说刘家夺了他的女婿。就这样三家打上了公堂。

这公堂的大老爷，姓乔，典型的标准人才，绝对符合《唐书判》所阐述的四条标准。经过几轮听证会后，这位乔老爷弄明白了这复杂关系，因此决定了断此案。乔老爷文采飞扬，挥毫写就判决书："弟代姊嫁，姑伴嫂眠。爱子爱女，情在其中。一雌一雄，变出意外。移干柴近烈火，无怪其燃；以美玉配明珠，适获其偶。孙氏子因姊而得妇，搂处子不用逾墙；刘氏女因嫂得夫，怀吉士初非衒玉。相悦为婚，礼以义起。所厚者薄，事可权宜。使徐雅别婿裴九之儿，许裴政改娶孙郎之配。夺人妇人也夺其妇，两家恩怨，总息风波。独乐乐不若与人乐，三对夫妻，各谐鱼水。人虽兑换，十六两原只一斤；亲是交门，五百年决非错配。以爱及爱，伊父母自作冰人；非亲是亲，我官府权作月老。已经明断，各赴良期。"

这就是花判，应该是典型的富有人情味的案例法判决。如果按照现代的判决书形式，这个判决就变成了如下冰冷的东西：

原告：裴九、徐雅

被告：刘秉义、孙寡妇

大宋景祐X年X月X日判决书

根据大宋婚姻法X条X款规定，经法庭调解，判决如下：取消孙玉郎与徐文哥、刘慧娘与裴政的婚约，鉴于孙玉郎与刘慧娘已成事实婚姻，准予结婚。同时宣布徐文哥与裴政订婚。刘璞与孙珠姨的婚约维持不变，请各自到民政部门领取结婚登记证。以上判决书自发布日起生效。

XX法院

索然无味，还是花判好！

2008年7月26日

人生无处不开怀

人生无处不开怀，只要你留意，你就会有此感觉。生活本不需要太严肃，一点逗趣、一点幽默，如生活盆景中的一支插花，自会带来一丝生动、一丝盎然。

A君是一个很风趣的人。风趣是风趣者的座右铭，A君时刻不忘在自己和别人身上挖掘乐趣。A君的工作地点在作业现场，现场除了蓝天大地，再就是相互间漫无边际的玩笑。A君习惯性的口头禅：傻瓜。一天，当地外籍员工B君遇到A君，打趣问道："Hi,Mr. A, You very often say ‘Shagua’, What is the meaning of ‘Shagua’? I am studying Chinese now"（喂！A先生，您经常说傻瓜，傻瓜是什么意思啊？我现在正在学习汉语。）A君看看他，狡黠地答道："In Chinese ‘Sha Gua’ means friend！"（傻瓜就是朋友的意思！）某日，A君带三位中方专家到作业现场出差并介绍给B君，介绍完毕后，B君为了卖弄一下刚学的汉语，一边挥手招呼着三位专家，一边用生硬的汉语微笑着说："一个傻瓜（Friend），两个傻瓜（Friend），三个傻瓜（Friend）……"专家登时愕然……

S君是位英国人，个头高挑，金白色的卷毛短发，脸形方正飘红，英文纯正语速适中，一身的古典英国绅士风度。S君早年在北京大学留学四年，汉语也如他的绅士风度一样纯正。某日与出差来参加会议的S君邂逅，晚间小聚，S君讲了个英国笑话：一位英国绅士的漂亮妻子总是和一群男人交往过密，这位绅士很生气，一日他雇了一位杀手（Killer），并告诉这位杀手，每杀死一位他妻子的情人报酬是1000美元。机会终于来了，他妻子正在和情人在海边游泳，绅士带着杀手赶到，隐蔽处卧倒、瞄准，但等了半天，杀手只是瞄准并不开枪，绅士急了，催促道："Why you don' t fire?" "Be quiet please sir,one thousand, two thousand…so many lovers and I am thinking how to save one thousand dollars for you!" The killer answered（"为什么你还不开火？""请安静先生，1000美元、2000美元……这么多情人，我正在思考如何为您节省1000美元！"杀手回答道）。说笑间，S君的一位朋友给他发来短信，得知他出差到此，想邀请他晚些时候喝杯咖啡，手机短信曰："Are you free this evening?（今晚您有空吗）"，S君幽默回复曰："I am not free but cheap!(我不免费但是很便宜)"英文free兼有"空闲"和"免费"的意思，场合不同，意思完全不同。看到S君如此幽默的短信，不禁让人笑喷。

公司有一位印度籍员工叫Mani，某日公司在一个酒店搞团队建设活动，中方同事Y君遇到几个当地小孩，当日是穆斯林传统节日EID节，按当地习俗小孩可以在这个节日期间向陌生大人们要点零钱。当一个小男孩向Y君要零钱时说："Money Money!" Y君马上把该小孩领到Mani面前说："This is Mani!" 某日一同事和Mani开玩笑说："将来你生了儿子，起名就叫Coin（硬币）!"另一同事打趣道："Coin面值太小，应该叫Cheque（支票）！"

2007年11月14日

节日小酌

今天是这个留下足迹且永远不能抹去这足迹的国度的国庆节，放假，休憩。前一天同一位在一个办公室同一层楼奋斗的也曾争论过叫过劲儿的同事闲聊，他们笃信自己的信仰，但由于早年留学经历也不排斥异国文化。不是不排斥，而是羡慕嫉妒恨。

该兄喜欢饮酒，我曾多次给他灌输中国的酒文化，讲述过万历爱酒故事，他听得入神，我说："万历皇帝很伟大，10岁登基，在位48年，58岁时over。"喀喀，有些感冒，接着说："最伟大是该同志，30年不去办公室，基本在家里办公，实现了世界最早的最人性化的灵活家庭办公方式，不用考勤打卡……”呵呵，我知道他们几个老兄和那个HR经理是死对头，最不满HR实行的打卡考勤制度……说到这里该兄听得更加认真……喀喀，“万历皇帝也有弱点，但却是可爱之处，喜欢喝酒，每餐必饮，每饮必醉……可谓鞠躬尽瘁，醉而后矣！引领了中国的酒文化！”该兄早年西方留学，酷爱喝酒，可惜囿于家庭信仰环境的束缚，无法经常开怀，说到此时，看见他喉咙不禁一动，一丝渴望由那些退让的虔诚而生出一些革命的味道。“我们去喝酒如何？他说。”哼，最看不惯那些自诩为了康健的自认为虔诚的却隔着窗子看人家舞蹈嘴里说三道四却内心痒痒的人，我知道他不是，就爽朗承诺。

第二天，红酒，酣畅。去酒吧，啤酒，亦酣。想起当年鲁迅先生所说：我的故乡在鲁镇，曲尺形柜台，孔乙己是唯一一个穿长衫站着喝酒的人。这里有许多穿长衫站着喝酒的人，可是没有曲尺形柜台。跳舞，台上是三个西方人，来自资本主义世界，我们幼小就戒备的纸醉金迷的源泉，但似乎和我们的抵抗力相比那点诱惑显得如今晚的月色一样苍白。

晚间趁着苍白的月色回来，还是心中怀念罗阳同志，一个为共和国航空事业呕心沥血30年加班30年的战士，一路走好，共和国第一艘航母将永远刻上你的名字！

2012年11月28日

心中的香格里拉

刚从香格里拉回来，真切地感受到心中的香格里拉。不会忘记二十世纪三十年代美国热映的那部影片《消失的地平线》，那期待的令人不畏艰险去探寻的地方，永远是心中的那片宁静的土地，那里没有战争、没有瘟疫、没有妒忌、没有仇恨、没有饥饿、没有傲慢与偏见……没有人类所与生俱来的一切卑劣与弱点，有的只是纯洁的宁静、甘美的泉水、婀娜的鲜花、清洁的空气、天真的笑脸……还有蓝蓝的天、白白的云、青青的草、雀跃的牛羊……

为什么人类在劳苦时会升腾起心中的那片净土？我曾经仰首沉思于苍山洱海夜晚那片远处飘来的墨蓝的云，那云厚重而不肯散去……是执着吗？或许人类经历了许多苦难才想起在那天边还会偶尔挂一片彩云，为人类片刻欢愉之后，却还不得不去进行纷争？

人类为什么会有桃花源和香格里拉？因为向往而存在心中，因为或许与现实的距离才成为理想？香格里拉，那高高的群山与深邃的峡谷还有放羊女圆圆的红红的脸，都是如寂寞孤独盛开的高山原野的鲜花一样令人把此间的一切铭刻心中。掬起那明净的湖水，或许昨天还是一块纯洁的冰，但今天依旧洁净，带着远古的寂寞与故事流淌到今天，是因为爱寂寞才远离人间吗？

曾经玉龙雪山，那纯净的雪，寂寞孤独地包裹着松枝，松枝在寒风中似乎不情愿的样子，但那份宁静又有谁去体验？阳光是奢侈的，她照亮了那阴冷的土地又吝啬地把头缩进了斗笠……雪山？在朦胧中披着洁白的婚纱，难道是年方二八的或二九的新娘？为何不肯把那头上的洁白掀起而露出芳容？碧绿清洁的水从你婀娜的身姿旁流过，那水中仿佛还掺杂着你快乐的胭脂气息……

雄浑是你的精髓亦是不屈的精神，看过虎跳峡波涛奔涌的流水，那彻夜不舍的速度永远是一个民族不屈向前的脊梁！激流般奔涌的群山昭示着这个民族厚重的历史与辉煌！

还记得那一片蓝色的月亮谷、蓝色的月亮，神秘而悠远……不会忘记《消失的地平线》中的那位百岁神父的愿望与理想，在人类灭亡于贪欲的时候，会有一片寂静温和、充满蓝色月光的山谷，等待那寥寥无几逃离贪欲的人们，忘记纷争与奢念，去欣赏那片宁静和谐并与人类自身融成一体的自然！

碧绿的金沙江宛若玉带，凝翠堆叠，若雾若烟，那蜷缩一团仍然含情脉脉的不期相逢的小狗是金沙磅礴大气的永远知心伴侣，因为磅礴间自然而柔情，柔情于自然的恢宏与人类的情感间，铸就了偶尔的咆哮与平静的暗流……

每个人心中都会有自己的香格里拉，如夜幕下暧昧的丽江古城，在迷离的灯红酒绿间突然振奋了那根曾经有的还没有消退的勇敢奋进的神经！浩浩长江水，无语东流！非迷离而迷离是奋进的开始，正如缥缈平静的金沙水在狭窄处泛滥出的激情！

高高的原野寂静还是寂静。雄鹰增添了静寂和神秘。盘旋是为了俯瞰大千和那片洁白？总是向往那大山背后的落日和与落日同行的那片厚重的云彩，那厚重的背后是什么？是深刻着皱纹的口中不断叨念“唵嘛呢叭咪吽”的老阿妈吗？抑或她身后飘洒的风马旗和五颜六色的玛尼堆？

2011 年 3 月 6 日

酒的花絮

酒是闲暇的人才可享受的东西。不赞成因公饮酒，因为会有所迷失，毕竟酒不可与严谨的公文联系一起。喜欢喝酒，只有和挚友且与工作无关时才会偶尔贪杯。

今天周末，与朋友小聚，贪饮几杯，忽觉，我中华酒文化如此博大精深。冠以四大名著之《水浒》无处不是在写酒，宋江在浔阳楼酒后写了首诗，提到诗，本是明志的东西，何况酒后，更是把自己雄心大志要简略发挥一下，宋江大致如此，可是酒后的东西难免被人误解，所以定性为“反诗”，我一直不苟同“反诗”的这一提法，因为皇帝总是自诩四海归一，包容宇宙，为何不能包容一介贫民酒后的疯话？大抵皇帝本人也是战战兢兢，麻秆打狼，是心底不自信的表现吧。不要怕不同意见，只要你坚持的是真理，不同的意见只能让你的真理越来越明澈。

酒贯穿《水浒》。武松打虎前喝了十八碗，所以有酒壮英雄胆之说。醉打蒋门神也是如此，此去三十里，每过一家酒馆，自饮一大碗，武都头从来不做亏本买卖，帮人夺回快活林，前提是要我喝好。

没记错的话，那个在官场谨小慎微却身怀绝世武功的八十万禁军教头，在走投无路时，也是大枪的头上挂了一壶酒踏着风雪去的山神庙。

宋江这人很浑，可能酒喝得不多，亏得那么多兄弟和他在一起造反，可是最终却选择了一条最最不该选择的被我们伟大领袖毛主席多次批驳的道路——妥协投降。路线问题是不能商量的，非死即活。当年宋江若是坚持“梁山泊的斗争”到底，大抵星星之火是可以成为燎原之势的，中国的许多历史是相同的，比如若宋江在北方坚持斗争，南方有方腊遥相呼应，则最终必将成为大宋的终结者，而宋江、方腊再争夺天下，则就又演绎成刘邦、项羽的故事。

可惜宋江这厮不争气，做事前后矛盾，革命不彻底。最终葬送了手下弟兄，但想来想去，也是宋江手下这些兄弟没有战略眼光，宋江可以取代晁盖，但为何没有人站出来纠正宋江的过失？比如我党在陈独秀右倾投降主义冒头的初期，就有毛主席他老人家挺身而出大声疾呼：“枪杆子出政权！”这才是彻底的革命者。

革命就是把新的适应历史潮流的主张不折不扣地百分百贯彻，且不惜抛头颅、洒热血。改革也很了不起，改革是量变的革命。历史将永远纪念坚定的改革者、革命者。因为他们是在黑暗中探索光明的使者，是抛弃自己为了明天大众幸福的拓荒者。

中国有许许多多改革者、革命者。历史将永远铭记：卫鞅变法强秦，以身试我法；林则徐摒弃烟毒，焚而拒之；孙中山驱除鞑虏，捍我中华；毛泽东宜将剩勇追穷寇，不可沽名学霸王。坚定的革命者为人熟睹且制胜的法宝是“坚定”。

永远不会忘记鲁迅这个倔强的中国南方小老头，他写过一篇很酸楚的文章《在酒楼上》：

“一斤绍酒。——菜？十个油豆腐，辣酱要多！”

“我一面说给跟我上来的堂倌听，一面向后窗走，就在靠窗的一张桌旁坐下了。楼上空空如也，任我拣得最好的座位：可以眺望楼下的废园。这园大概是不属于酒家的，我先前也曾眺望过许多回，有时也在雪天里。但现在从惯于北方的眼睛看来，却很值得惊异了：几株老梅竟斗雪开着满树的繁花，仿佛毫不以深冬为意；倒塌的亭子边还有一株山茶树，从晴绿的密叶里显出十几朵红花来，赫赫的在雪中明得如火，愤怒而且傲慢，如蔑视游人的甘心于远行。我这时又忽地想到这里积雪的滋润，著物不去，晶莹有光，不比朔雪的粉一般干，大风一吹，便飞得满空如烟雾……”

“客人，酒。”

我喜欢这样的文章，酒后每每读来，鲁迅，是个地地道道的革命者，他是用自己的笔穷尽一生去革命的。

2011 年 8 月 21 日

泪眼蒙眬送大姐

大姐走了。走得伤心凄婉。记得自己还在遥远的他乡，一直惦记着去那个盛开春花的小村庄，那里住着经常带着慈祥母亲般笑容的大姐。那是很小的时候，去的大姐家，可以采蘑菇，在雨后的夏日，每当满载着带着泥土芬芳的蘑菇回来时，大姐总是站在那个用木杆钉成的栅栏的大门前，盈盈地笑，那笑是对满载而归的褒奖？

大姐家的后院就是大片的树林，神秘向往。想向着那里面有许多书中的故事，有野猪林，还有唐僧身边的妖魔鬼怪……可喜的是一定会采到蘑菇，蘑菇后面就是大姐掀开锅盖里面香香的鸡肉……

大姐老了，是癌症夺走她的生命。她也没有老，在我心中她永远年轻，永远能干永远把你想不到的事情给你想到……就在临终的前两个小时还不忘给我准备的自己省吃俭用的鸡蛋……

是在今年五一前吧，得到了大姐病重的消息，似乎从来没有能够去接受，但那是最严重的胰腺癌，急忙万里之遥星夜奔程，是妹妹告诉的消息，她说时很平静，是那种已经历经痛苦后的平静，只为我在万里之外而不急？其实早就知道大姐饭水难咽的症状，但绝对没有想到她这样坚强能干的一个人会这样突然倒塌！

妹妹轻轻对我说，“你不要给大姐买吃的东西了，她什么都吃不下！大姐说，这辈子只喜欢项链，但她却没有戴过，只希望你能给她买条项链，好把她拴住！”这是大姐的愿望，临行前买了一条项链……飞机带着沉重的我飞行了近十个小时，那天是五月十四日，天阴沉沉，似乎还下着雨，飞机很颠，摇摇欲坠如我的心情，在前座的孩子吓得直哭……

下午一点半到达机场，前座的孩子不哭了。飞机落地。急匆匆见了苍老的父母，他们说去看看你姐姐吧，没有言语……

沉重的脚步，走在大姐为之而费尽心力在城市为自己的儿子买的房子的楼梯，那是在五楼，觉得很高很高……

大姐一直在农村，辛苦劳作养育了两个儿子，为了儿子念小学、念初中、念大学、念研究生、念博士……自己辛苦一辈子，养猪、养牛、养鸡、种地……最后一个愿望是给儿子在城市买房子娶媳妇……她都实现了，凭借着她单薄的身体和日复一日地劳作……

我的心一直在跳，跳动地想大姐昔日的样子，今天会是什么模样？沉重地推开门，屋子虽然简陋但也是大姐为了儿子在城市的中心买的两室一厅，屋子有点闷，急切而又缓慢地走进了里面的房间，大姐，分明是她，但已经骨瘦如柴，眼睛大大的空旷而悠远，没有泪水没有惊喜，没有一切表情，有的只是远远伸出的手……

久久地握着她的手，她似乎还很有力，时不时感觉到她的力量！她的嘴是微张的，似乎是痛苦但更多的是我看到的笑，我笑意盈盈地说给她买来了项链，她看到了，似乎笑了，妹妹说戴上，她含混地说舍不得戴，在妹妹的执意下她戴上了，她笑笑地说：“很凉……”接着她又悠悠地对我说：“感谢，破费了！”她说得很吃力，唉，我至今悔恨为什么没有在她很好的时候去看她，去看那个美丽的满地蘑菇的小山村？那是我多年一直在想但一直没能再实现的愿望！

只想那个小山村，去踩那绿绿的草地，去拾那满地雨后的鲜蘑，还有看着大姐那站在木板钉成的栅栏前的微笑……

5 月 15 晚七点，大姐走了。是公元 2011 年的事情。就在我看望她的第二天。那天下午，没有想到她会那样绝情，在我最后看到她时她已经静静地躺在她精心装修的为儿子买的房子里，无言。大家说她只在等我。我只是紧紧握着她的手，尽管已经很凉，但似乎还能感觉到她的笑，屋子很静，外面很黑，她穿得很整洁，似乎如要离开家出远门一样……

母亲已经76岁了，她说大姐最疼她了，尽管是在农村，路途遥远但总是把所有她能拿的东西拿给母亲……母亲很后悔，她没能见大姐最后一面，因为我们怕她伤心……

我们把大姐扶上了车，说大姐我们回家！走大姐来时走的那条路……那路很漫长，夜很黑，经过了许多桥，我们都下车为大姐压了纸钱……那路两边是被削了头的树木但还在倔强地吐着嫩芽…

大姐的棺木已经准备好了。我们为大姐守灵。村子里的人都来吊唁，说能干、刚强……能干一辈子、刚强一辈子……但大姐的遗像只是在那里表情如一地微笑……那像是两周前妹妹给照的，微笑间带着苦楚，忽然想起她说的话，是十四日那天对我说的话："成了废人了！"

三天，每天每夜只是看着她的微笑的像，徘徊于她朝朝暮暮挥洒汗水的地方……有她精心饲养的两头牛，还有在她病重期间把养的猪都卖了而留下的莫大的空空如也的猪圈……那堆积如山的柴禾是大姐一根根捡回的吧。大哥说："今天没有风，多给大姐烧些纸钱……"英俊的大哥的面容多了许多伤感的皱纹……

那天的夜色很美，一轮半缺的月亮映着大姐的微微笑容，我徘徊在那条大姐平时经常走的家东边的那条通向外界的土路，路不宽也不长，但连接远方，那外边有她的儿子、母亲、父亲、弟弟……这个家，她一直牵挂的家难道就这样离开了？我还没有实现再一次去这个家采蘑菇的愿望……

夜很深很凉，大姐静静地躺在那里，只是微笑……面前那个她一根根拾起的柴禾垛边并排摆放着花圈……映着宁静的月色，是她经常戴月荷锄的月色，长长的白色的挽联上清晰地写着："仿佛音容犹如梦，依稀笑语痛伤心！"

大姐走了，穿得整齐，母亲打来电话说要多包些纸钱，免得路上受穷……她是坐着我们抬的轿子走的，如出嫁一般……那天阳光灿烂……

2011年6月13日

天路

今天是二月二，龙抬头的日子。龙也有压抑的时刻，故会确定一年的某一天作为抬头的纪念。所以在我童年的记忆中，这一天很向往，亦很惆怅，向往是因为有一个叫作龙的东西会在这一天扬眉吐气，为它而高兴；惆怅是因为，按东北农村习俗，这一天标志着年彻底地过完了——欢乐的终结而失落。小的时候，年往往是和大人们的欢乐与餐桌上好吃的连在一起的，常年很少看到父亲脸上的笑容，因为大人们也许会为穷困的生活而压迫的吧，亦很少能吃到鸡蛋或肉的东西，以至于会在夕阳中遥望那一条通往远方的乡间小路，热切期盼着会有一个远方的亲戚在不经意间造访这个即便拿着铲子把它翻两个番也不会改变的小村庄，亲戚的造访，会激起父母的热情，他们会从家里一个神秘的地方变换出好吃的东西来，放在餐桌，待大人们享用完毕，一直在旁边观望已久的小孩子们会等待那个时刻，然后把所剩无几的东西一扫而光……这就是欢乐。

困苦之中往往不觉得其苦困。今晨看了一个有关西藏的电影，那辽阔无边的起伏的群山及大草原夕阳西下映日而白灿灿的大河，勾勒出了一种原始而静谧的人迹灭绝的美，我喜欢原始，喜欢天地间寂寞得仅存的一条白灿灿的路和那几株生命，因为平凡而无人关注而活得伟大，不需要参照，亦不需要浇灌，完全是恣意的潮起潮落式的长成自己似乎第二天都感觉惊诧的样子。

龙抬头！世间有龙吗？有龙也！龙是一种豪情，当你面对一扇青山，晨雾袅娜升起的时刻，你会觉得自己就是龙，其实龙在自己心中，当你认为自己是龙时，自己便是；觉得别人是龙时，那么自己就不是龙，所以天下会有纷争，也会有宁静。很追忆东晋那段历史，那个北方的都城，繁华如过眼烟云的地方，战乱纷飞，人们背井离乡，逃到南京，然后请出那个风流雅士谢安，手谈围棋间，淡然说道：“小儿已破贼兵百万矣！”棋不辍。每读史至此，扼腕叹息！旧时王谢堂前燕，飞入寻常百姓家。追忆谢安，倏忽间忆起“生当作人杰，死亦为鬼雄！”清照亦乃一代男儿！

那部西藏的影片，孤独和苍凉中一个人走走跪跪，向着那遥远的未知的但终极志愿的地方朝拜。不仅仅是坚韧，而是习惯。习惯于一种简单的生活就是伟大。司马迁，很伟大，因为他习惯了一种简单的枯燥的生活，不去为那些虚华的东西而卑躬屈膝，故成就千古一书《史记》。司马光，习惯于一种简单的生活，去朝廷之纷争，呕心沥血十九年而成《资治通鉴》，宋神宗是他的知己，因而神宗的英灵随之接踵而去……很钦佩那些带着厚重的眼镜的博学的博士们，在他们沉重的眼镜后面，看到了当年司马光灯下苍老而高度近视的面容……

中华民族是伟大的！伟大于在民族艰危之际，会有林则徐这样的人挺身而出，“苟利国家生死以，岂为祸福趋避之！”明知是祸岂能趋避？此乃为国之栋梁！为官而为己，如何为官啊！既然为官就要抛弃自己，如林则徐一样即便被贬新疆也要修坎儿井泽被万代！中华民族生生不息，因为我们有林则徐等人搭就的脊梁！

生当八十载，快慰一千年！八十而换一千，不可没有铁骨和脊梁！

2010 年 3 月 18 日

2010 年的钟声

2010 年，既亲切又陌生。亲切是在昨天的工作计划中，陌生是在小的时候。记得童年的时候，家里的墙上挂着一个只有它才日日更新的东西——日历。那时觉得父亲很伟大，因为每天早晨还在睡意蒙眬间，突然睁开眼睛，父亲总是已经穿得很整齐地坐在我睡榻的不远的地方，似乎表情凝重地把那挂在高高的地方我可望而似乎永远不可及的小小的日历撕去一页，印象很深刻，那小小的日历上愤然地写着：奔向 2000 年！ 2000 年，是很陌生很遥远的一个符号，在那个时刻，不知道 2000 年究竟是个什么样的时代，也不知道那个时代会发生什么？但只知道那个时代会有一个天翻地覆的变化，既向往又害怕，就是那个懵懂的幼年对新年的感觉！奔向 2000 年！是一个划时代的口号，至少在童年的记忆中，这个数字给了童年的我们这一代无限的向往和记忆……

蓦然回首间，已经是 2010 年，那个永远萦绕在脑际间的 2000 年的魔幻般的数字居然在倏忽间飘零过了 10 个春秋！还在几个小时前，同事间举杯欢庆的时刻，有人深情地对我们两位 80 年以后出生的小同事说：80 后已经步入而立之年了！感叹，只有感叹！看着他们还依然稚嫩的脸，突然觉得无话而说，我们是 70 年代的人，觉得他们依然年轻，那柔弱的肩膀似乎还不忍心让他们承担太多的重担！但只有艰苦才能应对无法逃避的现实，孩子总有一天要变成大人，要挑起时代的重担，这就是时代，会以它特有的无情的规律去均匀地面无表情地向前，只有与那些幼稚的可爱的似乎还有些难以承担重负的脸一同面对！时代的变迁并不可怕，可怕的是没有与时代一同成熟！

辞旧迎新！小的时候总是觉得父亲、哥哥、姐姐非常高大和坚强，现在突然觉得，高大和坚强是你无法逃避和承担的责任，因为父兄的个头比你高，他们的阅历比你丰富，所以要义无反顾地去承担社会赋予的一种责任，如风萧萧易水寒的荆轲，家国兴亡，要义无反顾地承担！此乃为大义！故知前途暗淡及荆棘丛丛但也要斗志昂扬地舍身奔赴，是民族大义亦是生命的法则！林则徐、岳飞、文天祥……他们不是悲剧人物，而是如父兄一样在看着下一辈稚嫩的不知所措的脸而挺身而出的一代，是民族的自豪，亦是父兄一辈的骄傲！

时代是冷漠和无情的，需要我们携手面对。在那个小小的日历的每一页中，也清晰地标着时代的冷漠。小时候的每一个宁静的夏日，或许大人们还在睡午觉，小院子的花草庄稼间的虫鸣更显示出夏日的宁静。疲惫而不愿午睡的童年会寂寞得一遍遍串进堂屋，无聊之间忽然发现那唯一的可以天天变化的皇历。平常的日子那一页总是平淡的黑色，而每逢一个节日就会变换色彩，幻化成红色，那红色我见了会欣喜，而父亲见了会表情凝重地宣布今天或明天是什么日子，觉得那时的父亲很伟大，但不知道他为何那么似乎神圣得不可侵犯……现在知道了，那日子的背后是一些成功与失败的喜悦和失落以及岁月流逝无法抗拒的淡淡的忧伤！

举一杯酒吧，为我们爱的人祝福！人活着似乎有时不是为了自己，因为如果只为自己似乎生活会很简单和轻松，你不会有负担和可以如大海中的鱼儿一样甩甩尾地游来游去，这种负担是来自于父亲凝重地撕去日历每一页的刹那，那一刹那，你要面对你逐渐逝去的青春和在你身后日渐变厚的历史。

就在今晚，当年轻的同事们载歌载舞时，我只是静静地坐在那里，伴随一杯红酒，看着他们觉得很可爱，似乎觉得是在同一条船上，他们在尽情欣赏两岸风景的同时，你要紧紧盯着激流中的暗礁……

就在昨天还在和一位喜欢中国历史的外国朋友谈论林则徐，觉得林则徐是父兄的典范，勇于承担一种重担，不为名利，而只为为人而闪存这个世间的一种责任……去过新疆看过坎儿井，林则徐禁过鸦片，立大功而被远弃边远的新疆，但他依然为国操劳而兴修坎儿井泽被万代，以至于我们现在八九月份依然可以坐在绿油油的吐鲁番的葡萄架下吃烤肉吃葡萄，什么是伟大？这就是时代赋予的伟大，时代养育了人，而人造就了时代的伟大！

时间会一页页地翻去，每一页是一样的然而又有所不同。不同是划分，划分的标志有数字也有历史。数字带给人的往往是无奈，而历史是需要人主观的积极创造。

去创造，如凝重的父兄，在撕去每一页皇历的时候，永远跳动着一颗坚毅果敢的创造的心……

2009 年 12 月 31 日

朗读者

昨晚看了一部电影，片名《朗读者》，觉得还有意思，那个女主角有个癖好，喜欢听别人朗读各种文学作品。大致内容如下：

故事发生在1955年的德国，一个15岁的男孩在回家的路上突发重病，一位很成熟至少大他10岁以上的女人帮助了他，他病好后去看她，她让他帮她搓煤球，后来那男孩洗澡，然后就是大家都晓得但又不好说的故事了……这样他们保持了一个夏天的暧昧……女人让那男孩每天都给她朗读文学作品，日复一日……后来女人失踪了，那男孩很苦恼，男孩是学法律的，一次偶然的机会，男孩参加海德大审判的旁听，他发现那个他思念的女人居然是法庭的被告，她被指控“二战”期间参加了纳粹党，并在做奥斯威辛集中营看守工作期间蓄意杀人，她们共有六个女看守，每个人每周必须从集中营中选出10个人，然后把她们处死，杀人的动机很简单，因为每天都有新人被关押进来，集中营没有那么多地方接收不断增加的囚犯。这个女人选的人与其他有所不同，她会选那些老弱病残的人然后把她们处死，她把那些有文化的年轻的留下来，好好照看，并且让她们给她朗读文学作品……

这本是个很有人性的女人，但与她同做看守的那几个女人却指控杀人的一切罪行都是这个女人指使的，并公布了她当初签字的一份报告证明如此。该女人在法庭上反驳，经过法官验证笔迹，她最后承认是她指使的，为此其他看守被判4年徒刑，而她被判处终身监禁。那男孩此时回忆起当时他们相处的情景，得出一个结论，这个女人是个文盲……她不认识字，又如何能有签字的笔迹？只是她自己不想说出来而已……

后来这个男孩不断地给那个在狱中服刑的女人寄他朗读的文学作品的磁带，送给她一个录放机，她最爱听的一部小说是*A Lady With A Little Dog*，那个女人就从这个男人的读音中标出每一个字，最后她可以写简短的信给他了，他的磁带与声音伴随着她在狱中度过20个春秋，最后特赦释放的前一周，他去看她，已经满头白发，他说他已经给她找好了一个小房子，并可以做一份工作，那个外边的世界对于她来说是恐怖的，就在他拿着鲜花去接她出狱的前一天晚上，那个女人踩着她那些心爱的磁带上吊自杀了……

她给他留下一个小小的破旧钱罐，并一份简短的遗嘱，嘱咐把她仅有的那7000马克，捐献给“二战”期间被屠害的犹太人的后代……

2009年10月10日

网络品棋

下围棋是一件高雅的事情。琴棋书画四艺的棋犹指围棋。传说尧造围棋以教其子丹朱，后来丹朱善之，可见围棋从诞生的第一天起就是用来教化育人的。

面对尺方棋枰，黑白两色棋子，凝神静气，一切都那么朴素，再佐一杯清茶，与挚友手谈，可谓人生的一个至善境界。

围棋变换无穷，蕴含了生与死、得与舍、悲与欢、沉与浮、愚与智、胜与败、忍与发、整体与局部等等，故一盘棋就是一个人生的浓缩，这样的比喻并不为过。

我喜欢下围棋，但棋友难觅。烂柯图中描述的进山砍柴，遇仙人下棋的场面也经常会梦到，但斧子好找，却不见仙人。

幸好现在计算机网络发达，什么时间想下棋，打开电脑，二十四小时均可找到对手。

网络里的对手，都会下棋，但有些人的人性修为却大有悖逆棋道者。我喜欢干脆做人，干脆做事，胜亦欣然，败亦可喜的人生境界，黑白之间，锱珠必争，但若大局已去，无力回天，则拱手言败，会更凸显豁达的人生态度。

以下几种人在网络品棋中经常遇到，我给他们起一个漂亮的绰号叫“棋渣”，我想这样的棋品在现实生活中对应其人品大概可归为“人渣”之列：“悔棋者、赖着不认输者、输棋骂人者、靠电脑技术赢棋者……”还有，不写了，懒得理睬这些人。

2009 年 7 月 18 日

蔡锷与小凤仙

我对朋友的理解是：志同道合为朋，故有朋党之说；两情相悦为友，故有李白的“桃花潭水深千尺，不及汪伦送我情”。所以能称得上朋友的人，一定是志同道合，两情相悦的人。适逢风云际会，则可扯旗造反，若天时不顺，亦可相安，畅谈思想，琴棋书画，老守田园，这就是朋友。有人可以成为夫妻，但永远成不了朋友，故有夫妻反目成仇，大难来临各自飞去者，比比皆是。

但目前对朋友一词似乎含义颇广，生人见面，亦称朋友，让人不知所云。而真正的如李白汪伦一样的朋友却有被斥责成“同性恋”的危险，至于蔡锷与小凤仙，更是要被别有用心的人冠以不堪入目的标题进而封杀之。

不谈李白汪伦，单点蔡锷小凤仙。蔡锷一生干了两件大事：一是 1911 年组织昆明“九重起义”，二是 1915 年发动领导讨袁护国战争。而与小凤仙这位红颜知己的交往又为这些铁马冰河的铿锵故事圈点出了一些浪漫气息。小凤仙曾以旅游为名帮助蔡锷逃离袁世凯的监视软禁，小凤仙和蔡锷不仅称得上朋友而且还是知音。

蔡锷曾赠小凤仙诗云：“不信美人终薄命，由来侠女出风尘。”蔡锷将军病逝日本福冈大学医院时，小凤仙获悉噩耗，身披黑纱，写一挽联云：

“九万里南天鹏翼，直上扶摇，怜他忧串余生，萍水相逢成一梦；

十八载北地胭脂，自悲沦落，赢得英雄知己，桃花颜色亦千秋。”

1982 年云南大学教授石鹏飞回上海老家探亲路过长沙时特拜谒蔡锷墓，诗曰：“南天剑起一麾雄，湘水麓山唱大风。十万万人今共拜，知音岂独小桃红。”

每当读诗至此，不禁令人扼腕叹息。

2009 年 7 月 9 日

月光

从布斯坦吃饭回来，很美的月光，心静如水，沉默，一曲老歌，很久以前的老歌，觉得很好听，但现在却突然忘记了这首歌的名字。

突然觉得人生就是短短的一桌盛宴，有开始前的期盼，有盛宴中的品味，有欢聚结束后的惆怅。

今天是普通平常的一个周五，A 国是周末休息日，几家中资公司联谊球赛，我不打球，充当了看客，国外的中国人聚得再多，给我的感觉也是寂寞，是一种脱离了本民族文化的寂寞，这寂寞的感觉往往是一种独自一人深陷敌军百万的空虚寂寥感觉。

比赛后几个朋友相约去吃饭，共十二个怨男悲女，对自己偶尔也要发发狠豪华一点，咬咬牙去布斯坦酒店。这是 A 国很好的一家饭店，是为两年前海合会准备的，几天前我还在这里参加安永会计师事务所举办的一个 A 国新税法研讨会。我们预定的是中餐厅，吃烤鸭。这是一个很大的包间，一个大大的圆桌，感觉像是在人民大会堂开会时摆的那种，桌子中间放了一大盆玫瑰插花，觉得这情调似乎浪费了许多。

玉盘珍馐，自不必说，没有什么特别的感触，远不及在农村劳作一天回来吃沾酱菜来得香甜。喝了两杯红酒，最近吃中药，要戒酒，已经好久不喝了，对喝酒似乎也失去了往日的热情。红酒很好，颜色让人陶醉，只是那种若有所失的陶醉，不知为何的感觉。

吃饭结束了，走出餐厅，进入酒店大厅，金碧辉煌，高大的穹形圆顶的大厅，是伊斯兰风格，靠墙的角落，摆放着能容纳十几个人就座的红格垫子，茶几上放着具有典型宗教文化特色蓝色条纹叫不出名字的摆件。这是祈祷的地方吗？或许不是，或许是。

外边的天气很热，但不潮湿，或许已经习惯了这里的热度，三十八九度却只觉得暖烘烘的，很惆怅的惬意。

坐在车里，享受着沿路的灯光。这是一个很寂寞的国度，人们受某种信仰的制约整日循规蹈矩。街道寂寥，远没有国内的喧嚣热闹，置身这里，仿佛一个被母亲哄睡熟了的婴儿，突然惊醒却发现母亲不在身边的寂寞失落。

车子开得不快，放了一首很悠扬的老歌，忘记了名字。远处天边一弯月亮，很奇怪，很大很低，似乎充满了忧愁，光亮有些黯淡，但很美，总令人想起那些逝去的快乐时光，很遥远的那些……

2009 年 6 月 26 日

梦回故乡

经常梦回故乡。昨天又经历了这样的梦境，梦总是很阴暗的天气，但很宁静，也许故乡在一个人的心中扎根太久了，所以常会萦绕梦中。

故乡是永远的回忆，因为故乡是童年、是年轻的父母亲。而童年已经不再，年轻的父母亲也已经白发斑斑地没有了昔日的伟大和无所不能。父母亲在我的童年记忆中是很伟大的，他们似乎没有克服不了的困难，他们在这群孩子心中就是主心骨，看到他们那坚毅的眼睛，似乎那时，没有他们解决不了的事情，而孩子们看到父母亲那双镇定的眼睛，心情就安逸多了，似乎是一座永远的靠山，这里没有风雨与大浪，有的只是享受那并不富裕的阳光……

随着年龄的增长，突然有一天觉得，那曾经一双看惯了的父母亲的坚毅眼神，变成了一种担心和期盼，那担心是对外部世界的无法掌控和茫然，那眼神中更需要的是你对他们的安慰，那眼神需要从你的安慰中获得一种安全和保证，这时才发现，那曾经年轻的父母亲老了，老得已经只能从儿女的眼神中获得抚慰。

父亲曾经很喜欢喝酒，记得以前在外地每次回家，特别在那数不清的飘雪的冬季，外边已经是万籁俱寂的黑夜，父亲睡得会早些，这时我会经常把晚饭后剩下的一点菜在炭火燃烧正旺的炉子上热起来，当然那时候生活已经好些了，那菜里面会有很香的肉，然后再热上一壶老酒，这时父亲会闻着菜香、酒香说："还想喝？""起来喝点吧！"我会这样简单地回答。父亲就会披上棉衣，坐在炉火前同我一起对饮。父亲喝酒时喜欢谈家事，在他看来，养活这样一大家子是他无比的荣耀，他喜欢谈他对家里每个人的看法，他会谈他的喜怒哀乐，我就这样静静地听他说，时不时会慨叹他的功劳与不易，这时的父亲会越发觉得自己的伟大而满足。从那时起，我觉得父亲尽管是一个普通而平凡的人，但他同样在赞扬面前觉得自己的伟大。

父亲喝酒是从来不需要别人劝酒的。去年春节回家，父亲说自己不能喝了，这时我看看他，顿觉一种凄凉涌上心头，父亲老了，头发花白而凝望满桌的过去不曾有的饭菜而发呆……父亲已经搬到了城里，过上了他曾经向往过的城市的生活，记得他刚搬到城里半年，就得了一场大病，后来好转之后忙不迭地回老家农村去看他那曾经住过多年的房子和放在哥哥家寄存的心爱的曾经饲养过的蜜蜂，那蜜蜂曾经给他带来微薄的经济收入，那蜜蜂曾经一起与他养活这个家……

那个梦还是经常萦绕在我的心头，就在昨天又梦里回到那个小山村，是在晚间吧，先是路过一个低矮而宁静的小房子，院子很干净，门窗紧闭，我知道那是我家邻居刘奶奶的家，在我的童年时期，刘奶奶已经七十多了，那个家在那时就没有年轻人了，很惆怅，梦中的这个小屋代表的是一个永远不可能再有的故事。

接着就是自己的家了，梦中的回家总是显得亲切，似乎很久没有踏上这个小屋的感觉，而家中的人似乎也不知道你这个人还会回来，就这样的心情，开门，踏入屋中，而总是很奇怪，屋里亮着灯，但不见那久别的亲人，空空荡荡，就是这种怅然的失落感觉吧……

如果说现实如梦，那么梦中记述的就是现实。

2009 年 5 月 1 日

随笔人生

昨晚小聚豪饮，吃火锅，热火朝天。今早起来，头晕，难受。令头难受的不是头本身，而是酒。你想痛快，我就让你难受，这就是酒的逻辑。忽然觉得，生命的法则似乎在某些方面扭曲，人们睁开眼睛，就在和时间赛跑，做着手头应做的那些事。有些事情你喜欢做，你在享受着做事情的过程；有些事情你不喜欢做，但又不得不做，似乎在履行一种义务。做了事情，你就有饭吃。原来做事情只是为了吃饭，维系生命必须的营养。

昨天傍晚去海边游泳，照例路过那个街道旁边的大垃圾箱，那里经常有几只瘦弱的猫，依靠垃圾箱生活着。恰巧一只猫蹲在垃圾箱的边缘，抬着头以一种高傲的吃饱后满足的眼神看着我，白白的嘴角沾着一块褐色的灰尘，我打趣地和同行的朋友说：你看这猫的姿态很绅士，但吃完后也不想着用餐巾纸擦擦嘴。此时不禁令我想起在 A 国首都 B 城街头的一幕：那是个春寒料峭的早晨，我和 A 君在街头散步，路旁蹲着一只肥大的猫，表情安详，神态端庄，我说：看，这只猫像个总经理！ A 君端详一会，回答道：嗯，还围了个毛领！

人有人的境界，猫有猫的境界，当你完全陌生于另一个境界时，总觉得自己熟知的境界是伟大的。所以吃饱喝足了的、健康的猫看人的眼神是安详的，它们不因为你是人我是猫而自卑。

记得上周与几个朋友去较远的海滨浴场游泳，前面的弟兄开的是辆宝马车，我们坐的是辆凌志，宝马开得很快，我们被远远抛在后面，开车的老 W 说，一定要跟上他，就加油猛追，这时我给老 W 讲了个故事：一只猪和一只乌鸦坐飞机，空姐过来服务："Hello，Sir，what would you like to drink?" 乌鸦看看空姐说："给爷来杯水！"空姐很生气，但还是给乌鸦倒了杯水。猪看后，也模仿乌鸦的口气对空姐说："给爷也来杯水！"空姐气坏了，把机舱门打开，把乌鸦和猪都轰了下去。在往下落的过程，乌鸦得意地对猪说："傻了吧！爷会飞，你不会！"老 W 听到这里，把车速降了下来，说"我不追宝马了"。充分地了解自身的实力往往能确保你做出的决策是正确的。

但是当你尚不具备某种能力但却很向往时，就要保持雄心积蓄力量。2007 年一句经典草根名言："我终于没能飙得过那辆宝马，眼睁睁看着它在夕阳中绝尘而去，不是我的引擎不好，而是我的车链子掉了！"有自行车飙宝马的雄心，此志应不是区区宝马可比。

昨天看电视，介绍残奥会游泳冠军何军权，不禁令人慨叹良久。他很小的时候由于触电，两个臂膀从根处全部截断，很难想象，就这样只靠两双腿和一个头，就能屡破世界残奥游泳纪录。别人是用手触及终点的，而他只能用头撞！吃饭别人用手，而他只能用脚。就这样一个瘦小可怜的身影，在他的眼神里却看不到悲伤失落，有的只是倔强的对生命的抗争！

人活着就要做事情，做事情就是为了吃饭活着。简单而朴素。人有能动性，因而每个人就翻着花样地活，翻着花样地做事情。活着的含义不在于你偶然中得到多少，而在于你的愿望能计划性地实现多少。幸福来自于达至理想愿望的过程，结果可能是令人失落的。我去爬过黄山，在山脚下总是雄心勃勃摩拳擦掌地去决心俯拾那一级级数不清的台阶，但七个小时到达山顶后，却是一片云雾，清冷而失落，所以说生命的意义应是个过程，而不是一种结果和归宿。结果和归宿只有一个，尘埃落定，大幕悄然合拢。

能够正确理解生与死的人，就是智者，面对生命中的一切艰难与欢乐，他们就会皆平淡于胸。只有平淡于胸，才能跳出五里雾，俯瞰纷纭世界。非风动，亦非幡动，乃心动！用出世之思想，做入世之事情，则凡大事亦小事，凡小事亦大事，举重若轻，举轻若重，则事事皆可做好，愿望即可达成，生命就会更加于过程中绚烂多彩！

2008 年 6 月 5 日

阿曼记事

2008 年 4 月 11 日晚，离开了工作六年多的阿塞拜疆。10 日晚，喝酒道别，有些感伤。结果一问，多数老得不行的老同志，都有此切身经历。大凡在一个地方住久了，就会有一种留恋情结。记得离开阿塞的那个晚上，要好的朋友们都去机场送别了，挥手之间，标志着人生的一个阶段的结束。告别了时光，收获了友谊。这是我当时的感觉。

走得很匆忙，匆忙得来不及写一些道别的话，事过境迁，也难以补上了。想至此，生命何尝又不是如此呢？要活得从容，而不匆忙。

飞机飞起，飞向那个陌生得只知道地图上位置的城市。迪拜转机，已经是 12 日的凌晨了。这个在茫茫戈壁用石油换来的美钞堆积起来的城市，万家灯火，那没有灯火的一线的那边，就是浩瀚的海洋。在这个城市你会有种奇怪的感觉，金钱在膨胀着人们的欲望，同时也编织着人们的色彩斑斓的梦想。而这金钱，只有一个来源，地下滚滚的石油。人类依然是依靠地球活着，而不是自己引以骄傲的不同于其他动物的脑袋。

三个小时的转机，印象深刻的是机场的吃食不错。飞机再次起飞，仅一个小时，空姐的微笑很职业，微笑的背后，似乎让人感受了许多课堂的东西。阿联酋航班很舒爽，椅子可以放平，所以做的梦同在床上做的梦没什么两样。

马斯卡特。海湾城市，很热。进了公司的驻地，还是黎明前的黑暗，这里是几栋乳白色的很精致清洁的小楼，踏入院门，觉得似一种奇怪的花香迎面而来，很陌生，但注定要很熟悉这里。

本来觉得今天是周六，明天周日，可以休息，早晨醒来才知，这里是每周四、周五休息，六、日照常上班。郁闷，下午上班吧。接着就是千篇一律的东西，一个一个地见公司的管理人员、看资料，头晕脑涨，这里的员工有美国人、日本人、印度人、菲律宾人、马来人以及穿白袍戴花帽、穿黑袍戴黑纱头巾的当地人。虽极度陌生，但大家遵循着人类共同的原则——友善。

整日很忙，似乎没头绪，心里有头绪。时间会把陌生变成熟悉，把复杂化为简单。4 月 14 日，为迎接奥运火炬传递，下午早早就去了 28 号火炬手的起跑点。这名火炬手来自我们公司，对了，13 日晚与国内媒体的七名记者热情地共进晚餐，后来大家后悔，原因来自要他们的照片，他们不给，人家也有规则呀。

人们在火炬传递的沿线耐心地等待了一个午后，中间有当地人的舞蹈表演，五星红旗飘扬在异国，又一次感受了祖国强大的力量对国际的辐射，这里也有我们发出的一条微小的、看不见的射线。

火炬传递结束后，看闭幕式演出，那慢悠悠的、排成排的舞蹈表演，让人直觉，这个民族确实崛起于沙漠，一定很热，不宜剧烈的舞蹈动作。

15 日晚喝了顿接风酒，扫去了一天的疲倦。

16 日，开了三个会，一天就几乎过去了。想想明天是休息日，略觉宽松，不过还要办公，工作很有意思，特别是新地方的新工作。

晚上看了部电影，送走了一个回国休假的同事。

然后就是明天，明天也有明天的故事，就留给明天吧……

2008 年 4 月 16 日

于马斯喀特

晨曲

早饭后，上班。天阴阴的，地面上有薄薄的水，昨晚下雨了，风轻柔扑面，有些凉，但春意渐浓。“天街月色凉如水，卧看牵牛织女星。”很奇怪，为什么会突然于行路间想起这两句诗？大概这晨风如月色吧。

晨风让人很轻松。轻松了就会高兴。脚步也迈得格外的高昂。轻松、高兴、高昂，对于人类而言，只是感受，但产生这感受的背后，一定又滋生出了新的希望。春天是个给人以希望的季节，所以要播种。这正如已经吃过了一顿大餐，虽有满足，但犹有失落；随之而来的兴奋就是看到了某日某时，还有一顿大餐可以期待。

寄愉快于每一天，则每一天都是大餐。

2008 年 3 月 14 日

回首六年

今天心情很糟，但没有糟透了。之所以没有糟透，是因为已经习惯于这种糟的心情了。

糟的原因很简单，不舒服。下午在办公室与办主任闲聊，原来，不舒服的人不止我一个，听到这话，我稍觉安慰，人啊，就这样，一个乞丐沿街乞讨，觉得不安，若是一大群乞丐沿街乞讨，那么不安的一定是行人。

晚饭过后。休息一阵子后锻炼，其实本没有锻炼的习惯，总是不舒服了才想到要珍惜一些东西、弥补一些东西。如果能够在很舒服时就养成锻炼的习惯，那么才可以称为好习惯。世界上毕竟能养成所有好习惯的人并不多，否则六亿神州尽舜尧了。锻炼时，总是把音乐声音开得大大的，是一种陶醉或解脱和休息吧。突然间想起了一件事，今天是 2008 年 3 月 4 日。

普通又不普通的一天。普通是今天是周二，明天周三，一样的工作，周而复始；不普通是对于自己。已经在这个异国他乡整整工作了六年了。人生又能有几个六年呢？是非常整装的六年。正是在六年前，2002 年 3 月 3 日晚 11：55 分从北京机场出的海关，由另一个国家转机于次日到达这片土地。还记得初次踏上这片土地时，一切都是那样的陌生，那时已经是深夜了，街道很清冷，见不到行人，住的地方虽然在这个国家首都的市中心，但那高大清冷的住宅里，初次给人的感觉是不安和惶惑，那时我真没有想到在这里会有持续六年的光阴。

经历了很多人和很多事。感觉如进入了五颜六色的超市，商品虽然很多，但能捡到自己购物车里的东西确实有限。即便放入了购物车中，在埋单时，往往还要抛弃一些，至于那些买回去的东西，晚饭过后也就忘记了。虽然有些值得回味也应回味的东西，也不愿多说吧。

突然有了这样的感慨，就要采取一种形式略微纪念一下，今天选择了喝茶，自斟自饮，喝茶不同于饮酒，由于茶味较酒要淡，所以喝茶自然是更淡雅的事情了。喝茶比较简单，烧上一壶热水，不需要其他东西。品着香茗，窗外透进一点淡淡的月光，思绪飘飞起来，忆起六年的海外光阴，是蛮有回味的，最初来到这个国家，便与S君相识，每每周末，闲暇无事，便约S君自下厨房，虽没有东坡先生的厨艺，留不得如“东坡肘子”光耀历史的菜谱，但也可以满足舌尖上的需求。自己做菜，有一个绝对的优点——可以满足自己的口味。经过一番煎炒，自然要美酒相佐，吃饭才更有味道。说是美酒，好心绪是少不了的，即便是一壶下品浊酒，如果心情灿然，那酒也是美的，否则尽管玉液琼浆，也品不出酒美的味道。所以喝酒自然要追求一种境界，而不是酒本身的好坏。有了这种酒方向的指引，喝酒也变得极为简单，不必潜心研究酒的品种，买那种随处可以买到的伏特加，S君是个很性情的人，酒品也是上乘，加上大家都还年轻，喝酒自然不会扭捏谦让，往往一个人搞上半瓶，感觉有那么一点熏熏然，年轻自然气盛，工作踏实卖力，喝酒也踏实卖力，从不掺杂虚假……

六年的光景确实不短了，屈指算来在这个城市的上空，已经至少有40次飞机的起降，这是最最基本的统计，一定高于这个次数，应有接近50次吧，那个漂亮的海湾，总是在灯光闪烁中迎来，怀着一种心情而来，怀着另一种心情而去。

同事们的心情是一样的。每逢周末或节假日，大家都会自发小聚大大放松一下，放松的形式很单调，小酌高歌，最直接的方式。还记得老Z夫人前几天走的情景，欢送一下吧，一人一首歌，最后大家都去了机场，老Z在海外已经工作八年了，夫人临出关时，说：老Z，抱抱吧，大家分明看到了老Z那正统的脸泛起的一丝感伤……

今天下午，暂时无事，看司马迁自序，司马迁其人，与汉武帝相比谁更伟大呢？后来想想，比较是没有意义的，是不同领域里的两个都很伟大的人，但司马迁因为李陵辩解而受武帝之腐刑，从而更加发奋著《史记》，但凡一种单调的生活和一颗忧愤的心会让人成就一番非凡吧。这是自我安慰。

运动锻炼时老 M 在，我给他讲了生活中有一种境界暂且冠名以“驴界”，这是一种辛勤如驴的生活，一个真正的纯粹的驴，高尚的驴的生活，那一定是一头孜孜不倦的拉磨的驴，还会戴上眼罩，大概为了寻求一种心不被物役的境界吧，转啊转啊，永不停止，但你若放它走脱，它一定不知道如何走了。这是驴的悲哀，抑或是驴的幸福。如果是人达至驴的境界，对于渴求享受的人，自然是苦痛无比；对于俯首甘为孺子牛的人，又何尝不是生于忧患的福祚……

已经习惯于某种生活方式的人们，正如这拉磨的驴子，如想有所改变，必须斩断缰绳，去掉眼罩，而且屁股上还要被动地挨上一鞭。做自己想做的事情，摆脱缰绳，这是我回首六年的瞬间捕获……

2008 年 3 月 4 日

走夜路的体会

换了新办公室，习惯也相应改变了。这个办公室离我的住处很近，只有 5 到 10 分钟的距离，如果快一点走，走近路，约 5 分钟；如果想休闲遛弯，10 分钟也就足够了。新的习惯形成了，每天晚饭过后，第一件事就是去办公室，一来走走安慰一下跟随多年的胃，二来白天不想干的工作或看的资料晚上可以依靠寂静来帮助解决。

晚饭后天已经黑下来了，我是说除夏天外，因而走走夜路，成为每天的必修课程。说是夜路，其实并不是十分的黑，小街道很少行人，两边是高墙深院，大门上往往会闪烁着灯光，这样，小街的夜路也就变得五色斑斓，人行走起来也就更加的惬意。

人类已经习惯于在阳光下生活，黑暗对于人，似乎总是隐藏着秘密和恐惧。走夜路的人的心理也会发生变化，越是黑暗的地方，越想看个究竟，恐惧感也就油然而生。其实，如果超越了这种恐惧，一脚踏入那黑暗，你就会发现，原来可怖的东西，都是在光明下视而不见的东西。住所到办公室的夜路不会令人产生这样的感觉，是这段不成为夜路的夜路，让我想起了一段真正的夜路时光。

高中读书的三年让人永远难忘。难忘之一就是那真正黑暗的夜。高中学校在县城，距离家乡要三个半小时长途汽车的车程，说是三个半小时，实则由于路况是坑坑洼洼的土路，车开不快的结果，如果下过雨，那么会更坏更糟糕，况且每周只有那么下午的两班，坐车的人就非常之多，像一个挨一个摆在锅里的豆包。吸烟加上讨厌的汽油味道，颠簸中会让人忍不住地呕吐。家乡车站距离家还有十五里路，不通汽车，要步行回家。

冬天从县城学校回家，是最为头疼的事。到乡车站，往往已经晚七点多了，如果有月亮，一定会觉得是上天对夜路之人的恩赐，但多数情况下，面对的都是伸手不见五指。下车后，目送汽车尾灯远去直至路的尽头，那萤火之光也就在心头熄灭。周围是无边的暗夜，觉得头皮发紧，但马上会猛地抖动一下上肢，辨别出方向，大步的前行。只记得那时虽然年纪小，但从不退缩而求家人来接站。

记得第一次走这样的夜路，很深刻的记忆。那是个深秋，同样的伸手不见五指。脚下的路借助星光，是白惨惨的感觉。最让人可怖的是遇到了个岔路，宽窄一样，岔成锐角，伸向远方……人在面临两种无法判断的选择为难时，第一感往往是正确的。我那时不熟悉这路，我选择了第一感，对了。

路两边是深秋的田野，光光的，风忽大忽小。总想回头看看后边，因为像有人或其他什么鬼怪精灵的东西跟来的感觉。这次让人头皮倒竖的东西来自右前方远处的一片坟地：一个圆滚滚的、白花花的东西，飞速向我滚了过来，由远及近，越来越大，我一闪身，从身边唰的一下，滑了过去，我还是没有忘记那空白的大脑仅存的一点探索精神，仔细地看了它一眼，哦，是飘蓬，东北称“扎末棵”，根断了随风飘荡的那种植物。仔细想想，人又何尝不是四处飘荡的蓬草呢?

这次的夜路确实很长，头皮随着逐渐接近家乡的村庄而血液充盈起来。心也逐渐归了位。这次意外是从身后来的。农村的土路尽管还宽，但人在路边经常走的往往就是那么个一肩宽的小路，惨白地镶嵌在那条坑洼不平的大路上。后面有声音传来，我仔细听听，是个骑自行车的人。我担心他撞到我，就站定，闪在小路边，问题发生了，当那人经过我身边时，突然哎呀一声，从自行车上跌落下来……我急忙说句：不要急，慢慢骑！他站起来，声音有些抖，说：吓死我了！我想他一定把我当成鬼了，他那时一定不知道，这个鬼也同样在发抖。他说他是邻村的，决定不骑车了，与我同走这夜路。

特殊的条件下，遇到的人很容易成为志同道合的朋友，因为那暗夜给人以落寞和恐惧，而萍水相逢的暗夜路人，却可以共同抵抗这暗夜的恐惧和落寞。

记得那次到家时，家里已经熄灯了，当母亲为我开门时，我分明看到了这个一身星光的儿子给她带来的那一点惊喜……

2008 年 3 月 3 日

《围棋十诀》与人生哲学

“围棋十诀”由唐代著名国手王积薪所著，词简意深，所论极为中肯，自古以来，为棋家奉为金科玉律，影响所及，遍于海内外。日本棋圣“本因坊”秀策，曾将“围棋十诀”作为自己的座右铭，并用来教授入门弟子。

王积薪为开元、天宝年间翰林院棋待诏。少年时学弈勤奋，每出游必携棋具，随时与人交流棋艺。开元年间，与高手冯汪在太原尉陈九言的“金谷第”中连弈九局，多胜，被推为第一名手。唐薛用弱所著《集异记》中有王在蜀山遇姑妇传授棋艺的故事，是有名的围棋传说之一。王积薪著有《金谷园九局图》一卷（一说徐铉著）、《风池图》一卷、《棋诀》三卷。

王积薪总结的“围棋十诀”是：

一、不得贪胜；

二、入界宜缓；

三、攻彼顾我；

四、弃子争先；

五、舍小就大；

六、逢危须弃；

七、慎勿轻速；

八、动须相应；

九、彼强自保；

十、势孤取和。

第一诀，濑越宪作先生曾改为“贪不得胜”，本质未变，侧重不同，大意是：下围棋不得走不讲道理和过分的棋。着法过分过贪不仅赢不了棋，反而会输得更快更惨。濑越先生认为：局势领先以后则不应再去为赢得更多而去寻隙滋事，这样往往会把局势搞复杂，甚至翻盘，致使输多赢少。

我觉得这句引申到做人，应该尽量低调，低调为的是徐徐发展，不可因招摇而树敌，对已取得的成绩应珍惜其来之不易，对未来的计划应基于现有的基础，不可想空中楼阁之事。

第二诀，“入界宜缓”，意为打入对方阵势要徐徐图之，不求一击而得逞。

人生的过程要经过许多阶段，每个阶段都有可能遇到新的挑战，和新的人打交道，对于新环境的介入要循序渐进，不可急功近利，不可过早暴露自己的最终意图，要保留一些城府。

第三诀，“攻彼顾我”，是指进攻对方时要注意保持节奏，有急有缓，该补自己的棋时要补自己的棋。

积极的人生应该是不断进取，不断提高的过程，只有把自己做得强大，通过勤奋弥补自己的弱点，才能超过别人，也才能赢得竞争的胜利。

第四诀，“弃子争先”，和《棋经》中“宁失数子不失一先”是一个意思，不要因小处纠缠而丧失“先手”的主动。

人生应学会取舍，要看到什么是眼前利益，什么是长远利益，那种一见大盘上涨就盲目买股，一看大盘下跌就急忙割肉跳水的做法是不正确的，关键时候要果断舍弃小的利益，而着眼于长远，把握住事物的远期发展方向，你就可以立足于不败之地。

第五诀，“舍小就大”，围棋中的每一步棋都要面临一次选择，广义地说除了填眼的棋没有价值，所下的每一步棋都会有所得，但是要选价值最大的那步棋走。

生活中会同时遇到很多事情，要学会选择重点，人生也会不断树立许多目标，要选择适合自己的主要目标，屏弃意义较小的牵扯精力的次要目标。

第六诀，“逢危须弃”，《棋经》上讲“善败者不乱”。孙子兵法上也有类似的意思。专指形势不利时，自己的棋已经危险，一味逃跑可能死的会更多，就必须放弃，放弃得越早损失越小。

人生要学会放弃，当弃时必须果断弃之，不要因为还有些割舍不下而犹犹豫豫，这样势必形成“鸡肋”的感觉，食之无味而弃之可惜，因而耽误了时光。人生最大的悲哀莫过于坚持了不该坚持的东西。

第七诀，“慎勿轻速”，是指对局时的态度，不要轻易落子，考虑成熟了再走。也指发动一场鱼死网破式的战斗时，千万要小心，考虑周到了再行动。

面临人生重大选择时，一定要仔细斟酌，至少要放置三天去作决策，多方争取意见，也是确保决策正确性的方法，大决策一旦做出并付诸行动，想返回是不可能的，即便可能也要面临巨大的损失。

第八诀，“动须相应”，意为：下棋时要有全局观念，要全局在胸，明白局部和全局的关系，所落下的棋子前后要有呼应。

人生做事要有全局观念，不可视局一隅，小事往往与其他大事牵连在一起，不可不察，做事要前后连贯，行云流水，进则有度，退则有节，这样才能立于不败之地。

第九诀，“彼强自保”一般在中盘战斗开始以后，或因为抢了实空，或打入对方阵势，或不得不在对方势力范围内有所行动，在对方势强，自己势弱时所采取的对局方针，赶快求活或赶快将孤棋走畅，不要以弱击强。

在利益关系人强势的情况下，要谋求低调自保，积蓄力量，量的积累达到一定的限度，就会引起质的飞跃，你就会变成强势，孙子曰“小敌之坚，大敌之擒也”，意思说力量弱小还争强好胜，最终势必被强大的敌人击垮擒获。人生也是一样。

第十诀，“势孤取和”，这一句和第九句意思差不多，处于劣势状态下，不要奢求不切实际的想法，不要心图侥幸，寄希望于对手出错误，而是争取减少损失，不输就是胜利。

要正确评价自己的实力，做力所能及之事，不可好高骛远，要学会享受已经取得的东西，巩固已有的阵地，安于已经很好的现状也不失一种愉快的人生哲学。

2008 年 1 月 6 日

于巴库

喝酒不可误事

新春佳节，亲人、朋友、同事相聚，难免推杯换盏一下，一是增进亲情友谊，二是活跃气氛，本无可厚非，但凡事都要有度，否则超越了度，就会滋生些不愉快，甚至导致不好的事情发生。喝酒更是这样。

因饮酒过量而误事者，历史上有许许多多的教训，无论是直接的，还是间接的，都应引以为鉴。

风流倜傥的诗仙李白，一次被召见入宫吟诗助兴，此时唐玄宗李隆基与宠妃杨玉环正在沉香亭赏花，李白酒醉而入，借着酒劲命宦官高力士为其磨墨拂纸，即席写就《清平调》三首。应景之作，在李白是毫不费事，正像在一旁侍候的高力士说的：“放屁还没有这样快！”李隆基看了诗很高兴，赐饮。李白续饮更加兴奋，叫高力士为他脱靴，加以奚落。高力士是大太监，天子称他为兄，诸王称他为翁，驸马、宰相还要称他一声公公，何等神气，怎能吃李白这一套，靴是给他脱了，但从此记恨在心。后来他在杨玉环面前捣鬼，把李白的官给罢了。原来李白《清平调之二》诗云：“一枝红艳露凝香，云雨巫山枉断肠，借问汉宫谁得似，可怜飞燕倚新妆。”诗中所用的典故飞燕，是赵飞燕。赵飞燕因貌美受宠于汉成帝，立为皇后。后因淫乱，平帝时废为庶人，自杀。本来李白是用飞燕新妆比喻名花凝香，并没有讽刺杨贵妃的意思；高力士却说诗中的赵飞燕就是指杨贵妃，是故意侮辱她。杨贵妃“恍然大悟”，非常恼火，便在唐明皇面前讲了李白的坏话。

李白是个诗人，未免天真，在用典上不慎重考虑，被人钻了空子，连个闲官翰林都做不成，罢官而去了。但究其原因，还是酒给闹腾的，因此而得罪了小人。

因酒罢官也就罢了，官可以不做，闲云野鹤亦是一种洒脱的生活，但也有因酒而丧命者就是个大悲剧了。

从前齐国有个叫夷射的大臣，奉王命进宫参加聚会，席间就喝多了，但还未到丧失理智的程度，还想着暂时离席到王宫后门放放风，消消酒劲，这后门的守门人是个受过刖刑的人，他向夷射讨杯酒吃，但夷射酒后失言鄙夷地说：“滚，下贱的囚犯怎能配向我讨酒？”本来给人家一碗酒对于夷射来说是举手之劳，但就这样把这个守门人给得罪了。守门人非常愤恨，阴谋陷害。第二天，齐王出宫门，偏巧昨夜下了点小雨，在宫门口形成了一小摊状如便溺物的东西，齐王见后大怒，问守门人，是谁在这里撒尿？守门人一见，机会来了，佯装不知，但确故意支吾着说：“大王，我只记得昨夜夷射从宫中出来，在这里站了一会！”齐王因此下了一道令，以侮君罪把夷射砍头了，这个夷射老第就这样稀里糊涂地丢了脑袋。所以，做人要有心胸，且宁可得罪君子也不要得罪小人。

2008 年 1 月 1 日

附李白《清平调三首》：

清平调之一

云想衣裳花想容，春风拂槛露华浓。
若非群玉山头见，会向瑶台月下逢。

清平调之二

一枝红艳露凝香，云雨巫山枉断肠。
借问汉宫谁得似？可怜飞燕倚新妆。

清平调之三

名花倾国两相欢，长得君王带笑看。
解释春风无限恨，沈香亭北倚阑干。

纪念小军同志

很早就想写篇文章纪念你了，但直到今天才起笔。最初想写首诗歌，诗歌确实有激情，但觉得文字又是苍白的，无法记述这么多细节……

记不清你确切来到我们这个公司的时间了，也记不清你确切离开这个公司的时间，但我清晰记得，你动身回国的那天晚上，笑意朦胧地站在公司宿舍的庭院里，你只是说最近腹部有些不适，吃了阵子面包加牛奶，所以利用这次休假的时间，回国检查一下，但你却最后未能回来……故乡的路总是这样的遥远，这样的路你已经走了多次，回家的心情大抵都是一样的，但这次对于你又有所不同。

知道你病重住院了，许多同事都去看望了你。记得是2006年末回总部开会，会议间歇时在财务部的办公桌上，一位要好的同事对我说：小军病得很重，你看这个……我分明看到四个冰冷的打印小字：四期转肝……但我并未相信。并未相信的我后来愈发不相信这个小单子了，我打电话给你，约时间去医院探望，你的声音还和以前一样，是笑着说的吧，你说没多大问题，目前在化疗，今天刚出院，正往家里赶呢，就别来医院了……从你的声音里，我渐渐忘记了那个小单子。

时间过得很快，大半年过去了，不好的消息陆续传来……是在2007年9月26日吧，我拨通了你的电话，约上午时间去医院看你，电话是你爱人接的，她说你刚刚睡下，我说那不要叫醒他，两个小时后我到医院。我和妻子一同去的，在医院门口的花店，我们精选了一个花篮和一个水果篮，只希望这些欣欣向荣的植物能够滋润你的生命。妻子是位护士，她对我说，你自己上楼看望他吧，这时，从妻子的眼睛里，我分明看到了她再也不愿意看到的她经常要工作面对的那些病人的眼神。

顺着长长的肿瘤病房的走廊，看着一间间病房门上名字，找寻着你，心里想着多和你聊一会天，谈谈项目上的最近新情况，说说安慰的话，这时我觉得这其实并不长的走廊竟是这样的漫长……看到你后，我不禁愕然：你坐在靠墙的椅子上，浮肿的双腿放在病床上，脸已瘦削得大不像你，头发也少了许多……你睁开眼，很吃力、无奈，但还是笑了，说：老大前几天来过；你回来开会吗？住在北京哪里呢？……你又闭上了眼，我分明听得你喘气的声音很急促……我突然间觉得精神突然绷紧，似乎有些寒冷，想好的话却说不出了。这时你又睁开了眼睛，说：你看看我的腿和脚，全都肿了……我含混地说了几句安慰的话，至今我也不记得说了些什么，只是觉得什么也说不出来，你的爱人一直站在你的身边，抚摩着你的头，我抬了抬似乎感觉异样的眼睛，看到了墙角小桌子上摆着的你在项目时，锻炼身体经常听的那部灰色的小录放机……那天你爱人送我出医院时和我说了许多话，她看上去很年轻，很清秀，比你小好几岁吧，长时间的煎熬看得出来面部瘦削了许多，她眼中一直浸着泪水，多次重复着那一句话：你们在外面一定要多多保重身体……

记得那天中午，我拉着妻子到一家不知名的酒馆，喝了许多，说了许多感慨的话……

这个美丽而精彩的世界终究没有挽留住你离去的脚步，那是雾浓霜重的一天，我正值在北京开会，会后参加了会务组织的团队建设游香山，下午在回来的路上，就听到了你悄悄走了的消息，我分明突然想起，这天正是我探望你一个整月后，10月26日。“雾浓霜重红叶染，漫开青黛眼。拥衾五更不知寒，素丝惊落流水窃华年……”这是我那天填的一首词吧！

我把这个消息通过短信传给远在万里之外的项目上的老M，回项目后第一天，接收历史邮件时，我看到老M给全体中方员工发的那个讣告：“小军因病医治无效，已于今天上午在北京医院走了！”这“走了”两个字分明是大大的黑体……

和你告别的人很多，你一生和亲人朋友的离别经历过许多次，但这次是你唯一的一次你在场参加却没有握手和道别的言辞。你的女儿这天似乎并不显得伤心，或许只有十岁刚过的缘故吧，但同事们都感慨，长时间在海外拼命工作换来的却是女儿的疏远冷漠……也是这天大家才知道其实你最初的检查结果你早在第一时间就知晓，应该是那个令人憎恶的小单，但你的内心很平静，平静得让我们觉得你真的没有那么严重……

作业公司的外籍员工为你的家人准备了一封慰问信，大家在那个下午都签上了自己的名字。你的部门重感情的一位外籍大姐，从你的旧照片中，精心地选出了一张，微笑的，正装西服领带照片，放大后，制成了镜框，摆放在一楼接待厅的左侧墙角，那一周，每个人早晨上班时，都会在你的照片前略停脚步，凝视一下你的微笑和那镜架前鲜艳的三只玫瑰花……

昨天是11月26日，你已经走了一个月了，老C昨晚休假回国，例行公事为他饯行，他喝得有点多，他说：小军是个好哥们，他怎么走啦？纪念纪念吧！他端了一盘水果放在你曾住过的屋子里靠墙的桌子上，还有半瓶伏特加，你也是喜欢喝酒但控制力很好的人，老C倒了一杯，高高地扬洒在空中，然后说：要陪哥们喝酒！就又斟了一杯，我们三个人每人喝了一口……最近大家都说，真切地梦到过你！

老M曾写过类似的纪念的文章，你走后，他给大家发了个邮件，公布了这篇文章的博客地址，他再也不想写类似的文章了……我也本不想写，但改变主意的是你吟诵的那首《再别康桥》：

悄悄地你走了，正如你悄悄地来；你挥一挥衣袖，不带走一片云彩……

2007 年 11 月 27 日
于巴库

特别的日子

公元 2007 年 11 月 16 日这一天，是个特别的日子，一是老 M 过生日，上午 10 点收到人事部准备的生日礼物；二是项目部裁员，上午 11 点总裁全体员工大会宣布了消息。晚上项目部酒会，大家酸涩举杯，说了许多肝胆相照的话。

作为项目公司的管理层，我们做了一件不想做但又不得不做的事，首批裁掉资源国当地员工 22 人，外籍员工 4 人。当总裁上午正式宣布裁员消息时，每个人的表情是异样和无奈的。也就是这天，让我又一次想到马克思对资本的那句精彩评论："资本来到世间，每个毛孔都滴着血和肮脏的东西。"二十一世纪的国际资本，虽然已经见不到了资本原始阶段的血和肮脏的东西，但也让人感到了它残酷的一面。

月儿弯弯照九州，几家欢乐几家愁。对于那些平时有准备的、善于学习的、技术水平较高的员工，他们可以很快找到工作。第一个走进我办公室办理辞退手续的员工是老 E：

老 E："I received the dismission notification this afternoon so I would like to complete all procedures and leave the company tomorrow."

"I have heard that you already found the job?" 我问。

老 E："Yes, I found the job opportunity in Mexico, pay per working days as salary package and next week I will leave for there. I prefer to work in our country but it is difficult to find job here." 老 E 很自信，嘴角带着不易觉察的微笑。

A 国是个失业率很高的国家，腐败严重，国民经济各行业被少数垄断，个体发展空间有限，即便是很有名的学者的命运也如同凡人一般。

老 Y 是 A 国卓有名气的地质学家，在世界的同类组织中也挂有几个头衔，他是第二个走进来办理退职手续的：

老 Y："I want to stay in company for several days because I have not fully completed my job. In my office there are some materials and I think some of them are very important so I will put it in archive...I am not going to ask for the salary pay for such days when I stay in company after being notified.”面对这样的请求，没有人会拒绝……

小 I 是库房总监，他的一位近亲在 A 国政府某要害部门任高管，在他接到辞退通知后 1 个小时，他的这位亲戚就给公司总裁打来电话，询问具体情况，请求是否有机会留下来。小 I 见到我时，一脸迷茫：

小 I：“I really surprised when I received the downsizing notification says that my assistant and I will be fired... the warehouse is very important, you could image one drilling bit will cost more than the yearly salary of both of us...if nobody takes care of them, some of materials will lose...”我无法直接告诉他，股东的战略调整要远比钻头命运重要得多……

老 N 是资格最老的员工，以前曾任公司的总经理，他没有直接来办理辞退手续，而是打电话给人事部门：“公司每一部现场资产的位置我都清楚，以前经常加班，有 200 多天的周末加班纪录，公司能否根据劳动法给予补偿……”公司答复：同意。

财务经理 G 目前病休住院，人事部请示是否把辞退通知送达医院，管理层最后决定病愈后再通知吧。

老 K 的上层关系很硬，这一天他失踪了，电话也不开机，没人知道他去了哪里……通知无法按时送到。

小 L 是公司律师，办理离职手续时，向总裁递交了一份准备好的在公司任职的工作肯定，请求总裁是否可以签个字，以便找工作时向用人单位出示，总裁答应了他的请求。

小 A 是位工作不久的姑娘，她请求是否可以工作到 5 天以后，等她的部门经理休假回来后道个别……她离开我办公室时，我分明看到她的眼中浸着泪水……

班车司机被解职了，晚上是他最后一班岗，我感觉到他的情绪很低落……

2007 年 11 月 18 日

“围棋”生命的象征

经常纹枰深思：围棋强大魅力的深层底蕴是什么呢？终于有一天顿悟了其中的

真谛：围棋是生命的象征，它弘扬的是生命的不可抗拒。

从生命的诞生开始，它就面临两种挑战：生存和发展。生存是生命的基本要求，而发展则是生命的顽强表现。

一局棋自始至终都是两种生命生存和发展的对抗。无论黑棋和白棋在布局阶段都力求站稳脚跟，然后快速占领有利于发展的位置，因为生存空间有限，此消彼长，所以这种对抗从一开始就激烈地进行着，中盘战更是黑棋和白棋对抗的升级，生命的不可抗拒在这里体现得淋漓尽致！强烈的打入、精彩的治孤、实地与厚势的抗衡，所有这些都重复着这样一句格言：首先是生存，然后才是发展。官子则是中盘战的尾声，是对边疆势力的进一步巩固和发展。纵观全局，这三个阶段堪称是生命交响乐的三个乐章。

围棋是生命的象征，还可以从它的起源找到证据。据《世本》载：“尧造围棋，丹珠善之。”由此可知围棋起源于上古，那时由于生产力极其低下，人们只能靠棍棒、石块围猎野兽来勉强生存，要么把野兽打死，要么被野兽吃掉。而围棋这远古人类智慧的结晶，不正是这种强烈的生命意识的物化吗？黑白棋的攻杀不正是远古时代人与兽为了生存而搏斗的象征吗？

也许因为围棋给了人们某种启示，自古至今便出现了许许多多视围棋为生命的棋手：有好弈而破家者、有好弈而丢官者、有好弈而丧命者——棋就是他们的生命！他们用围棋向这个世界宣告了生命的不可抗拒！

围棋弘扬的是生命的力量，它代表了人类的一种原始的积极向上的性格，围棋的强大魅力的深层内涵不在于围，而在于生命！

2007 年 10 月 30 日

酒的小传

酒确实是好东西。以前我不这样认为，但现在越发觉得酒的重要性。

酒是生活的一部分。结婚要有酒，办丧事要有酒，聚会要有酒，分别更要有酒。所以古人留下了许多关于酒的名篇：“李白斗酒诗百篇”是说酒对文化的贡献；“醉卧沙场君莫笑，古来征战几人回”是说酒对战争胜败的影响；“劝君更尽一杯酒，西出阳关无故人”是说酒对友谊的重要性；“五花马、千金裘，呼儿将出换美酒，与尔同消万古愁”是说酒还有排忧解愁的作用。

酒，惹人喜欢，但不可酗酒。掌握好火候，是饮酒的艺术。少了，便没有了气氛，多了，几个小时后又要后悔。酒就像情人，既令人思念，又令人有所畏惧。

酒可以调节气氛，增进友谊。不相识的人，几杯过后就可以称兄道弟；相识的人，几杯过后又可以从相识到相知，进而成为挚友。

酒，可以让人豪情顿生，甚至小小的人物，酒后也倍觉自己的高大。

我喜欢饮酒的气氛，但不喜欢没有话题的饮酒，更不喜欢没有朋友的宴饮。“一壶浊酒喜相逢，古今多少事，都付笑谈中”，这首《三国演义》开篇词堪称经典中的经典，酒中有欢乐、忧伤，更有人生的洒脱与世事的沧桑。也许我们今天拥有的一切，为之努力的一切，明天将付诸东流，但唯有酒与友谊，才能使你置于纷纭世事之外，谈笑对之，超然处之，欣然而为之。

2002 年 11 月 11 日

老屋

我再也见不到老屋了。老屋里有我年轻的母亲和儿时的我。

老屋在东北的一个偏僻的农村，在那里留下了我全部的童年、少年和部分青年的时光。老屋是典型的土木结构，共四间，东边是仓房，接着是厨房，西边两间是卧房，说是卧室，实际并没有床，取而代之称为卧榻的是两铺东西大炕，透着浓浓的泥土的芳香。室内很简陋，两片大镜子，供母亲梳妆之用，镜子下面是一个深黄色的柜子，隐隐听母亲说是她出嫁时的嫁妆。这个柜子很大，可以装很多东西，同时又可以做梳妆台。母亲很珍爱这个柜子，每天都要把它擦得很亮，它也对儿时的我有着魔一样的吸引力。记得母亲经常从那里取出一个个打得整整齐齐的大包小包，洗了换，换了洗的，又打得整整齐齐放了回去。我常常想到柜子里面看个究竟，但母亲不许，柜门又那么高，我也只好作罢了。

母亲生了我们九个孩子，家里虽然很拮据，但母亲还是尽量把我们打扮得漂亮一些。哥哥姐姐们不能再穿的衣服，她就重新裁一下，做成我们几个小的能穿的衣服。打补丁时，她都要仔细斟酌一番，说是补丁，最后看来分明是一种点缀。母亲很能干，白天她操持着各种家务，晚上安排我们入睡以后，她就在豆粒大火苗的煤油灯下，为我们做鞋、缝补衣服。记得很多次从梦中醒来，都能看到母亲凑着昏暗的灯光在引线穿针。

母亲有些迷信，小的时候我身体不好，经常感冒、发烧、头痛，母亲就准备些用过的印花，后来听母亲说，小孩子有病，当他睡着时，在头顶烧一张印花，可以除魔去病，灵验得很。但母亲有时也用其他的一些处方，不过都很简单，但却有效，什么用酒擦擦脑门啦、把镇痛片碾碎用白酒泡一下，然后点火加热啦，至今我还记得那苦涩的药味。

母亲没念过书，也不认字，但她每天都把我们的书包收拾得整整齐齐，然后用旧报纸卷两个煮熟的鸡蛋放到书包里，供我们课间之用。记得那时家里生活非常艰苦，整天盼望着能有亲戚到老屋来做客，这样可以享用一次待客的美味。说也奇怪，儿时的我非常易饿，现在还能真切切地想起每次放学回家时，都憧憬着老屋锅里那热气腾腾的豆包和和着黄豆面的玉米饼，那时便觉得那通往老屋的路是那样的漫长。

老屋一天天破旧，我也一天天长大。我上高中了，是大家都羡慕的县城中学。接到录取通知那天，我从来没有见到母亲竟然那样高兴，老屋也随着母亲的情绪而活跃起来。县城离老屋很远很远，先要步行或乘马车，约两个小时，然后是换乘汽车，还要三个小时的路程。那是我第一次远离我的老屋，我永远也不会忘记母亲送我的神情，似高兴，似忧伤，似挂牵……多少次重回老屋，我记不清了，但唯一的感觉，老屋在渐渐地变小，变老。

老屋终于支持不住了，每到夏季，母亲都很担心，雨季来临，外面大下，屋里小下，暴风雨中还有倒塌的危险。在大学三年级的时候，我收到了一封来自老屋的信，哥哥们已经把老屋拉倒了，准备盖一幢新砖房。我真高兴，我真为母亲高兴，她能住到新房了，她不用再为老屋担心了。但我也掠过一丝淡淡的忧伤，我没能最后看一眼我的老屋，甚至没有留下一张老屋的照片，我再也见不到我的老屋了。

2002 年 7 月 28 日

于巴库

体验摩梭人家

2011 年 2 月 16 日，轻装行囊，从丽江古城出发，前往泸沽湖。我们乘坐的是一辆中巴车，同行的只有八个人，包括司机、导游各一名。导游和司机都是摩梭人，特别是导游小伙，身穿黄色摩梭人服装，一路讲起摩梭人风俗习惯，饶有兴趣。

丽江至泸沽湖直线距离并不远，但近三百公里的路程却耗时近八个小时，其中包括一个多小时的午餐时间。山高路远，这是我的印象。一路上共翻越了五座大山，全是盘山路，故车子开不快。第一座山的山谷，是平静的金沙江，由于山路在半山腰，距离江面垂直距离很远，故江水突显平静，俯身看去，金沙江宛若一条凝翠的玉带，横亘谷底，甚是绝美壮丽。

山高奇险，令人有些胆寒，忽然觉得，为何去泸沽湖的游人较少，但风景往往在奇险之处。自从英国人詹姆斯·希尔顿写的《消失的地平线》问世后，越来越多的人探寻这个神秘的世外桃源。

泸沽湖很美，美在寂静、深沉、冷艳……

在泸沽湖这个冷艳的世外桃源周边，居住着几家为数不多的人，他们因为人口太少而不能称为一个民族，而称为“摩梭人”，归为纳西族的一支，但与纳西族有截然不同的风俗习惯。

我们造访一家摩梭人，热情好客是我的印象。主人招待我们八个人，准备了一大桌的摩梭酒菜，共十七道，摩梭人自己酿造的酒和打制的酥油茶令人流连忘返。带有浓郁摩梭人特色的腊肉，称为“猪膘肉”，特别香嫩可口，肥而不腻。猪膘肉是整猪腌制，把猪腹掏空放入香料，然后再缝上，把猪放在通风的架子上风干即可，保存时间最长的猪膘肉据说达到了四十年仍可食用。猪膘肉的多少，往往也是摩梭人家财富的象征……

摩梭人维系着母系社会体制，家中年长的祖母是一家之长，主持家中各项事务。摩梭人不领结婚证，实行走婚。男孩、女孩成年后，经过成人礼，可以开始走婚。女孩到了走婚年龄，家里会给建个花楼，分两层，女孩住在楼上。每个月族里会为成年男女组织篝火晚会，晚会的主要活动是跳舞，通过篝火晚会为青年男女创造互相认识的机会，摩梭舞蹈有固定的舞式，跳完全部姿势也就结束了。姑娘小伙穿插着手牵手跳舞，若有心仪的姑娘，则小伙可扣姑娘手心三下，不多也不能少，姑娘则明白其意，若姑娘同意，则第二天就可以约会了，如果姑娘没有反应，则小伙只能等待下次机会。

走婚是小伙半夜去姑娘家，天明回来。走婚需要带三件东西：刀、肉片、礼帽。刀用来拨开姑娘家的门闩，肉片用来给姑娘家的狗送礼，以免挡道，一般会把肉片塞进松塔里，这样狗闻到肉香却要费时把肉拨弄出来，也就无暇顾及半夜造访的新姑爷了。礼帽用来挂到姑娘的房门前，以示请勿打扰。

生了小孩后，举行认父亲仪式。但孩子由舅舅抚养，父亲没有抚养孩子的义务……一夫一妻的走婚，要维持一生。泸沽湖还有许多古老新奇的故事，需要到大山深处探寻……

2011 年 3 月 1 日

石头

人的一生大抵要经历一些磨难，不是来自社会，就是源于自身。社会的磨难诸如家庭的困苦、战争等自不必说，自身的磨难首当是疾病的困扰了。疾病有先天和后天的诱因，一旦成疾，自是痛苦，但平心静气思来，也是生活的一部分，毕竟生、老、病、死是自然的循环和规律。英文有两个词：enjoy 和 suffer，享受美食用 enjoy，经受病痛用 suffer，如果把经受病痛，也换成 enjoy，自然就是一种积极的应对心态。正如关公刮骨疗毒之际，还能手谈围棋，是何等乐观的洒脱人生！所以有“病由心生，福由心作。心能送命，心能救命”的名言。

对于长期在办公室工作的人来说，亚健康总是会让自己感觉不潇洒。办公室对健康的馈赠之一就是颈椎疾病。长期伏案，总是觉得不是这不自在就是那里不舒服，探究挖掘一下，原来是人类躯干最纤细的地方在作祟。人如果是个酒瓶，那么颈椎就是瓶颈，很细的那种瓶颈。走在街上看着老外，最让人羡慕的是他们脖子脑袋一般粗细，觉得那样的生理结构应该不至于得颈椎病吧……

办公室工作时间长了，脑袋总是涨涨的似乎冰岛尚未喷发的火山，由于这个异国异常的火热温度，即便不工作，烦躁的热也能让你项上圆球着实享受一番。无奈之下只能想着塞外风景，哼着《我爱你塞北的雪》以便自我降温。想想司马迁，精神头又来了。

周末一位同事坐骨神经痛要去做核磁共振，大家都说他自我娇气保养太过，有一点不舒服就要去医院，他还是去了做了核磁，第二天我调侃道：“感觉好多了吧！”

他的状态确实看起来比昨天好，其实核磁的结果还没有出来，但人往往就是心理作用，似乎完结一个心愿，心情自然会好些。早年学习英文看过一篇文章讲一个美国大学女生，总觉得自己有一个毛病所以央求大夫给她开药，大夫给她开了药，她吃了半年最后找大夫说病好了，大夫对她说其实你吃的不是什么药，而是类似药丸的一种食品……

所以很不舒服时往往更需要的是一种心情，良好的心态。这个周末为了找寻自己的心情而同几位朋友跑到一个叫Sur的地方游泳，沙滩很好，但太阳很大，没有树，不会有树荫，唯一能躲藏的地方就是海洋，海水很清，但很咸，一位朋友这样说“不好喝……”，水底下有各种鱼儿往来嬉戏，人便藏在水里，可以躲避沙漠里的阳光。

太阳渐渐落下，人便出水芙蓉般精神起来，徜徉在沙滩上，看见许多金色的螃蟹和人一样悠闲自得，但人见了它们是兴奋，它们见了人是惊慌，惊慌得左右横行偶尔做两个假动作把人晃过然后奋不顾身地蹈入大海……不同的生活环境练就了不同的本领，螃蟹在餐桌上任人宰割但是在海滩上玩人似乎也是它们的强项……

拿上钓竿挂上鱼饵在海边垂钓，那些漂亮的背部长着黑色斑纹的鱼儿便蜂拥而来去抢吃那鱼饵，忽然觉得鱼儿很有献身精神，为了自己的口头爱好竟然不惜牺牲生命，基本上钓竿落下便有鱼儿上钩，也许被钩住的鱼儿尚在咀嚼口中美味忽然骂到这肉里怎么还有鱼刺?

沙滩是金色的，凸起几块石头，白色的，很漂亮，拾起来一看是贝壳压成的那种，拿着不重，因为空隙很多吧。还真有些爱不释手，毕竟石头的年龄要比我们大，索性放尊重些，怀揣和氏璧似的小心翼翼放到车上，搬到住处一同与石头洗个舒服的淋浴，人洗下的是汗水，石头洗下的是泥沙……

2010年5月29日

Snake Coffee

又是辛苦的一周的周末了，两天前，下班后仍在紧张开会的两位同事与我耳语了几句，知道那个据说很有信仰的苦行僧又想方设法琢磨如何打牙祭这件事了。三人一拍即合，就这周末，去happy一下。

什么是信仰？就是口中吃肉心里想着酒肉穿肠过佛祖心中留，最早见《少林寺》和尚吃狗肉。这是个禁酒的国家，但在一些外国人聚集的餐厅还可以喝酒，我们三人来自不同的三个国家，信仰自然不同，老 F 来自当地，按道理是不应该喝酒的，可是该老哥天生喜欢新鲜，什么酒都不拒绝；老 G 来自印度，自不必说，大腹便便，经常自我解嘲说如何的 fat。

印度餐馆，印度餐，消灭了两瓶红酒。老 F 两杯酒下肚，越发可爱，讲了经常去中国而经历酒局的一些城南旧事：诸如自己不经常喝啦，但又禁不住酒香的诱惑啦，不像中国同事经常 cheers 而会自我保护不至于一下喝多啦……在我看来，这些都是他嗜酒的托词。嗜酒比不嗜酒要好，"嗜好"是感兴趣的意思，感兴趣，你就会经常去做那件感兴趣的东西，这样人生就于平淡中活跃起来，英文有个词是：enjoy。所以我喜欢和那些有爱好的人喝酒，没有爱好的人，也就是没有兴趣的人，生活也会因没有兴趣而变得无趣。忽然想起当年乾隆同志游逛苏州狮子林时兴致大发而泼墨"真趣"二字，究其来源就是"真有趣"的大白心里话。

老 G 是印度人，大脑袋，大肚子，环眼。吃得眉飞色舞地讲起了一个印度笑话。说有几个集装箱鲜活螃蟹进口到美国，到达美国港口时发现，有些集装箱内衬有网兜，螃蟹爬不出来，但有几箱没有网兜，螃蟹在极力向上爬，海关官员担心有些螃蟹已经爬出去了因而减少了重量，正在讨论过程中，有一个很有经验的老质监人员胸有成竹地说："请大家不要担心，这几箱没有网兜的螃蟹是印度螃蟹，印度螃蟹和其他国家的螃蟹不同，因为一个螃蟹向上爬，下面会有十个螃蟹给它拽下来……所以谁也爬不上去……"听后愕然……

酒足饭饱埋单走人。恰巧遇见了法国同事老 D，他快 60 岁接近退休了，本来应该长在头顶的毛发却都移了位置跑到了下颚。老 D 的哥哥嫂子来到了这个他工作的国家旅游，寒暄几句，老 D 的老婆，曾经资深的法国女郎诚约我们喝 Coffee，她说是很特别的咖啡——Snake Coffee。Snake 在《圣经・创世纪》中就首先出场：上帝说亚当夏娃不可吃伊甸园中间那棵树结的果实，吃了会如何如何，蛇说扯淡，上帝怕你吃了就变得同他一样聪明，结果夏娃还是听信了谗言，没有按上帝的意思去不可为，偷了善恶树上的果子吃了。接着的故事当然是领导很生气，后果很严重——女人要怀孕生孩子做家务受罪；蛇要用肚子行走以土为食；女人要与蛇为敌，女人捏蛇七寸，蛇咬女人的后脚跟。忽然想起，女人穿高跟鞋是否有防止蛇咬的意思？

言归正传，我以为这"Snake Coffee"真的有蛇参与？原来似乎和我们古老中国的一个成语有关：杯弓蛇影。咖啡师推来一个烧咖啡的车子，点燃火，放上平底咖啡锅，几个高脚杯子，然后在平底锅里放上糖，把糖烧成红色黏稠状，再把杯沿的部分放到糖衣上转个圈，这样杯子边缘的部分就凝成了红色的糖衣，接下来是把咖啡加热，在加热的同时，他在削一个柠檬，这蛇就是来自于这削下来的柠檬皮——是一圈圈地不间断地削下来的柠檬皮，然后拿起一端，提起来，趁着月色和柔和的灯光，则幻化一个蛇的形状，然后在上面浇上一种酒，点燃，这蛇就变成了火蛇，酒、柠檬汁则随着火势滴到咖啡锅里。待咖啡沸腾后，盛到杯子中，然后再加一勺冰激凌，一人一杯，有酒味、糖味、咖啡味、柠檬味……很特别。

老 D 的老婆很健谈，谈的都是一些无聊的故事。

2010 年 3 月 11 日

马尔代夫读书

马不停蹄地北京开会，马不停蹄地休假，马不停蹄地跑到马尔代夫——歇歇马腿。四天的宁静是挤出来的时间。到这个仰望已久的休假圣地歇歇脚。距离赤道只有 4 度，海水变换着颜色：深蓝的是很深的海；浅蓝的是很浅的海。我对那里的浅蓝情有独钟，因为蓝得让人心痛，这心痛二字并不是我的发明创造，早在盛唐时期的李白同志，就曾经写下过：“寒山一带伤心碧。”白话解释为：绿得心痛！银白色的沙滩，柔和的海风，绿油油轻轻摇曳的椰子林，许多各色形态各异的鱼儿，每一条若放在北方的精品鱼缸里，都很称职。

工作久了脑袋会不好用，休息久了脑袋也会不好使。脑袋如机器，运行时间长了要出故障，长时间弃置不用也会出故障。索性填饱肚子，懒懒地躺在椰子树下，银沙滩上，找本闲书随便翻看。看书远远胜过上网，这是我的体验。上网如逛琳琅满目的大商店，而看书则如有目的地去精品屋买东西，虽说都是看，可心态截然不同。上网让人觉得烦躁，看书则能使人安静。

看书累了，索性抛卷在地，纵身跳入海中，做鲨鱼状，俯瞰海底，与彩色的鱼儿和珊瑚嬉戏，嬉戏间忽然悟出个道理：与弱者玩是嬉戏；与强者玩则是冒险，嬉戏与冒险同在一个游戏中，只是角色的变换而已。

人生是嬉戏，亦是冒险。所以有智者云：举重若轻、举轻若重，难得糊涂就是不糊涂。马尔代夫就像个孩子，全然没有凝重的历史，当然也不懂难得糊涂的哲理。

也许是海天一色，纯净自然，符合孩子的天性，糊不糊涂也不必想它，所以在中国三亚拥有同样环境的天涯海角，却是流放过许多不知糊涂的人，把他们放到那里，体验一下海天纯净的孩子感觉，让他们剪掉敏感的神经，糊涂一下，有一个很专业的名词——谪居。

没有历史觅历史。在一个小村庄里名叫 Mango Shop 的小店，淘到了一样宝贝，是一种叫 Mahogany 的木头雕成的木坛坛，花纹精细，据说有六十年的历史，对比一下小店老板的光头脑袋，似乎有几分相似。历史镌刻在坛子上，盛满了糊涂。这是我面对如火夕阳的读书心得。

2009 年 12 月 5 日

椰枣

人们闲得无聊，你看看我，我看看你，发现对方经过一晚的修整，并没有像预期的那样脸上长出青春痘来，故也就实在找不出调侃的目标，对望一会，突然有人似牛顿发现苹果掉下来获得灵感一样说，现在是收获椰枣的季节，我们何不寻他一个小村庄，自己去采摘些，回来下饭？

好主意，good idea 往往引发 action，马上 call 来一个当地朋友，让他在前面催马带路，我们一干人等策马随其后，就这样一个小分队就悄悄出发了。

天气非常炎热，不过早已适应并且有适应逻辑：以我们的耐力，目前在祖国大陆的任何一个地方任何一个季节都会觉得天气如此凉爽，而唯一不能忍受的就是东北那北风那个吹，雪花那个飘……

路程不远，来到了一个村庄。村口一栋古堡，早已斑驳凋蚀得成为一片废墟，不过古堡的形状还在，有那么一点点阳刚的样子。

有当地朋友在，什么事情都安排得妥当。再次感觉当年战火纷飞时我党的群众路线是伟大的制胜法宝。

这是一个很大的椰枣庄园。里面是高耸入云的椰枣林，说高耸入云，是自我谦虚的说法，因为我的个子实在没有椰枣树那么高大。

庄园的老管家是个孟加拉人，皮肤黝黑。在椰枣树的高度面前他应该比我更自卑。男人穿花裙子，他就是这样干的。他非常好客，得知我们来购买椰枣，并想看看如何采摘，他二话没说，就上树了。他是用一种粗绳子，把自己和树松松地拢在一起，然后脚蹬住椰枣树的鱼鳞一样的节，一跳一跳地敏捷地到了树端，绳子悬挂一个编筐，开始采摘成熟的椰枣。采摘椰枣，不能用剪刀，只能用手摘，可能是为了保护椰枣树吧，我也没有具体探究。

世界上有 50 多种椰枣，椰枣营养丰富，号称沙漠面包，三分之二都是糖分，古埃及人视椰枣的出产为丰收的象征，而罗马和希腊人则使用椰枣庆祝胜利和迎接凯旋的将士。那些生活在沙漠里的民族，在没有工业文明之前，一个很常见的生活场景就是靠着骆驼，嘴里嚼着椰枣，在椰林里乘凉。

椰枣据说有利于女人助产，故《古兰经》经书云：朝向你，摇动椰枣树的树干，椰枣落地，你也降生！至于其他功效则很多，如壮阳、强壮心脏、治疗便秘、有助戒酒、减肥、治疗肝病等等，无法一一考证，告诉你包治百病，大抵可以认为是个好东西。

我今天见到了两种椰枣。红的叫“哈尼兹”，黄的叫“哈啦斯”。红的成熟得要早，黄的是每年最后收获的一季，一般在八月份成熟。“哈啦斯”是阿拉伯语“完了”的意思，大意是这一种采摘完，今年的椰枣就收获完毕了。

椰枣树有雌雄之分，一公一母，要人工授粉，母的结椰枣，公的不结任何果实。这也是为什么母的更容易被人关注的原因。据老管家讲，客人们可以按树买这一年的采摘权，买后，任何时间都可以来采摘带走。

天气太热，感受一下就要走了，临行，与老管家及采摘人照两张相，他们太黑，尽管阳光灿烂，我还是开了闪光灯。

2009 年 7 月 10 日

冲浪

人无聊时就想着搞点事情消磨时间，于是乎有了体育。按照马克思他老人家的理论，体育这玩意属于上层建筑，说得直接一点就是温饱之后的产物。

健身强体，然后可以更好地享受温饱，不错，所以我也加入了锻炼的行列。我这个人天生是个懒人，自我觉得稍微比大熊猫要勤快一些，因为熊猫可以被人放在笼子里当宝贝养着，而我不是宝贝，只能自己养活自己，所以没有办法，不能像大熊猫一样睡懒觉。锻炼这事本来离我很遥远，后来觉得卧在床上会做噩梦，坐着会腰酸背痛，想来想去还是活蹦乱跳地去撒撒欢吧。

今天是周末，索性早起去海边游泳。知道有时风浪会大，所以除了带好泳镜之外，又带了跑步用的运动鞋，这样若风高浪急，则可跑步，以实现撒欢的目的。

海很蓝很清洁，从远处看。但听在耳朵里，波涛阵阵，知道鱼翔浅底恐怕行不通了。走近海边，确实如此，波澜壮阔，卷起千堆雪，可惜没有东坡这样的猛人在场，忽然间悟出一个道理，“乱石穿空，惊涛拍岸”的场面比比皆是，可惜没有欣赏之人故而这场面也就不复存在，唯心主义的典型观点，暂时不去想它。

顺着海岸线走，沐浴微凉的海风，通体舒服。忽然看到一对老人，手牵着手，直奔狂涌的大海去冲浪，觉得场面很壮观。

突然回忆起当年在A国也曾有如此场面，与朋友们手牵手去大海冲浪，那时的海浪似乎比今天的要高很多，人要拉得紧，否则就会被这简单的自然力量打倒。记得自己一疏忽，被一个巨浪掀翻，结果把刚刚佩戴的一副新眼镜给石沉大海了。后来我和朋友们调侃，眼镜虽然永久沉没，但产生了相当高的历史意义，若干千万年后，浪淘沙般地被考古人员发现，经过仔细研究，得出结论：千万年前，人类的眼睛都不好使，要佩戴两个圆东西，可见那时的人类除了会用火以外，还会用这东西保护眼睛，更具有意义的是，我的眼镜上印有：Made in China，据此未来的考古学者们可以断定，这一片异国海岸，都属于那个传说中的古老中国的领土！无意间让中国的海域扩大很多，虽丢失眼镜，但我心甚慰。

2009年7月9日

傍水人家

刚从湘西回来，很累。休息两天后，觉得还是不能辜负吉林的蓝天白云，正在无聊之时，一个电话打了进来，原来是老安，湘西之行他与我同去，现在又是在家休假，偏巧我们又同居一个城市，且住地相互距离并不遥远，想必他也是无聊，故打来电话约我踏青龙潭山，赏吟东北的蓝天、白云、清风，好时光，要好好消磨才是。

龙潭山，地处吉林市的东北部，太阳升起时，总能第一眼见到她的身影。一条很有名的河在龙潭山的脚下流淌而过，这就是松花江。松花江的水很清，有数不清的野鸭经常在江上呼啸而过，然后娉婷地落在江中心的无名小洲上，悠闲地梳理着羽毛，等待下一次痛畅的飞翔。松花江在吉林市区流成一个“欧姆”符号形状，这样吉林便有两个江南江北，无聊的人们也会有更多的水域去面对发呆。吉林是满语，老船厂的意思。老安的父亲是满族，母亲是汉族，在老安的身上，体现了民族的大融合。

龙潭山并不高，但早在公元前就有人类的活动踪迹。这群人类是高句丽人，目前在龙潭山还留有水牢和旱牢的遗迹，水牢是蓄水池，旱涝水位不变，旱牢是羁押犯人的掘地监狱。到达山顶，可以鸟瞰吉林全市。龙潭山树木繁茂，四季景致不同，颜色更不一样，特别是秋季，漫山红叶，远比北京香山的红叶要好看上几倍还多。

老安与我翻过龙潭山，到达了南坡，坡底的林间小路让人觉得心情舒畅。看看已过上午十点钟，老安提议去他父亲家吃午饭，体验农村的“故人具鸡黍，邀我至田家”情趣。车驶出吉林市区，远去了城市的喧闹，头脑也慢慢地静了下来，得以很惬意地去欣赏路两边的美景。目的地是江密峰，在吉林市的东郊以东，是有名的鱼米之乡。这里出产的大米很好吃，即便没有菜，也能好好地吃上两碗。

人们往往忽略身边美好的东西，我也是一样，久居家乡，还第一次感受家乡之美。路两边的青山绿水，还有青山与绿水之间的平整的稻田，如诗画江南一般，我去过苏杭的江南，那里确实很美，但江南多雾和小雨，感觉那种美是蒙了一层很厚的纱，而吉林之美却是澄澈透明的，蓝天是瓦蓝的颜色，飘荡着大朵的各种形状的白云，和着微风，很悠闲地游荡着。稻田被方方正正地划成小块，以便自成蓄水单元，稻苗油绿惹眼，远处星星点点有几人在插秧，仔细认真，好像在摆弄襁褓里的孩子。这里的河是松花江的一个支流，叫牤牛河，水流急但清澈见底，有很多的鱼穿来穿去，似乎不习惯这如此清澈的水。

“到村子了，我们先去村头小饭店，搞几个下酒菜！”老安如是说。酒馆很干净，几个人在里面坐着，不是顾客而是饭店的主人，见我们进来，很热情地打着招呼，他们都是老安的本家。“二姐，给我好好弄四个菜，送到我家里去！”老安挺了挺胸脯这样说道。此时听到这样一句话，倏忽间想起常看的江湖书中经常出现的一幕：店小二，给我来二斤上好牛肉，一壶好酒！

安老丈家四间青瓦红砖房。背后靠山，前面临水，房前后都有一个见方的与房同长的小菜园。房前的菜园积了些农家肥，后院收拾整洁，各种菜蔬生气蓬勃。左边房跟下是一堆叠放齐整的木板子，烧火之用，散发着松木油的清香，右边是几只鸡雏，用不高的小栅栏圈着，鸡雏们啄着地上的碎米，叽叽喳喳。一只小京巴狗，白色的毛，由于淘气，身上沾了些尘土，在脚下钻来钻去，时不时地抬头看看人们，龇着不太整齐的小白牙，摇着尾巴似乎在和你说笑。“它怀孕了！”老安指着小白狗说。房前右侧栓了一只大狗，在那里吠叫着，好像在嫉妒小白狗的自由。

安老丈面色红润，虽已年近七旬，但谈起桑农之事仍让人不禁想起当年满八旗入主中原时的豪气。安母面色慈祥，健康，老两口退休后搬家到这里，种些时令蔬菜，专供自家。

饭菜还未送来，索性利用这个间隙走出安府，沿着牤牛河走了一段，远处青山叠翠，不突兀，但形态各异。稍后折回去村后的后山，沿着一条山谷逐步而上，小村庄则远远地跑到了脚的下方，山上布满了可以养蚕的林木，村民们便在山上养起蚕来。空气异常清新，吸入半口就足够几步之用。各种虫儿此起彼伏地小声鸣叫着，搅闹得这深山越发宁静。

午饭备齐了，就落座在正厅的中间，前后有窗，可以望见屋后的青山与屋前的绿水。安老丈很高兴我们的造访，拿出一瓶上好白酒，说是两年前老安带回来的，一直放在柜子里没有动。安老丈很健谈，酒量也好。觥筹间回忆了自己的青年时代。安老丈年轻时参过军，曾成为部队里的“五好战士”，和安母结识恋爱后，由于安母的成分是地主，“五好战士”的光荣头衔也就自然被免掉了，那个讲究阶级斗争的年代，界限是绝对要划清楚的，否则斗争者就要变成被斗争者。安老丈也解释了为什么没有与地主成分的安母划清阵营，安母当年的一个惊人之举折服了安老丈：安母背着去世的父亲的遗体跋涉了几天最后到老家下葬。是传统的美德感动了安老丈使这两位老人风雨同舟到今天。听到这里，刚从湘西回来，听过赶尸传奇的我不禁对面前这位平静的老母亲肃然起敬。

话题一转，安老丈谈到了他的雄心：“我要弄个大棚，保证在冬天也能吃到自家的蔬菜，可是孩子们不同意！”我望了望老安，安母接过话题说孩子们主要考虑年龄大了，怕我们累着。我劝了劝老安，老安也表示不再阻拦。

酒后没有告别的话就离开了，那个龇牙的小狗从大门的缝隙里挤出，带着一双渴望远行的眼神跟着我们，老安呵斥了几回它还是远远地跟着，最后没有办法只得返回把它关在屋子里。

沿着绕村而过的牤牛河，看到一邻居微微驼背的老者正在一座新宅子前面翻沙子，老安说该老人已经九十多岁了，我们走向前攀谈了几句家乡话，从老者浑浊的目光中已经扑面感受到了那九十年风雨岁月的雕琢痕迹。

晚间老安打来电话说安老丈喝多了，睡了一个下午。稍后我给老安发了一个手机短信，写了一首小诗《田园小憩》："老丈邀我一杯酒，青山满怀话桑麻。胜景不期家乡有，何必千里赴湘西。"

2009 年 5 月 27 日

曾经这样过年

年，是一个特殊的日子，似去年但又不同。今天又是一个崭新的年。

早晨睡梦中模糊醒来，突然想起又是一个让人憧憬和欣喜的年了。记忆突然飞回到过去，岁月虽然久远，但记忆终难抹去。那是许多个逝去的年摞成的记忆。

只记得自己那时很小，东北农村的土炕很大，自己趴在上面，有如今天徜徉在九百六十万平方公里的祖国版图上。那炕是很有魅力的。席子是编出的花，那时睡觉没有褥子，直接躺在那席子上，早晨起来，后背会印出和席子一样的花纹，但那纹路是反向的。我对那席子很有感情，记忆也往往深刻。席子是用高粱秸秆做材料的，要选那种长得比较标志的高粱秸秆：长长的、秸秆均匀、含有一定水分的、没有虫蛀、青中微泛黄色，符合这些条件，方可入选。编席子往往是准备新年时用。在年前的一个月左右，就开始动工了，在东北农村，能编席子可是一件让人羡慕的手艺，至少我很羡慕编席子的人。秸秆选好了，下一步就是要把秸秆上的叶子剃光，看着那剃得光光的一捆捆秸秆，觉得对生活的祈盼是从新的东西开始的。接下来要用一种头是三片刀叶的三刃刀把秸秆刨开均匀的三棱状，然后把这些刨开的秸秆浸泡在一个盛满水的大缸中，或者叠放在一起，然后在上面浇足水，为的是把刨开的秸秆泡软。经过一天后的浸泡，就可以开始下一步工序了。下一步工序应有些技术含量了，就是要把秸秆的瓤刮掉，刮成篾子，要薄薄的，记得二哥经常干这个活，天气很冷，他坐在小板凳上，脚下是一大堆刮下来的掺和着冰碴的秸秆瓤，那时我觉得他很坚韧、能够不动声色地忍受那寒冷和艰苦。

编席子是快乐的，特别已经编出很大一片时。小孩子们会在那已经编成的一片上尽情玩耍。父亲和父亲的大伯是这方面的能手。他们的手很粗糙，不怕那细细的竹篾割破手指。他们很熟练，脸上泼洒着自信，那时我觉得他们真的很伟大，说什么话我认为都是正确的，尽管那时还不觉得，但现在想来，他们分明在编织着一个希望和未来……新席子铺到炕上，会欣喜地躺在上面享受那篾子发出的清香，尽管会有些毛刺，但也不管那么多了，在那时的小孩子心中，轰轰烈烈的年也就从铺新席子的一刹那开始了，接下来就是期盼……

随着席子的泛黄，年也离我们越来越近了。席子的泛黄是火炕烤的，还有睡在炕上人们的脊背的碾磨。家里尊卑长幼的排列是按照炕头及炕稍的顺序来的，东北的农村的冬天很冷，那炕头又很热，所以要留给长辈，记得小时候我经常睡在炕稍，那里很凉，需要自己的体温才能把席子捂热，当大人们起得早后，偶尔可以享受一下炕头的温暖。当生病时，大人们也会把炕头腾出来，人间的温情和这暖暖的炕是分不开的。

年往往会和寒冷同时造访那个小村庄。村庄在大雪的倾覆下小的可怜，似乎一切都埋在雪里，寒冷无所不在。早晨起来，让人心动的是那窗户上印着的窗花，有树叶、有花朵、有苍松，还有山峦……我接触的人生的最初艺术，就来源于这东北严冬下的窗花。这时会留恋一会那经过一晚用体温温暖的被窝，然后突然跃起，光着身子，穿上冰冷的衣服，然后奔向那洁白的窗花，用口中的热气，暖出一小块明亮来，眯起一只眼，看看外边的世界，洁白的没有其他东西的世界……

伴随寒冷，年味越来越足了，要打扫屋子，这往往是母亲主管的工作。房间的打扫不是简单地把灰尘扫地出门，因为是土房，所以要找些新报纸把发黄的墙糊上。有许多个年我承担了这项光荣而艰巨的任务。很早就要打好一大盆白面糨糊，过去细粮很少，一般会用玉米面煮成糨糊，然后开始一张一张地排得整整齐齐地把报纸或拆开的书页糊在墙上，只觉得那时的时光很美好，姐姐们会一边干活，一边给你读墙上糊的东西。记得高玉宝和周扒皮等故事最早就是那时候得知的。姐姐们平时会积攒一些花花绿绿的彩色图页，大多数是烟盒的包装或其他什么的包装及图书插图等，她们会把这些糊在炕的里边窗户的下面墙上，有时也糊在炕头及炕稍的两面下半部的墙壁，现在回想起来，这或许是最质朴的装修吧。这项工作一般要持续一整天，腰酸背痛的一天下来，一切都收拾停当，站在屋子中间，豁然开朗，觉得劳动是让人欣喜的一件事情。

新鲜的墙壁，满屋子弥漫纸的芬芳，接下来就是贴年画了。当然年画是从很远的集镇上买来，购置年货也是小孩子们最热切和向往的事了。糖果、冻梨、爆竹、年画、蔬菜、香烟、鱼，这些都是一年内不常见的东西，有些还是第一次见到。大人们会时刻不停地计算着兜里的为数很少的钱，如果是哥哥或姐姐们领头去的，他们还要承担买不好东西而受父母责备的风险。虽然是很谨慎小心的采购，数量也不多，但那些新奇的东西，足可以让小孩子们兴奋一阵子了。贴年画是令人兴奋的事。

如果采购年画的人参与粘贴，他会不断地夸耀这年画买得如何的艺术，如何的漂亮，如何的便宜，等等。那时的年画都是很质朴的故事：西游记啦，红楼梦啦，三国故事啦，红灯记啦……我还能记得一幅年画的名字“满目青山夕照明”，是一副印着周总理像的年画，背景是长城和夕阳，那微笑和红红的夕阳、巍峨的长城是一幅永远难以忘怀的画卷。

瓜子、冻梨、饺子是对年的记忆。童年是艰苦的，我还记得经常给别人讲的一个亲身经历和感受。那是一天放学，肚子里很饿，憧憬着锅里能有非常好吃的饭菜。那是一个非年节的平常的日子，脚步很沉重，离家越来越近了，突然听到了家里传出很响亮的菜刀剁东西的声音，心中忽然涌出饺子的形象，啊母亲一定在剁馅包饺子，想到这里，高兴地猛地跑了起来，冲到屋子里……屋里依旧清冷，是母亲在剁猪菜……在过去，吃饺子只能等到过年了，所以小孩们祈盼这个年的来临。炒瓜子、吃冻梨也是我对童年经历过年的印象。在过年的那几天，天天晚上都要炒瓜子，记得我母亲曾给我缝两个大大的口袋，分布在棉袄大襟的两面，每当瓜子出锅，我就装得满满的，并且舍不得吃这个积蓄，而是等到把大家共用的瓜子嗑光了才去一点点品尝那积蓄，姐妹们这时会央求你给他们一点，我则会高昂着头，判断平常他们对我的好处，决定是否施舍他们一点，那时我就体验到了，给永远比拿愉快！冻梨是晚上才吃，要用凉水浣上半个到一个小时左右，外边会结成冰，里面就是化开的冻梨了，味道凉爽清新，是一种遥远的感觉……

杀猪是春节的大餐。杀猪的策划很长一段时间就开始了，猪被指定，故要给予特殊的照顾，给好的吃食，以便能在短期内胖起来。杀猪的前夜，一般操刀手和帮忙的人要聚一下，研究一下时间，具体事宜等。君子远庖厨也。只记得童年的时候很同情那猪，一般在几天前会经常去看它，看着它那安详的眼神及不慌不忙的咀嚼，觉得有些心酸。杀猪的早晨常常是阴冷的，是我的记忆，那时往往拉着小妹跑出家，远远地躲出去，因为不忍心看那猪的令人伤心的哭声和那血腥的场面……待哀号声消沉时才心情异样地走回家，猪躺在那里，像睡熟了一样。猪肉还是香的，当然要请村子里的一些关系较好的亲戚朋友来吃猪肉，由于一年也很少看见肉，所以那一天会吃得太多，以至于几天之内都不想那肥肥的猪肉了。鲜猪肉怎么办呢？去河里刨冰，把猪肉冻起来留着过年。

贴春联是过年的一个主要内容。最早是父亲写春联，然后是大哥。记得大哥上学走后，我们很盼望他放寒假回家，因为大哥在城市里读书，每每回来，都会有一个鼓鼓的小包，那里边在我的记忆中装满了许多我第一次见到的新奇的东西，有吃的、有玩的。大哥对我们很好，我盼望着他和他的那个神秘的包裹，那包裹盛满了城市的神秘，就是那时，我知道我熟知的农村世界之外，还有我完全陌生的城市。大哥的毛笔字写得很好，每年的春联都是他写，他有一本春联的书，照着书写春联，还有他的手很精巧，会刻挂签，五颜六色，图案各异，满眼的春天气息。后来大哥工作很少回来过年了，父母那时总是很失落，我们也感觉丢失了什么，特别是看不到那些神秘的包裹了。“你大哥今年又不回来了，也没有人写春联了！”记得一年父亲很伤感地这样说。那时我已经长大了，在读高中，“我来写！”我这样说，现在觉得那时这三个字说得很勇敢坚定。后来我写春联的水平已经很高了，并且不用大哥曾经用过的那本写满春联的书，一切春联都是自己随感而出的，村里也有很多人求我写春联，我都很热情地给他们写完，要不停地写两天。很累，感觉很好。刻挂签的工作也由自己来承担，自己设计图案，然后自己磨刻刀，一刀一刀地刻自己的心情……

年的气氛是逐渐增加的，年味在三十那天晚上达到最浓。放鞭炮是我童年最盼望的年的感受了，还有那午夜在院子里燃烧的篝火，以及父母会默默地烧一些纸钱祭奠逝去的亲人。那红红的鞭炮的炸响，闪着红光，在夜空中绽放，还有那热气腾腾的饺子，这一切过去时，是真正的大年初一了，不知怎么早晨起来，看着满地的鞭炮炸响后的落红，会很失落……美好的永远易逝，这是我对年的特殊感觉。

2009 年 1 月 25 日
于马斯喀特

记 Z 君

我与 Z 君第一次谋面是在最近一次国内会议期间。一个很干净的小城市、金秋、国际饭店，叶子簌簌而落的白桦林和整齐的梧桐之间簇拥的一条悠远的小路。凉爽的深秋一扫几天前国外燥热的疲惫。

“D 国怎么样？”我问。“很美丽，但只限于蓝天！”Z 君微微皱眉但很快舒展开来。“我真正体验到了，什么是原始社会！”Z 君个头高挑，皮肤略黑，大眼浓眉，极富棱角，标准的东方帅气小伙，但已经有了八年的海外工作经历，这次被调入了 D 国工作。

Z君有些口音重，但我没有问及他的家乡。“初到D国……”Z君接着说：“飞机降落时，透过舷窗，只见几点灯火，仿佛到了一个小得不能再小的一个村落，意识间觉得似乎还在飞行，但空姐说D国首都到了，地面温度……”“这里就是原始社会，走在街上，人们似乎一丝不挂，大家看着我似乎很新奇，眼中仿佛说，怎么穿这么多？说是首都，其实是一个村庄，唯一的几盏电灯是先进的柴油机发的电，这是他们和现代文明的唯一通道。首都的大街都是泥泞小路，每逢下雨，人们就在坑洼的蓄水处嬉水打闹，可知这个国度的幸福指数很高……”

“鱼和肉是直接放在地面上出售，上面不断有苍蝇和蚂蚁在搞勘探和开发……下锅之前，要把它们摘除，很费功夫……”Z君皱皱眉头，似乎这是他说话过程中的唯一不快之处。

“这个国家的人民很有经济头脑，和我们谈合同，最大的大老板要直接出面谈判，会后也不会忘记问一些打折的事情。但由于常年和冬瓜打交道，所以似乎对合同条款等问题并不感兴趣，当谈及合同合作期限问题时，他们说，年限你们看着定吧。他们坚信主赐给他们的自然馈赠是取之不竭的。”Z君说到这里，眼睛狡黠地一闪，“既然这样，我们会后简单讨论一下，本着互惠互利、长久合作的原则，很快地抛出世纪百年的期限方案，理论依据是世界历史上曾经有过的百年契约先例。就这样在一个主眷顾的充满信仰的国度，主同样眷顾了我们。”

“找当地雇员很难。”Z君唏嘘了一下，“后来我们明白了其中的原因，我们雇用到的一个最优秀的当地雇员，经过了一个月的培训，能够胜任发传真这一工作了，我们给他编写了一个似乎很复杂的操作手册：

Step One, Press One

Step Two,Press Two”

… …

那个夜晚，我的梦仿佛飞到了那个可爱的国度，见到了那个可爱的当地同事，他正手持操作手册，认真地口中喃喃道：

Step One, Press One

Step Two,Press Two

2008年12月5日

Salalah 之旅

阿曼是一个极度缺少淡水和绿色的国度。极度缺少的东西，一定会成为最珍贵的东西，也会成为人们热衷追逐的东西。这次旅行就是从这一点开始的。

（一）复兴节

7 月 23 日是阿曼苏丹王国的复兴节。24、25 日是周四、周五，是这个伊斯兰国家的周末休息日。这样放在一起，就可以有充足的时间去追逐司空见惯的生活以外的东西了。复兴节（Renaissance Day），不是宗教节日，而是阿曼王国从此复兴的里程碑式的纪念日。1970 年 7 月 23 日，卡布斯国王接替其父亲的王位建立了现在的政府，卡布斯年轻的时候，曾经在英国学习并在英国陆军服过一年的兵役，之后游历各国。回国后花费六年的时间在故乡 Salalah 研究阿曼历史及伊斯兰教。但是他没有建立一个政教合一的国家。不得不承认，宗教能够给人们一种精神上的寄托，因为面对苦辣人生，人们的精神往往是无所托付的。但宗教可寄托于国家，国家不可以寄托于宗教。恩格斯在《反杜林论》中阐述了宗教的本质：“一切宗教都不过是支配着人们日常生活的外部力量在人们头脑中的幻想的反映，在这种反映中，人间的力量采取了超人间的力量的形式。”当科技和社会发展到能够摆脱人类自身设置的局限而充分自由时，宗教也会逐渐淡出历史。因为那时，人们的所有理想都不会为人类自身设置的旧秩序所局限和束缚，人类所需要克服与自然抗争的关系也会极为明白与合理。

阿曼人民非常爱戴他们的国王卡布斯。23 日晚，浏览当地报纸，头版一个栏目的标题为：“A day to rejoice and relish”其中有这样一段话：

“The legend of Oman is a clear proof of how hard His Majesty the Sultan has worked all these years to fulfill a promise he made to his people in 1970…Take a look at how journey had started: The country had just one hospital and only three schools in a society that remained averse to change and progress. There was nothing that could be called infrastructure and people suffered great hardships in their daily lives...”

受敬仰的人，一定是踏踏实实地从每一件小事开始他受敬仰历程的人。做好每一件普通而繁杂的小事，你的精神就会有所寄托。

（二）天路之旅

Salalah，阿曼人民心目中绿色的代名词。位于阿拉伯半岛的东南角，印度洋的北海岸。从首都马斯卡特到这里，要一小时二十分钟的飞机行程。航程较短，并不觉得疲倦。透过飞机的舷窗俯视大地，依旧黄沙漫漫的戈壁大漠，令人眼睛疲惫。索性闭上眼睛，回忆一些值得回忆的事情。

飞机开始下降，无意间扫了一眼窗外，惊诧而欣喜：在那无尽黄色的一线，是绿色的突然开始，天空白云朵朵，云朵间缝隙很大，是那种白云千载空悠悠的感觉。再仔细凝视一下那大地的绿，不禁令人想起王羲之的《兰亭集序》中的一段："此处有崇山峻岭，茂林修竹，清流急湍，映带左右……"

（三）西尔顿听潮

下榻 Hilton 饭店。这是一家濒临印度洋海岸的五星级饭店，豪华的东西往往因一致的豪华而失去特色。椰子树、蓝色的室外游泳池、白色的晒阳躺椅，使人联想到了慵懒。循着波涛声缓步而来，是一片广阔的通向两边天际的银沙滩，那边就是那不染人间铅华的大海，沧海给予人类的不仅是蔚蓝，而且还有广博与豁达…

烤肉加百威啤酒。小饮后草草睡下。午夜，在一种持续的声音中猛然醒来，看看表，尚不到四点，透明的窗纱之外，已现一丝白色。侧耳那声音，打开阳台的门，哦，是大海，是她在纵情地嬉闹，索性开着阳台的门，躺在床上，让那海的嬉闹声挤进来：如千军万马的战阵厮杀，如万丈高楼的顷刻崩塌，如呼吸，如吐纳……心情亦如潮，挥笔写下《满江红 · Salalah 听潮》："月海欲困，远梦处，异域关山。骤惊起，万马齐啸，苦战犹酣。长天抛洒冰和雪，大地怒拔刀与剑。且相持，裂目对寇仇，突袭现。和衣起，梦已迁。思青史，英雄见。子胥忠，潮头遗恨君面。诸葛周郎赤壁血，元璋友谅鄱阳帆。皆去矣，红日新山河，谈笑看。"

（四）Mareef 洞

期待清晨的海上日出，云厚，没有如愿。越野大吉普，去也门边境，因大雾安全考虑行程未到一半而空返。

去 Mareef 洞。其实不是想象中的洞，或者只能说是半个洞，实则是威立于海边的峭崖，崖下半部凹陷于山中，上部突出如盖，面对大海，人在崖下走，如置身洞中，故得名曰洞。海面无风，但浪很大，海岸边的礁石被海水经过千万年的冲刷，穿出许多大大小小的洞口，一波海浪过来，水就从地面的小洞里喷射出来，形成一个个大大小小的喷泉，直冲蓝天，如利剑愤然出鞘，一声怒吼，刺向青天……回首峭壁旁，立有一碑，红色的字迹清晰可见：

MareefCave

Nothing to take but memories

Nothing to leave but footprint

"带走的只是记忆，留下的只有脚印。"

（五）Khareef 的礼物

绿色，是生命的颜色。有了她，地球就不再寂寞。看惯了漫漫黄沙，那绿色会更珍贵，这珍贵会留存在想象中、记忆里。

车顺着山势往上行进，茫茫的戈壁取而代之的是小小的灌木丛和那徜徉在马路中间的骆驼。前行，灌木丛逐渐高大起来，路上的车也渐渐多了起来，可以想象出，前面一定会有令人欣喜和值得追寻的东西。转过山坳，哦，空气突然变得凉爽，且有薄薄的雾气在蒸腾，地上也渐渐变得绿了起来。穿白褂黑袍的人们三五成群地席地而坐，嬉戏、野餐，有的干脆躺在那里放平了睡觉。

车前行，雾气很浓，似小小的毛毛雨，车窗不得不开启雨刷。那不是雨，那是雾气里凝结的水汽，是 Khareef。

Khareef，是阿拉伯口语，指阿曼南部东南方向吹来的季风。Khareef 在每年的 7~9 月份会影响整个 Dhofar 省，Salalah 城主要依靠她供水。这个季节，这一片黄沙中的绿色，绿得让人心痛。人们感谢 Khareef，感谢她每年带给这片土地的美丽的礼物，这不仅仅是礼物，而且还有希望……

在返回的路上，司机引我们到一个起伏不大的河谷，没有什么值得看的东西，我们诧异地问他，他遗憾地说，去年这里是有水的。水，就是这个国度的人们弥足珍贵的东西，我此刻理解了他带我们来这个干涸的河谷的意义。

（六）阿拉伯大餐

中午，当地朋友带我们到一家餐馆品尝阿拉伯餐。餐馆是新开业的，很清洁。席地而坐，是坐在一种沉甸甸的小垫子上，每人一个。没有桌子，铺上一块简易的塑料布，摆上刀叉，就这样开餐了。先上来很多水果，接着就是各种烤的肉类，鸡、鱼、羊肉等等，最后上来的是手抓饭。

世界上无论是什么样的餐，目的只有一个，填饱肚子，但不同的就是填肚子的方式有所不同。阿拉伯人是用手抓着饭填肚子的。这位阿拉伯朋友在我们的说笑中为我们表演阿拉伯式的手抓饭，他把油油的饭抓起来，用手和和，攥成团，然后塞到嘴里，那油则从指缝中流了出来，同行中的两个朋友也学着吃了两口，而其他的人则难以下咽了。

一位老兄拿着刀叉，若有所思地说：吃肉的民族都是好斗的，中国有句两个人斗嘴时常讲的话：“我也不是吃素的！”但我眼中的阿拉伯人，性情却很温和，他们的舞蹈也是慢悠悠的，或许天气太热的缘故吧。

2008 年 7 月 25 日

元宵节的传说

今天是中国传统的节日元宵节。也就是从每年的旧历初一数起第十五天。吃汤圆、赏月、看花灯、放焰火是今晚传统节目。那么是怎样形成了这个传统的呢？这和一个伟大皇帝的被蒙骗，和一个伟大臣子为满足一个平常百姓的理想而欺骗有关。传说虽不见正史，但经过历代热爱生活的人们的口头加工打磨，故事生动有趣，摘录如下：

相传汉武帝有个宠臣名叫东方朔，他善良又风趣。有一年冬天，下了几天大雪，东方朔就到御花园去给武帝折梅花。刚进园门，就发现有个宫女泪流满面准备投井。东方朔慌忙上前搭救，并问明她要自杀的原因。原来，这个宫女名叫元宵，家里还有双亲及一个妹妹。自从她进宫以后，就再也无缘和家人见面。每年到了腊尽春来的时节，就比平常更加思念家人。觉得不能在双亲跟前尽孝，不如一死了之。东方朔听了她的遭遇，深感同情，就向她保证，一定设法让她和家人团聚。

一天，东方朔出宫在长安街上摆了一个占卜摊。不少人都争着向他占卜求卦。不料，每个人所占所求，都是“正月十六火焚身”的签语。一时之间，长安城里起了很大的恐慌。人们纷纷求问解灾的办法。东方朔就说：“正月十三日傍晚，火神君会派一位赤衣神女下凡查访，她就是奉旨烧长安的使者，我把抄录的偈语给你们，可让当今天子想想办法。”说完，便扔下一张红帖，扬长而去。老百姓拿起红帖，赶紧送到皇宫去禀报皇上。

汉武帝接过来一看，只见上面写着：“长安在劫，火焚帝阙，十五天火，焰红宵夜”，他心中大惊，连忙请来了足智多谋的东方朔。东方朔假意地想了一想，就说：“听说火神君最爱吃汤圆，宫中的元宵不是经常给你做汤圆吗？十五晚上可让元宵做好汤圆。万岁焚香上供，传令京都家家都做汤圆，一齐敬奉火神君。再传谕臣民一起在十五晚上挂灯，满城点鞭炮、放烟火，好像满城大火，这样就可以瞒过玉帝了。此外，通知城外百姓，十五晚上进城观灯，杂在人群中消灾解难。”武帝听后，十分高兴，就传旨照东方朔的办法去做。

到了正月十五日长安城里张灯结彩，游人熙来攘往，热闹非常。宫女元宵的父母也带着妹妹进城观灯。当他们看到写有“元宵”字样的大宫灯时，惊喜地高喊：“元宵！元宵！”元宵听到喊声，终于和家里的亲人团聚了。

如此热闹了一夜，长安城果然平安无事。汉武帝大喜，便下令以后每到正月十五都做汤圆供火神君，正月十五照样全城挂灯放烟火。因为元宵做的汤圆最好，人们就把汤圆叫元宵，这天叫作元宵节。

这君臣合演的骗局双簧，成就了今天的传统，也让我们这些后辈晚生们，多了一个享受人生的借口。感谢武帝刘彻兄及东方先生。

2008 年 2 月 21 日

俄罗斯民族与酒

今天是周末，平淡，如往常，又有些不同，一位中国同事离开公司回国工作了。已经在这个曾经是苏联加盟共和国的国度摸爬滚打了五年多，唯一的感觉是：人来人往。这四个字还是从刚到这个国家时欢送前合作伙伴人员离开的宴会上留下的印象，那天，还记得那几个美国、英国、荷兰的同事都被伏特加弄得有些熏熏然，说了许多推心置腹、肝胆相照的话，记得平时即便不饮酒也有三分醉意的那个荷兰同事说：搞我们这一行业的人就是“People Come People Go”，就是“人来人往”的意思。

大概这里受俄罗斯酒文化的影响，每一次宴会都要有俄罗斯传统的伏特加（Vodka），也正是这种酒寄托了俄罗斯人民无限的情感。俄罗斯人是相信上帝的，但俄罗斯人并不认为在上帝创世之前天地是一片混沌的，至少混沌中还有伏特加。这是一位俄罗斯朋友在推杯换盏时挂在嘴边多年的笑料。

前几天去工作现场，中午和两位当地的资深老专家共进午餐，谈到了俄罗斯人与酒，他说记得苏联时期，去政府办事，要签署的东西一次次被那名负责官员百般推托搁置，后来，明白了，办事时拿了瓶伏特加，同文件一同呈送，那官员基本不看文件内容就签了字，事后知道，他是急于去喝那瓶伏特加。对于俄罗斯男人，流传一种说法，一间装满钞票的房子和房前的一瓶伏特加，如果让他做出选择的话，他将选择伏特加而不是钞票。

记得一次乘当地游船游览库拉河，在船上吃午饭时，老船长对我说，当年他曾是苏联里海舰队的一个船长，那时经常出海动辄数月，生活极其单调，所以几乎每个船员都是喝酒高手，他给我演示当年怎样喝酒：拿了个最大号的杯子，把大半瓶 40 度的伏特加倒满杯子，然后一仰脖就全部喝了进去，之后只吃了点面包。他说当年都是这样喝的，一次豪饮进入状态后，再慢慢品尝。

大约是在 2005 年 6 月吧，经俄罗斯回国，中途几天闲暇，乘火车去了趟圣彼得堡。

中途的一些感受更让人觉得俄罗斯人民和酒是分不开的。那是一天早晨，我们去莫斯科河乘游船游览两岸风光，由于是周末，又很早，所以游船上除船员外空无一人，我们就从船头往船尾走，到了船尾，突然发现一对漂亮的年轻人坐在那里，小伙子西装革履，领带很漂亮还有梳得光光的头型。姑娘更是长裙飘飘，很职业的漂亮端庄女性，正在惊羡这对佳偶时，却忽然发现他们每人手里拿了瓶啤酒，潇洒地放在膝上，边聊天边就着两岸的风景喝啤酒，从那时起，我愈发喜欢这个民族了。

逛克里姆林宫那天，是个艳阳高照的午后，街上熙熙攘攘的人群，有意思的是过街的行人中绝大多数手里都提个啤酒瓶，边走边喝，喝完后把空瓶规规矩矩地摆在马路沿的青石阶上，有专门的人员定时收走。

俄罗斯的火车站都是开放式的，不像国内提前半小时或四十分剪票进站，他们的火车如果是长途，则整列都是卧铺，乘客可以直接上站台，开车前十五至二十分钟，开始在列车门口直接验票上车。两列火车的站台中间是道白线，就在这道白线上，摆了一排空啤酒瓶，这都是乘客们喝光后放到那里的。

俄罗斯民族是个豪放伟大的喜欢享受烈酒的民族，酒伴随着他们创造了历史上彼得大帝时期的辉煌。酒对于俄罗斯，已经不是酒，而是享受生活必备的饮料。

2007 年 12 月 7 日

热带飓风“PHET”

人类是宽容的，在能够带来毁灭性自然灾害面前往往表现得宽容大度，或许是无奈抑或新奇？最近几天强热带风暴 PHET 即将光临阿拉伯半岛，不知是谁给这家伙起了个好听的名字：“钻石”。

还记得令人战栗的 2007 年强热带风暴 GONU，同样不知是谁给这个家伙起了个浪漫的名字：“阿拉伯海的蓝鲸”。接着人们就以诗一样的语言感叹：“或许，你应该诞生在西北太平洋——只有她才能让你走向世界的巅峰——阿拉伯海”；“但我一样可以成为你值得铭记的骄傲！所以，我不会觊觎泰培的王座——古努”。

或许这里的人们已经习惯了常见的大漠黄沙干旱炎热的气候，对于这些不请自来的可以带来大规模雨水作为礼物的陌生朋友表现得异常欣喜。官方宣布放假一天，让我们这些整日桌椅板凳眼睛盯着电脑像蚊子见到肉一样的累得时刻想着作诗的办公室小鳖高兴了好一阵子，至少可以足足睡个懒觉，听听外边的风雨而不是厌倦了的艳阳高照。

官方的、民间的、公司的、朋友的，大家互相发着邮件及短信，互相提醒着如何注意迎接这重重的不知多少克拉的钻石，前天晚间，各大小商场超市，人们疯狂采购，食品、饮料、饮用水……好像是过年——防止断水断电。一位当地的朋友这样发短信来："Saturday is an official day off for all office staff. Please take care & avoid driving until our dear friend "PHET" goes away."

昨天早晨，大片的积雨云从南部山区飘逸过来，去看海，海比人平静……

昨天晚间，大片的积雨云继续从南部山区飘逸过来，还去看海，苍烟落照，晚霞艳丽，挖空心思苦得《斜阳》诗半首："独卧芳草看斜阳，目送斜阳入海疆……"翌日晨起，有感一夜风雨，阶前黄叶，灵感大增，续上昨晚《斜阳》诗最后两句，读来："独卧芳草看斜阳，目送斜阳入海疆。一夕风雨遮明月，三两飘落叶自黄。"

2010 年 6 月 5 日
于马斯喀特

A 君二三事

A 君很有意思。东北人，2001 年我们有一段同学之谊。说同学，只不过是在北京共同学习了五个月的外语。中国是个礼仪之邦，什么事情都讲求个缘分，如果能够在一起同过几天的窗，就不得了，一定要攀个天长地久的同学了。

记得学满要临近毕业时，同班及老师一同郊游。这郊游也颇有创意，是那个山西的老师小武提出的，去爬野山。就选在风水宝地十三陵附近。可不要觉得有陵墓的地方会如何的晦气，要知道，那里可是皇家千挑万选的风水宝地。中国人讲究孝道，有几千年的历史了，这孝不仅对于在世的长者，也光及故去的亲人，轮到皇家，更为讲究：一定要给故去的长辈、先皇寻个风水宝地，以便福佑千秋。十三陵就是这样被皇家选中的。

爬山那天天气很好，但山很难爬。我们在后边还要照顾一下女老师。几乎没有路，且要忍受树枝刮伤的疼痛。我们爬到山半腰时，A君已经到达了山顶，怡然自得地唱那支熟悉的《唱支山歌给党听》了。我总结，他为何会这样，两条：一是身体瘦削、灵便，可以快速到达山顶；二是：他是个老党员。

后来，A君也来到A国，我们共事于同一作业公司，已经五年了。今天从公司现场回到公司本部，大家都很高兴。晚饭后，大家聚兴未消，提议出去走走，我与A、L、M君一同出去散步。我说，我今天请你们走一条A国总统经常散步的地方，其实，我也不确切，权且这样聊吧。

散步中，A君严肃地说：他老婆只有一个朋友。我答：若有其他朋友，人家也不一定告诉你呀！大家笑。他接着说：他老婆的这个朋友炒股票，因此，他老婆和她的朋友学了很多股票的知识。嗯正常，我想。他继续说：有一天，他老婆急急忙忙回家，对他说，你把所有家里的钱都给我，我要炒股票，保证赚大钱。A君最后没有把所有的钱交予老婆，他解释说，女人除了买房子和生孩子的想法，其他的都靠不住，就因为她想要所有的积蓄炒股，基本断定不具备可行性。当然A君这样评价女人，自然片面，其实女人除了能花钱及生养孩子外，我相信，她们还能思考，且不逊色于须眉。A君为他的这一决策而略显得意。

“我的颈椎不好，有时很难受。”我说。谈到这里，A君又眉飞色舞起来，他说他老婆也有颈椎病，听说佳木斯某医院的一个名医治疗该病特神，就到那里接受治疗。医生用的是一根又长又粗的针，插入颈椎的患部，然后用火罐拔那针刺过的针眼，黑黑的脓血便吸了出来，颈椎随即轻松病彻底好了。我听后虽有些毛发悚然，但似乎看到了希望，便决定说休假时，一定去趟佳木斯。

大家很惬意，最后到了我们经常光顾的一个小的装潢得很有特色的小酒馆，喝了几瓶 Edinger 啤酒，海阔天空一番，结束了这一个不常有的休闲的晚上。

A君说了许多话，充实了我们的记忆。

2008年4月3日

二月二

今天是阳历二月二十三，阴历二月初二，龙抬头。理过发，据说这样可以红运当头、福星高照，一年都会精神十足。

下午睡足，又理过发，沐浴更衣，人显得从心里往外的精神，朋友几个，聚在一起，喝上感觉上好的红酒，拣一些陈年的乡村故事，嬉笑间微风拂过，清凉间夹杂一些春意。

“猪很可爱！”我说。因为二月二不但要剃龙头而且要啃猪头。人归根为动物界，动物界斗争总是惨烈，就在我们推杯间，几只猫在院子里看不见的角落争风吃醋，呼号间可见斗争残酷。食肉动物的原则是把自己的欢乐建立在牺牲者的苦痛上面。如果一切牺牲的动物都有苹果前 CEO 乔布斯先生的生死观也就不会苦痛：“死亡更是生命最伟大的发明，是辞旧迎新、传承生命的媒介。”乔布斯先生清新脱俗地说。

“猪很可爱！”我说。因为猪用自己的痛苦换取人类的欢乐。传统中国，猪的牺牲时刻 95% 都是人类辞旧迎新的季节。今天二月二，没有啃到猪头只有羊肉但也要遥祭那些为人类的欢乐贡献了的牺牲。

猪的死总是伴随越来越浓的年的味道。那是遥远过去的东北农村，寒冷但温暖。艰苦的农家为了自我慰问一年的辛劳要在辞旧迎新的中国年的前夕去杀那头养育了一年多身体肥壮的猪。那猪总是在儿时经过精心挑选的，一般要选择当年的猪仔，这样猪肉才肥嫩。

“猪很可爱！”所以有人养小小的猪为宠物，但那是专业的永远也长不大的宠物猪。“也有人造假！”老 Z 咂了一口红酒脸色如红酒般颜色如是说。“我就看到过一篇报道，一家买了只宠物小猪，但最后养着养着，居然变成了二百多斤的家猪，那买宠物的人去消费者协会告了造假的状！怪就怪给猪吃得太好，而不注重减肥，按照标准健康公式：体重（kg）/ 身高（米的平方）结果不能低于 18.5 也不能超过 22.9，否则就会引起健康风险。”猪的风险不在于体重超标而在于一味的牺牲精神。付出者将永远沉湎于付出直到生命的终结，这就是猪的精神和悲哀。

“猪生小猪时，第一次总是没有经验，翻身时会把小猪压死，而第二次生小猪，母猪则经验十足，翻身前会把小猪用嘴拱开，然后翻身再睡。”我喂过猪，给那些一直生长在大城市，没有见过一只整猪的年轻人讲猪的故事。

“猪总是很可爱！”我说。猪的耳朵很大，平常总是遮住眼睛，但当你喂它美食的时候，它会感觉到你的脚步，停止了那哼哼的自我音乐，而侧耳倾听你的脚步，这时你会看到它那很少露在外边的眼睛，黑漆漆地闪烁着童年的期盼在望着你。

猪吃饭时有的文明有的霸道。文明的猪总是有板有眼地慢慢地一声声地咀嚼，清脆而有节奏，喝汤时会连续滋滋地仿佛那汤是海鲜、酸辣、甜润等各种味道。霸道的猪多半因为有其他的猪同槽，它们会把一只脚或两只脚踏进槽里，时不时用头顶着另一只同槽的猪，而大吃快嚼，失去了绅士猪应有的品位。仓廪实则知礼节，衣食足则知荣辱，猪的世界亦然，斗争方显人类的残忍。忽然想起了二十二日就是昨天，英国《星期天泰晤士报》的美国籍女记者玛丽·科尔文及法国杂志《巴黎竞赛画报》的摄影师雷米·奥克利克的牺牲。为自己喜爱的事业和人类的和平而牺牲总是伟大和崇高的。

猪的世界同人，人的世界亦同猪，总是很美丽凄婉。

自我解嘲的人类会设计永远斗志高昂的龙，集一切吉祥和勇敢于一身，还要确立一个特殊的日子，抖抖身上的鳞甲，理理发型，龙飞九天……

2012 年 2 月 23 日

后记

《易经》第 56 卦为“火山旅”即“旅”卦，讲的是在古代交通极不发达情况下旅行的艰难以及旅途中若柔顺持中则可趋利避害。到了现代，旅行、旅游不再艰难而且成为现代生活重要的一部分，也是现代生活的一种方式。学习、工作需要旅行，需要走出家乡，怀揣着对外部世界的好奇和未来的憧憬，精雕细琢旅行的线路，尽管有时也会迷路，但只要有欣赏一路风光的热情，总会在设计的路线上得到意外的惊喜。这里讲的旅行，既是空间的位移，也是时间上职业生涯之旅。

旅游总是轻松和让人激动的。现代生活的节奏很快，日复一日地学习、工作往往会偶尔有一丝乏味和倦怠。乏味和倦怠的色彩总是灰色的，掩盖了灵动和创造。旅游是手脚的运动，也是眼睛和大脑的运动，运动常常与活力相伴，一路的风光，是新奇和色彩纷呈，所闻所见，活跃了大脑，拓宽了视野。

应该感谢我们生活的这个伟大时代。信息是高速的，公路、铁路也是高速的，跨国旅行也只在几个小时的愉悦飞行后就可以达成，人类经常用的旅行词汇“艰苦跋涉”忽然变得前所未有的轻松和享受。人们的生活正在从传统向现代的方式转变，现代生活方式已经逐渐上升为对健康、职业、家庭进行信息采集、科学规划、风险管控、收益评价的综合管理项目，是数字化的生活，是对以时间、空间形态存在的纷繁因素的线性整合。

生命的本性是追求自由的。自由包括空间的扩大、时间的永续、想法的实现。自由是实现了相对没有限制的状态，而要实现这种愉悦的状态，则必须用不断的认知装载自己的大脑，认识水平提高了，思维通畅了，人也就相对自由了。禁锢大脑和捆绑手脚的人是自己，解脱禁锢和捆绑的人也是自己。

工作之余喜欢旅游，目的是活动身体、活跃大脑。空闲之余喜欢写写，目的是活跃思维、总结生活。生活既然可以定位成一个管理项目，那么自然多一份总结也是锦上添花的事情。写写自不必为写的形式而烦恼，可以是诗、是词、是散文，是自己喜欢的任何一种形式。

生活是多彩的，是七色的斑斓和五味的口感。多一点透彻、多一点豁达、多一点精致、多一点诗情是生活至上至美的策划与管理。

2013 年 10 月 1 日

于长春